講談社文庫

立身《りっしん》いたしたく候《そうろう》

梶 よう子

講談社

目次

立身いたしたく候

小普請組

一

すっかり目覚めた雀たちが、木々の枝でかまびすしい鳴き声を上げている。

野依駿平《のえしゆんぺい》は、夜具に横たわる養父孫右衛門《まごえもん》の枕頭《ちんとう》に膝《ひざ》を揃え、かしこまった。

昨夜から熱を出して臥《ふ》せっている孫右衛門の額には濡れた手拭いが載せられている。

駿平は手拭いを手にすると、水の張られた桶《おけ》に浸し、絞り上げた。

その水音に気づいた孫右衛門がうすく眼を開けた。継裃《つぎかみしも》を身に付け背を正して座する駿平の姿に、孫右衛門が満足げに頷いた。薄い紫の肩衣《かたぎぬ》には、野依家の家紋である抱き銀杏紋《いちょうもん》がある。

「よく似合《にお》うておる。立派だぞ」

「ありがとう存じます」

駿平はぺこりと頭を下げた。

途端に孫右衛門が熱で乾いた唇を歪《ゆが》めた。

「いかんいかん。もそっとゆっくり丁寧に。首だけで辞儀をしてはならぬといったはずだ」

「ああ、そうでしたね。ついうっかり」

白い歯を見せ、にっこり笑った。

「これ。みだりに歯など見せてはならん。笑うなら遠慮がちに微笑《ほほえ》むていどでよろしい」

駿平は口角を少し持ち上げた。頰《ほお》の肉がぴくぴく震える。

「う、うむ。まあそれくらいならよいな」

そういうと孫右衛門は、にわかに夜具を引き上げ、咳《せ》き込んだ。駿平はむすっと唇を結ぶ。

よほど珍妙な笑い顔をしていたに違いない。

駿平は、下谷《したや》広小路《ひろこうじ》にほど近い上野《うえの》町《まち》でつる屋という瀬戸物屋を営む商家の五男坊だったが、ひと月前、孫右衛門の隠居願いが受理されたため、野依家に養子に入ってわずか一年で、当主となった。

野依家は百五十俵《ぴょう》の御家人だ。上様の顔を拝することなどできないお目見《めみえ》以下の身分。

養父孫右衛門は、家督を二十歳で継いで二十八年間、無役無勤の者らが属する小普《こぶ》請組《しんぐみ》のまま、一度も御番《ごばん》入りせず過ごしてきた。無役の者が、お役に就《つ》くことを御番入りという。つまり孫右衛門は、生まれてこのかた、働いたことがなかった。

それというのも、若いころからなにかと病《やまい》がちで、季節ごとに風邪《かぜ》を引き、くだり腹はあたりまえ、しじゅう頭痛、歯痛に悩まされ、いまは痔瘻《じろう》持ちというありさまだ。

望めないと思っていた子がもうけられただけ幸いで、女児ではあったが、その子が孫右衛門に似ず風邪ひとつ引かずに育ったのは、ひとえに妻の吉江《よしえ》が武芸達者の健康体であったからだ。

野依家と駿平を結びつけたのは、手跡指南をしている孫右衛門の友人だった。商家の五男で歳は十七。そこそこ賢く健康な男子がいると話を聞き、孫右衛門は色めきたった。

孫右衛門にとっては一に健康、二に丈夫。多少人品卑《じんぴんいや》しかろうと野依家存続のため健《すこ》やかな身体を持つ男子がなによりの条件だった。

妻の吉江もすでに四十路《よそじ》に近い。いまさら元服前の少年に躾《しつけ》をし、教育をほどこす余裕もなければ銭金もない。

なにより虚弱な孫右衛門自身が隠居したくてたまらなかったのだ。

考えたあげく、すでに育った男子を得ればよいという結論にいたったが、貧乏を承知で養子に来てくれる武家の男子はなかなか見つからず、困った矢先の朗報だ。

聞けばその五男坊、商家の倅《せがれ》ということもあり書も算術も得意。そのうえ家は繁盛している瀬戸物屋だ。さらに先々代の妻は武家の出というおまけもつき、これを逃す手はないと孫右衛門、咳き込みもなんのその、尻の痛みに耐え、杖を突きつつ、つる屋へ乗り込んで、主《あるじ》夫婦をかき口説いた。

貧乏御家人の養子と聞いて苦い顔をするふた親をよそに、当の駿平は、男五人兄弟では、この先分家を立てられるかわからぬし、うまくいっても商家の婿《むこ》止まり。ならば、いっそ武士になるのも面白かろうと、末っ子特有ののん気さも手伝って、いささか軽い気持ちで承諾した。

かれこれ五十年ほど前の南町《みなみまち》奉行は、町人の生まれだという噂を聞いている。そのような強運は持ち合わせていないにしても、どうせ人生一度きり。額に汗し眼を血走らせ、どうか我が野依家へ来て欲しいと懇願する孫右衛門に少々同情した感もなくはないが、これまで自分へこれほど期待に満ちた眼を向けてくれる人間などいなかった。だいたいもう男児はいらぬと付けられた名が留吉《とめきち》だ。

駿平の名は野依家でもらった。将来妻になるであろう野依家のひとり娘のもよがまだ十であるのが不安ではあったが、当面は兄と妹の間柄。姉妹がいない駿平は、「兄上」やら「兄さま」などと呼ばれるのも乙《おつ》なものだろうと、軽薄な思いも抱いていた。

初めて対面したとき、もよは、武家の娘らしく背筋を伸ばしてきちりとかしこまり、「お目にかかれて嬉しゅうございます。もよでございます」と、静かに頭を下げた。養母の吉江に似て、ちょっと眼と眼の間が離れているが、愛らしい顔立ちをしていた。初対面のために着たのか、鮮やかな赤い着物がよく似合っていた。

「あ、み、身どもは留吉、じゃなかった、駿平でござる。す、末永くよろしくお願いいたすでござる」

しどろもどろの駿平に、もよは大きく眼を見開き、桜色の小さな唇をほころばせた。養母の吉江が口許に指を運んで、ほほほと小さく笑う。

「無理はなさいますな。言葉はおいおい馴《な》れていきましょう」

はいと、肩をすぼめた駿平に、もよが、「こちらこそ、末永くよろしくお願い申し上げます……駿平、兄さま」と気恥ずかしげにいった。瞬間、その甘美な響きに、駿平の心《しん》の臓《ぞう》は案の定射抜かれた。

しかしいざ養子に入ると、武家の作法や決まり事が多く辟易《へきえき》した。

歩くときは、つま先を少し上げて足を運ぶ。腕を振りながら歩かない。急ぐときもやたら駆け出さない。畳《たたみ》の縁《ふち》を踏んではいけない。往来では、左側を歩く。訪問先での刀は右に置き、下げ緒《お》は正座した膝下に、などなどなど、だ。

いまだにその機会に恵まれず、ほっとしているのが、旅先や他家に泊まる際、床では常に右半身を下にして眠ることだ。左側を歩くのは、鞘当《さやあ》てを避けるためなのはわかるし、当然だろうと思うのだが、右半身を下にするのは、不意に寝間を襲われたとき、すぐに対処するためらしい。この太平楽な世で、いまどき寝込みを襲うとか襲われるとかを考えていること自体が不思議でならなかった。

面倒に感じたのは、刀と袴《はかま》だ。町人の倅では、脇差しを帯びるとか、袴を着けるとか、普段の暮らしではあり得ない。けれど、武士は常に外出時には袴を着け、必ず大小二本差す。うっかり丸腰で出掛けたときには、中間《ちゅうげん》の政吉《まさきち》がすっ飛んで来た。しかも、重い。左の腰が下がる。歩きづらい、どうせ刃を抜くことなどないから、竹光《たけみつ》でいいじゃないかと思ったが、そうはいかないらしい。刀の手入れも怠《おこた》ってはならない。

懐紙をたっぷり懐に入れなければならないし、矢立《やたて》だ印籠《いんろう》だと、持ち物をちゃんと揃えなければ、外出できない。

中でもしばらく馴れなかったのは、屋敷内が静かすぎることだった。実家が商家であるから、人の出入りは頻繁で、家族以外にも奉公人が多くいる。しかも男五人の兄弟だ。誰かしら取っ組み合いの喧嘩《けんか》をしているわ、その度に母の金切り声が響くわで賑《にぎ》やかな事この上ない。飯時、朝の厠《かわや》などは戦さながらの争いだった。末っ子の駿平は、四人の兄のためにどれだけ我慢を強《し》いられたことか。

だが、野依家はまるで違っていた。駿平が来る前は、孫右衛門、吉江、もよと、中間の政吉の四人暮らしだったが、まず屋敷の中に漂う気が異なる。穏やかで落ち着いた中に、厳《いか》めしさというか、行儀のよさがあった。二百五十坪近い拝領地の半分が畑で、建坪三十坪の屋敷に、座敷の数は六つ。百五十俵の屋敷としてはまあまあといったところだ。

静かなのは、孫右衛門が臥せりがちということもあるだろうが、まず大声を出さないし、大口開けて馬鹿笑いもしない。飯も吉江ともよは給仕をするだけで、ともに膳を囲まない。初めのうちは、菜をかすめ取られることなく、ゆっくり食せるのが嬉しかったが、沢庵《たくあん》を嚙む音だけが座敷内に満ちるのは、心寂しくもある。

さらに発覚したのが、孫右衛門はお家存続を第一に考えていたが、養母吉江はそうではなかったことだ。

かつて野依家では徒目付《かちめつけ》組頭まで昇進した先祖がいたらしく、なみなみならぬ期待が駿平に寄せられた。お役には、将軍や江戸城内警備などを務める番方《ばんかた》（武官）と、財政やら行政を担う役方《やくかた》（文官）があるが、野依家は番方の家柄らしい。

瘦《や》せぎすの孫右衛門と違って、血色もよく少々小太りの吉江は瞳《ひとみ》をきらりと輝かせ、

「まずは御徒を目指しましょう」

高らかにいい放った。

徒は将軍の身辺を警護するお役目で、平素は江戸城の警備などを務めている。そこから徒目付などに昇任する者が多いという。

「私は商家の倅で、武芸はちょっと、その」

「はったりですよ、はったり。ほほほ」

木刀を握らされ尻込みする駿平にそういって、木刀を構えた吉江の顔から、にわか

に笑顔が消え、眼付きまで変わった。

「ちょっと待った、おっ母《か》さん！」

駿平は木刀を握ったまま頭を抱えて、しゃがみ込む。

吉江が眼をしばたたかせた。

「おっ母さんと呼ばれたのは初めてですよ」

その後、課せられたのは毎日の素振りと、武芸達者の吉江への打ち込み百本。

青アザとこぶがようやく減って、どうにかこうにか恰好《かっこう》だけはつくようになった。

しかし、当然のことながら真剣を抜くような場面に遭遇するのは御免被《こうむ》りたいと願っている。


熱が辛《つら》いのか孫右衛門は苦しげな息を洩《も》らした。

「して、手土産の用意は怠っていまいな」

「ご安心ください。支配さまの奥方さまが甘味好きということで砂糖漬《づけ》を用意いたしました」

砂糖漬は蓮根《れんこん》や牛蒡《ごぼう》などの野菜を砂糖に漬けた菓子だ。白砂糖をふんだんに使った菓子として贈答などに人気があった。

「ずいぶん値が張ったのではないか」

孫右衛門が心配げに眉《まゆ》を寄せた。

「あ、それはなんとかなりましたので」

「ならばよいが……では供は中間の政吉を連れて行け。あやつは万事心得ておるゆえな」

「そのつもりで用意をさせております。それに、矢《や》萩《はぎ》智次《ともじ》郎《ろう》どのに付き添いを頼みました」

そう告げると、温和な表情であった孫右衛門の顔が歪んだ。

じつは駿平の実家の瀬戸物屋が矢萩家に出入りしていたこともあり智次郎とは幼馴《おさな》染《じ》みで、手跡指南所の師匠も同じだった。

むろん武家と町人で席は別だったが、算術やら手習いの手伝いをともによくさせられた。根はいい男だが、少々大雑把《おおざっぱ》で騒々しい上に短気なところが孫右衛門にはあまり好ましく映っていないようだった。

「いずれお役に就くため学びたいと本人も」

「矢萩家の長兄はすでに普請方の同心見習いに出ておるのだぞ。あちらはお役があるゆえ、上司に御番入り願いを出す手もあろうに。部屋住みまでが欲張りおって」

孫右衛門が苦々しい顔をした。

「しかし矢萩家も我が家と同じ百五十俵。長兄の十五俵の役料を合わせても、依然家内は火の車だとこぼしておりました」

米の値段は変動があるため多少高低はあるが、百俵を金銭に換算するとおよそ三十両。百五十俵の家はざっと年四十五両の収入で、ひと月を四両ほどで暮らしていることになる。その中で衣食住のすべてと、親類縁者との交際費、奉公人の給金、小遣いなどを賄《まかな》うのだ。百俵六人泣き暮らしというが、それより幾分ましというていどで、父母に兄弟、使用人が三人の矢萩家も似たようなものだ。

武家の暮らしがつましいのは智次郎から日々聞かされていたが、これほどとは思わなかった。駿平が実の親から得ていた月の小遣いが二分。一両の半分だ。なにかと団子をおごれ、そばを食わせろと智次郎がいっていたのは、ほんとうに銭がなかったのだ。

じつはいまだに駿平は実家から小遣いを得ている。もちろん養父母には内密にだ。

そこから此度《こたび》の砂糖漬代も賄った。さすがに本当のことは養父にいえなかった。

駿平は孫右衛門の寝間を出て玄関へと向かう。馴れない肩衣のせいか、それとも今日から野依家当主として公の場にでるせいか、身体に妙な力が入っている。

養母の吉江が差料《さしりよう》を持ってすでにかしこまり、駿平を迎えた。

「駿平さん。本日は小普請支配さまとの初逢対《あいたい》。野依家の当主として首尾ようなさりませ。支配の片桐《かたぎり》さまに望みは御徒だとはっきりおっしゃるのですよ」

駿平は頷きつつ、吉江から受け取った大刀をもたもた差した。

「兄さま、行ってらっしゃいませ」

養母の隣でもよが神妙な顔つきをして深々と頭を下げる。

「うん、行ってくるよ」

駿平は腰を屈《かが》めて、もよの頭を撫《な》ぜる。

「もよはもう童《わらべ》ではございませぬ」

もよがぷくりと桃色の頬を膨らませた。陰気な顔の孫右衛門に似ずよかったと、駿平は心の底から感謝していた。

もよの拗《す》ね顔を見たら少し緊張がほぐれた気がした。

駿平が中間の政吉とともに門を出ると、

「よう駿平どの。いよいよだな」

矢萩智次郎がにこやかな顔で立っていた。

二

小普請支配を務める片桐出羽守孝盛《でわのかみたかもり》の屋敷は元飯田町《もといいだまち》にあった。

下谷に屋敷のある野依家からはさほどの道のりではないが、供の政吉に急かされ駿平と智次郎が着いたときには、逢対に訪れた者たちが門前で列をなしていた。まだ六ツ半（午前七時頃）にもならない。先頭集団はおそらく半刻（約一時間）前には屋敷を出ていたのだ。

門番はこうした光景にすっかり慣れきっているのだろう。塀沿いにお並びくだされと、てきぱき指示を出している。

「ここが列の最後でしょうか」

駿平が背の高い中年の武家に訊ねると、振り向きざま、

「違う違う。あちらの角を曲がったところに別の列がある。そちらへ行かれよ」

険しい顔で指さした。

駿平は智次郎とともに軽く一礼して、その場を離れたが、列の間にぽつぽつ年少の者が混じっているのを見て、首を捻《ひね》った。

角を曲がるとそこでも供連れの者がすでに数十名並んでいる。

「噂に違《たが》わずすごいものだなぁ」

列の最後尾についてぼやいた駿平に、

「今日はご支配さまの逢対日でございますので、小普請組の方々すべてがいらっしゃいます」

老齢の政吉が静かにいった。

旗本は、上様に会えるお目見以上で、御家人はたいていがお目見以下となっている。小普請ではお目見以上は小普請支配、お目見以下は小普請組と呼ばれる。また小普請組は八組に分かれていて、組ごとに組頭がひとりいた。

そもそも小普請は、お役を退いた老年の者や家督を継いだばかりの者、若年の者、あるいはしくじりを犯して役を解かれた者、長患《ながわずら》いの者など、禄高三千石未満の旗本御家人が所属する無役無勤の集団だ。

家督を継いだばかりの駿平は当然、小普請入りだ。小普請は勤めがない代わりに、家禄によって定められた小普請金と呼ばれるものを納める。幕府施設の修理修繕に使うためだ。

そうした小普請金の徴収やらなにやらを管理し監督しているのが小普請支配であ

り、その下に付いているのが組頭だが、さらに支配と組頭には逢対という大事な役割があった。

これは小普請入りしている無役の者たちにとっても重要だ。支配や組頭へ直接、就きたいお役の希望を述べ、己を売り込む場なのだ。

「なにやら皆、殺気立っているものなぁ。政吉さんは養父上《ちちうえ》に付いて幾度か来たのだろう」

「こうして並んでいる最中に、ご隠居さまは腹を下されることが多く、逢対が叶《かな》わぬままお帰りになられましたので」

政吉は悲しそうに眼を伏せた。

逢対日も支配役は、お目見以上が毎月六日、十九日、二十四日の三度、お目見以下が十四日、二十七日と決められており、組頭との逢対は毎月十日と晦日《みそか》だった。

今日は五月十四日。小普請支配の逢対日であるので、小普請組のすべての者が訪れているわけだ。

「まだあまりピンとこないですねぇ」

「なにをいうておる駿平。おまえはもう瀬戸物屋の五男坊ではない。野依家の当主だ。部屋住みのおれとも立場が違う」

「そうでございますよ、旦那さま」

智次郎の言葉を受けて、中間の政吉も強く頷《うなず》いた。

駿平はやはり裃に馴染めず、肩を揺らした。

まあでも、と智次郎は駿平を下から上へなめるように眺めた。

「おれよりずっと落ち着いて武士らしく見えるぞ。この一年でよくここまできたもんだ」

智次郎が顎《あご》に指をあてて頷くと、

「さようでございます。ご立派ですよ」

政吉など涙ぐんでいる。

「泣くなよ政吉さん。恥ずかしいなぁ」

駿平は懐紙を差し出した。政吉相手だと、気安い言葉になる。政吉は懐紙を受け取ると、おもいきり洟《はな》をかんだ。

一刻（約二時間）ほど待たされ、ようやく邸内に入ることができた。政吉は表で待つ。

「こちらでしばしお待ちくだされ。順にお呼びいたす」

取次に案内された座敷にはまだ数十名が待っていた。駿平と智次郎は皆に軽く会釈をして後方に座した。

と、斜め前の若い武家が息を洩らし、隣の者へ顔を向けた。

「今朝は出遅れた。これからまだ河内守《かわちのかみ》さまのお屋敷へ参るつもりであったのだが……」

「おれもだ。淡路守《あわじのかみ》さまに対客の予定だったが今日は無理だな。間に合わん」

ごそごそ小声で話をしている。

駿平は智次郎に身を寄せて訊ねた。

「智さん、対客とはなんです？」

「対客登城前、略して対客だ。幕府の重職にある方々が城へ上がる前にご機嫌伺いへ参上することだ」

「なんのためですか？」

智次郎が口許をへの字に曲げた。

「逢対だけでは足らぬからだ。重職の方々に顔を覚えてもらい、運がよければお役に推挙していただけるやもしれぬのでな」

まあ一縷《いちる》の望みにかけるとか、藁《わら》にもすがるということに近いと訳知り顔でいった。

駿平は眼をぱちくりさせた。

有力な伝手《つて》やありあまる財があるならいざ知らず、なにも持たない者たちは、有力者の屋敷へ連日足を運ぶ。ひと言でも声をかけてもらうため、夜明け前から屋敷の前に押し寄せる。無役の者たちにとっては、それが『出勤』なのだと、智次郎がいった。

駿平は嘆息した。夜も明けきらぬなら、顔の区別もお偉方にはつかないかもしれない。それを『出勤』などと称するのが物悲しい。

身分でいえば武士は一番上だ。けれど武士の中にも身分の差がある。このようなことに血眼になっているとは知らなかった。自分はやっていけるのかと不安が押し寄せる。

首を振ると、ちょうど智次郎の真後ろに座っていた少年の姿が視界に入った。

ぽっちゃりとした頰には赤みが差し、剃《そ》りあげた月代《さかやき》は清々《すがすが》しく青く輝いている――。

月代？　と駿平は眼を疑った。前髪がない。

とても元服するような歳に見えなかった。十にも満たないふうだ。それでも前を向き、背を正し、大人然とした顔つきをしている。

そういえば表に並んでいた列の間にも子どもが幾人か混ざっていた。

駿平は智次郎を肘《ひじ》で突き、後ろを見ろと目配せした。何気なく振り向き、少年の姿を確かめた智次郎は小さく「いいんだ」といった。なにが「いい」のか見当がつかない。

駿平は己の膝を回し、少年へ声をかけた。

「ずいぶんお若くいらっしゃるようですが」

少年は駿平を上目に窺《うかが》いながら、

「十七でございますが、それがなにか」

高い声でいうとすぐに視線を前に戻した。

どこが十七だ。ひとつ違いのわけがないと、駿平は口をあんぐり開けた。

舌打ちした智次郎が駿平の耳元で囁《ささや》く。

「間違いないんだよ、気にするな」

「待ってください、智さん。どう見ても子ども――」

智次郎が口許に指を立てた。

「届け出上は、だ。当主が十七であれば、死んでも養子を取って家督相続が可能だからな。お家のためだ」

赤子《あかご》でも十七歳だといい張れると智次郎は声をひそめた。

「それは……鯖《さば》を読んでいるということです、か」

智次郎は頷き、嫡子の届けを真面目に出したはいいが、万が一、病や事故で逝《い》ってしまった場合のほうが面倒になるといった。

出生届けは出さずにおいて、子が十分育ち、これなら成人しそうだと見極めがついてから丈夫届けを出し、惣領《そうりよう》息子と認めてもらう。

「武家には米寿《べいじゆ》越えの強者《つわもの》がごろごろいるが、あれとて実の歳はわからぬ」

「そういう真似をしてお咎《とが》めを受けることはないのですかね」

「ご公儀とていちいち個々の御家の事情にかかずらっていてはキリがない」

まずご定法《じようほう》ありきで考え、嘘でも偽りでもそこに則っていればいいのだと、智次郎は涼しい顔でうそぶいた。

「鯖を読むくらいなんということない。十七と届ければ、その者は十七なのだ」

駿平はへーっと声を出し、慌てて口を押さえた。すぐ臨戦態勢に入れるようぺたりと正座はしてはいけないとか、刀をどう置くとか、作法がやたらとやかましい割には、あちらこちらに破れ目がある。

嬰児《えいじ》を十七歳だといい張れば通用するのも武家なのだ。

「小用に行ってきます」

駿平はのそのそ立ち上がった。

三

小用を済ませた駿平は廊下を歩いていた。

さすがに大身《たいしん》の屋敷は広い。うっかり廊下を曲がりそこねたのに気づき身を返したとき、

「そこの御仁」

背に野太い声が飛んできた。

「私、ですか」

「そうだ。そこもとしかおらぬ」

口許に軽く笑みを浮かべ、無精髭《ぶしょうひげ》を撫でている四十がらみの男が立っていた。

肩衣も袴もよれよれで、古着屋でも買取《こば》を拒みそうなほどうすっぺらな小袖《こそで》を着ている。月代も伸び、鬢付《びんつ》け油の艶《つや》などとうに失われた白髪《しらが》混じりの髪。尾羽《おは》打ち枯らしたという言葉はこういう男のためにあるのだろうと、駿平は妙に納得しながら、い

った。

「私になにかご用でしょうか」

男はいきなり、「黒田半兵衛《くろだはんべえ》」と名乗り、

「いまが戦乱の世であれば立身しそうな姓名であろう。だが生憎《あいにく》、泰平の世ではな」

いつもの決まり文句であるのか、ひとり仰《の》け反《ぞ》って笑った。たしかに名高い軍師の名を取ったりやったりした姓名だ。

駿平も付き合いで軽く微笑んでみたが、黒田はそんな様子など微塵《みじん》も意に介さなかった。

「ところでお主、あまり見ない顔だが、片桐さまとの逢対は初めてか」

「はい。野依駿平と申します。家督を相続したばかりでまだ勝手がわからず」

素直に応じた。

ほほうと黒田が幾度も首肯《しゅこう》する。

やはり厠から戻った者が数人、駿平の横を通り過ぎるたび、ちらちら顔を窺いながら去っていく。ある者は侮《あなど》るように口角を上げ、ある者は気の毒そうに首を振った。中には、見ない振りをしてそそくさとすり抜けていく者さえいた。

嫌な予感がよぎる。この男に捕まってはいけないのかもしれない。

町場に暮らしていてもこの手の輩《やから》はいる。人が良さそうな顔をして金を巻き上げる、あるいは脅《おど》し取るというヤツだ。そうそうに立ち去るべきだと、

「友人が待っておりますゆえ」

駿平が身を返したときだ。

「あいや待たれい」

黒田の口から大仰な言葉が飛んだ。

「お主、お役を求めにきたのであろう。だめだだめだ。こんなことはただの慣習にすぎぬぞ」

こうして小普請の者たちの雇用も考えておるのだとお上はいいたいだけだ。小普請金が常に懐に入るほうがお上としてはありがたい、塵《ちり》とて山になるからなと、黒田は力説した。

こんな逢対ではいつまで経《た》っても心願など叶うものか。それがしがいい見本だと、唾《つば》まで飛ばす。だがなと、黒田は不敵な笑みを浮かべた。

「それがしの指南を受けてみる気はないか」

面食らった。たったいま己をうまくいかなかった見本といった舌の根の乾かぬうちに指南とはなんぞやと首を傾《かし》げた。

「それがし、家督を継ぎし十七のころより二十三年逢対に通い、その間に替わった支配、支配組頭は両手の指でも足りぬほど」

こんどは朗々と語り始めた。

「そう、逢対とはいかに相手の心に深く印象付けるかが勝負の分かれ目」

「剣術ではあるまいにそのような」

駿平がいうと、黒田がむっと厚い唇《くちびる》を曲げた。

「なにをいう。空いたお役が出れば、さて誰がよいかと支配さまらは考える。そのときに顔が浮かび上がらなければおしまいだ」

お役を得たい者は大勢いる。そうした者たちと渡り合い、勝ち取らねばならない。

「二番槍ではいかん、一番槍でなければ手柄にならぬ。常在戦場の心で臨まねば」

ふんと鼻から息を抜いて黒田は腕を組んだ。

少々大袈裟《おおげさ》だがいっていることは一理ある。ちらと心が揺れた。

「どれ、身上書や親類書はあるか」

黒田の押しの強さに負けてうっかり出したのが運の尽きだ。野依の親戚縁者、先祖の由緒書きにまであれやこれやいい出した。

「ふむ。譜代の御家人で、ほう五代が徒目付組頭か……それが続かなかったということは、六代目がなにやらしくじりを犯したか」

さらに身上書にも眼を通し、

「そこもとは養子で十八か」

一瞬、駿平を窺い複雑な顔をした。

「なに算術が得意で、手跡もなぁ……学問もそれなりに修めておるのか。武芸は……」

欲をいうならば師範で名の通った人物を記したほうがいいといった。多少金を使えば容易《たやす》く名を貸してくれるという。

「それではズルになりませんか」

「構うものか。貴殿に自信があるなら、そのくらい補えるわ」

黒田は鷹揚《おうよう》に首肯した。

だいたい今時の武士の武芸など嗜《たしな》みのひとつでしかない、と黒田が苦々しい顔をした。

「やあ、それがし、貴殿が気に入った。もし興味があるなら、中坂《なかざか》通りの『とと屋』という店に来い。色々伝授してしんぜよう」

黒田はきりっと眉を引き締め、身をゆっくり返し、歩を進めたが、角を曲がるやいなや駆け出すような足音がした。厠の方角だ。

公称十七歳やら御番入り指南やらいろいろいるものだと、駿平はぐったり疲れて座敷に戻り、智次郎の横に腰を下ろした。

「どうした。ずいぶん長かったな。緊張で腹でも下したか」

智次郎が声をひそめて聞いてきた。

「いえ。廊下で立ち話をしていたものですから。黒田半兵衛という方に呼び止められて」

「黒田半兵衛？　冗談か」

「なんでも御番入り指南をしているらしいですよ」

駿平はざっと話をした。

「ますますふざけた男だな」

智次郎の大声に、周囲の眼が一斉に向けられた。前に座していた中年の武家が振り向き、あからさまに厳しい視線を注いできた。さらに智次郎の後ろにいた公称十七歳が、

「声が高すぎます。私語は慎《つつし》んでください」

落ち着き払った口調でいった。十にも満たない子に咎《とが》められ、智次郎は舌打ちし

て、生意気なガキだと呟《つぶや》いた。

「ガキではございません。それはむしろ場をわきまえないあなたさまのほうでございましょう」

「なんだとぉ」

「智さん」

慌てて智次郎の袖を引いたが遅かった。子どもの頃から喧嘩っ早い智次郎が顔に血を上らせて、腰を浮かせ振り向いた。

「これ。逢対の前につまみ出されまするぞ」

駿平の横に座る老齢の武家が前を向いたまま静かにいった。

智次郎は公称十七歳と睨《にら》み合いながらも口だけは閉じた。

駿平はちらと隣を窺う。髷《まげ》はほとんど白く、眼下のたるみや皺《しわ》からいって還暦間近だろう。とうに隠居しても差し支えない年齢にもかかわらず、こうして逢対に通って来るということは、いまからでもお役を得たいと願っているのだ。

まことに数十年、小普請入りのままになる可能性があるという生きた証《あかし》だ。

想像していた以上にやっかいで難儀だと、心の内で呻《うめ》いた。

軽い気持ちで武家の世界に飛び込んだのは間違いだったかと思っても最早、詮無《せんな》いことだ。

駿平の脳裏に養父の孫右衛門や養母の吉江、そしてもよの顔が浮かんできた。

いまさら後にはひけぬからなぁ……眼前に前途多難の文字がゆらゆら揺れた。

四

片桐との逢対はあっさり終わった。

背に汗を滲《にじ》ませながら、姓名と徒勤めの希望を述べたが、「周旋《しゅうせん》尽力する」と重々しい口調で返されて、仕舞いだった。

平伏したままだったので片桐の顔も見られなかった。

一刻半（約三時間）も費やして、これだけだ。

これではいくらお役に空きが出ても、逢対に赴《おもむ》いても、付届けをしても、心願など叶うはずがない。逆立ちしたって無理だ。駿平は妙な敗北感に打ちのめされそうになりながら、ひと言もなく片桐の屋敷を出た。

門を潜《くぐ》った途端、どっと疲れが出た。肩衣を外し、政吉に手渡すと盛大に深呼吸した。

「どこか飯屋に入りましょう、智さん。腹が減りました」

「手許不如意《ふにょい》だ。いつもと変わりなく」

「付き合ってもらったお礼をしますよ」

智次郎が指差した先に軒《のき》から『とと屋』という看板をぶら下げた店があった。

駿平はどこかで聞いた気がしたが、ともかく腹になにか入れねば収まらない。政吉を先に帰し、行こう行こうと智次郎の腕を取り、店の腰高障子を開けたとき、息を呑《の》んだ。

入れ込みの奥で頭から目刺しにかぶりついている黒田半兵衛の姿があった。

駿平が慌てて身を翻す。その様子を奇異に思った智次郎が駿平の行手をはばむように立ちふさがった。

「どうした、どうということもない店だぞ」

智次郎の声が聞こえたのか、黒田がふと顔を上げた。駿平を見とめ、黒田の眼が嬉しそうに弓なりに曲がる。

「やっぱり来たか。こっちだ、こっちだ」

店中に響き渡る声を出し、手招きをする。

智次郎が、眉をしかめた。

「あれか、例の軍師さまは」

駿平は頷きつつ、そういえばと、記憶をまさぐった。

片桐家の廊下で黒田と別れるとき「とと屋という店に来い」といっていたことを思い出した。

「どうした、こちらへ早く来んか。隣の御仁はご友人か。ははは、人が増えると楽しいな」

なにが楽しいものかと、駿平は調子のよい軍師を呆《あき》れつつ眺めた。

「まあ詮方《せんかた》ないな。ご教示願おうではないか」

なにに興味を引かれたのか智次郎は遠慮なく黒田に近づき、深々と頭を下げた。

「矢萩智次郎と申します。先ほどは我が友野依駿平がいろいろお教えいただき、かたじけのうございました」

「いやいやいやいやいや」

黒田がぼんの窪《くぼ》に手をあてて、まんざらでもなさそうに大声で笑った。

「ほれほれ、野依どのもこちらへこちらへ」

すでに智次郎は入れ込みに上がりちゃっかり座っている。駿平も渋い顔で後に続いた。

駿平が屋敷に戻ったときには六ツ（午後六時頃）近くになっていた。孫右衛門の熱が夕刻からまた上がり出したらしく、吉江は付ききりで看病しているという。逢対の話も、初日ではしかたがありません、これからですと励《はげ》まされた。駿平は飯碗を手にしたまままため息を吐いた。

「さきほどからちっともお箸が動いておりませんが、お口に合わないのですか」

横に控えていたもよが心配そうに顔を覗《のぞ》き込んできた。

「ああ、逢対の帰りに智さん、いや矢萩どのと飯を食ってきたからかな」

「ならばそうおっしゃればよろしいのに」

もよは表情をがらりと変え、眉を吊り上げ駿平を見た。

「そんなに怖い顔をしないでくれないかな」

つんと唇を尖《とが》らせ、もよはそっぽを向いた。

「だって、お味噌汁が冷めてしまいます」

兄さまのお帰りを見計らって温めておきましたのにと俯《うつむ》き、伏し目がちに呟いた。どきりとして、まじまじともよを見た。女子というのは幼いうちから、このようなしなを作るものなのだろうか。駿平は汁椀を取り、ひと口啜《すす》る。

もよがにこりと笑い、口を開いた。

「今朝の初逢対はいかがでしたか、兄さま」

うーんと駿平は箸の先を舐《な》めながら考えた。

「箸《はし》先を舐《ねぶ》るのはおやめくださいませ」

ああ、すまぬと箸を戻し、

「なかなか大変だ。支配さまの顔さえ拝《おが》めず、二言三言、挨拶だけで終わってしまった」

「まだたった一度ではありませぬか。これから何度でも足をお運びになればよろしいのです」

もよは、兄さまを信じておりますゆえと、背を正していった。

養母の吉江と同じだ。女子の頭というのは歳など関係なく同じように働くらしい。

それにしても、と駿平は考えた。

黒田が明日また『とと屋』で待っているといったが、行くべきかどうか迷っていた。

結局、その場の酒代を払わされ、指南は翌日にと、去っていった。

どうしたものかなぁ……天井を仰いで呟くと、もよが不思議そうに小首を傾げた。

だが、次の逢対まで待っているだけではしょうがない。ここはひとつ乗ってみるかと、駿平は独りごちて飯をかき込んだ。

もよが、嬉しそうに両手を差し出した。腹はくちくなっていたが、駿平は飯碗をもよの手に載せた。

ひとりでは心細かったので智次郎を伴って行くと、黒田が『とと屋』で飯を食っていた。駿平と智次郎が店に入ると、では行くかと立ち上がった。飯代は此度も駿平が払った。

「師匠だからしかたがないな」

智次郎は勝手なことをいった。

黒田は歩きながらおもむろに懐から絵図を出すと重々しくいい放った。

「まずは主な重職の方々のお屋敷を巡る」

大名小路《だいみょうこうじ》を巡りつつ、ここが老中、あちらが若年寄《わかどしより》と次々に案内された。まるで遠国から江戸詰になった藩士の気分だと、智次郎が小声でいった。

「まず我らのようなお目見以下は銭金がない。付届けするにも限界がある」

前を行く黒田がいきなり振り返り、付届けも品物に気をつけなければいかんといった。

「やはり珍味名産ということでしょうか」

智次郎が訊ねると黒田はにやりとした。

「そう思いがちだが、違う」

いくら珍しい品でも生ものは腐る。高価で珍しい品であるなら乾物《かんぶつ》だという。駿平と智次郎は互いに顔を見合わせ、感心しながら頷いた。

「重職やご大身、大名家は普段から付届けで溢れている。そのため他家へ回すことがあるのだ。そうしたときに乾物は便利だからだ」

黒田は駿平にぐいと顔を寄せていうと、踵《きびす》を返し、再び歩を進める。

「まあしかし、金のない我らは逢対か対客に頼らざるを得ないが、対客もやみくもにすればいいわけではない。例えばだ」

黒田は少しもったいぶっていった。

「老中の誰それは冬場でも火鉢も出さぬ吝嗇《りんしょく》だし、それにくらべて若年寄の何々さまは茶菓子まで用意してくださる」

あるいは、大目付の何某《なにがし》さまは親身になって話を聞く、などそうした情報をまずは得ねばならぬのだと黒田は歩きながら語る。

「それには対客仲間を作ること。しかし、馴れ合いはいかん。足をすくわれる」

悪口を撒《ま》かれるからだといった。

あとは重職の屋敷の前で病の振りをして倒れる、溝にはまるなどという直接的な方策をとるのもよい。

「これらは皆、殿さまではなく、家臣や奥方、女中にまず顔を覚えさせることが目的だ。火事があれば火事見舞いを出すが、材木屋だの大工ではなく、女たちの身の回りの品を用意する」

さすれば気のつく男だということになり、奥方から推挙ということだってあると、黒田は満足げに頷いた。

駿平は次第に気分が重くなってきた。お役を得るためにここまで己を卑屈に追い込まなければならないのだろうか。

「なんだ、その面《つら》は。これはな、兵法《ひょうほう》だ」

黒田が堂々とうそぶいた。

一刻ほど歩き回り、そろそろ休むかと黒田がいった。陽射しが思いのほか強く、駿平と智次郎は首筋の汗を拭いながら頷く。常盤橋《ときわばし》御門を潜った黒田は、本町《ほんちょう》通りを少し行ったところで、するりと一軒のそば屋に入った。

小上がりに腰を下ろした黒田は天ぷらそばと酒を頼んだ。

「さて、三つの『きく』を覚えておくといい」

膳を挟み、黒田の前に駿平と智次郎は並んで座る。駿平は眉を寄せて訊ねた。

「三つのきくですか？」

黒田はゆっくり頷き、まずひとつ目の『きく』は、と大声でいった。

「よくきくだ。これは人の話を聞くことと、知らぬことはすぐに訊ねるの訊くだ。そして、あとのふたつは気がきく、機転がきく、だ」

「なるほど」

智次郎が唸って腕を組んだ。気短かな男がすっかり感心して耳を傾けている。黒田は存外、指南役として優秀なのかもしれない。それに三つの『きく』は、普段の暮らしの中でも心掛けておいてもいいことだ。

「まあ、お役に就くにはなによりやる気を見せることだな。好いた女子に己の心を告げるように真摯《しんし》に向かえばおのずと結果も付いてこよう」

はっはっはと黒田は豪快に笑って、出されたそばをむさぼるように流し込んだ。

「ああそうだ。以前、それがしが世話した男が徒組頭にまで立身したのだ」

明日、その祝いの席が柳橋《やなぎばし》の料理茶屋『平木《ひらき》』であると嬉しそうにいった。

さて、とそばを食い終わった黒田が急に居住まいを正し、駿平と智次郎を見つめた。

厚い唇が天ぷらの油のせいで照り輝いている。

「今日はごくろうだった。そこで貴殿らにはさらに御番入りを確かなものとするため、特別にお分けしたいものがある」

おお、と智次郎が身を乗り出した。黒田はおもむろに、懐から二冊の綴《と》じ本を出した。

表には『御番入り指南 改《あらため》』とある。

駿平は眉をひそめた。なんの捻りもない外題だ。わかり易すぎるほどわかり易い。

「これはそれがしが二十数年の御番入り事情をまとめたものだ。改とあるのはいまの重職の方々の評判に書き直しているからだ」

黒田は人差し指を立てた。智次郎が口を開いた。

「それを一分で買えということですか？」

「一分だと？」

黒田が腰を浮かせ、卒倒しそうな顔をして光る唇を震わせた。

「これはそれがしが長年の経験を踏まえ、全身全霊をかけ記したものだ。一両でも安

「一両だ？　そんなべらぼうな値があるか。やはり胡散臭《うさんくさ》いと思っていたが」

短気な智次郎が声を荒らげ立ち上がる。黒田と智次郎が睨み合った。そば屋の親爺《おやじ》がおろおろし、客はどんぶりを手にして、智次郎と黒田を見つめていた。

「落ち着いてください」

駿平はふたりを分けるように腕を伸ばした。

ふんと、黒田が鼻を鳴らす。

「親切でいってておるのがわからんのならそれもよかろう。勝手にするがいい」

黒田は不機嫌に唇をへの字に曲げ、小上がりを下りると、店を出ていった。

「ええと、智さん、そば代は……」

駿平がおずおずいうや、知らぬと智次郎はそっぽを向いた。

ため息を吐き、駿平は三人分の支払いを済ませた。そば屋の親爺が、気の毒そうに銭を受け取った。

五

翌日、養父の孫右衛門の熱も下がり、駿平は寝間で今後の逢対について話をした。

孫右衛門は黒田半兵衛の名は知らなかったが、御番入り指南役だといって近づいて来る男がいるという噂は知っていた。

「気をつけるに越したことはないが、その男の申すことはいちいち腑《ふ》に落ちる」

文武両道というが、実戦のための武などではなく、武士として修めるべきものに変わり、いまはむしろ文のほうに傾いてきた。腕っ節があるから、腕に覚えがあるからといってふんぞり返っていても登用される時代ではない。むしろ、情報を集め、細かに気を配り、うまく立ち回ることが肝要だろうと、眼の下に黒々としたくまを浮かせた孫右衛門が、深く息を吐く。

「たしかにそう思いましたが……」

「商家育ちでは、まだまだ戸惑うこともあろうが、おまえはともかく丈夫でおればよい。そうだ。今年の茄子《なす》の出来はどうかな」

「ええ、花もたくさん咲いておりました」

「実りが楽しみだな」

武家でも下級の家の庭はほとんど畑で、果実のなる樹木や薬草が必ず植えられていた。

客間と養父母の座敷からはそれなりに丹精された庭が見える。ただ、植えられているのは、ほとんどが病弱な孫右衛門のための薬草だ。駿平に与えられたのは屋敷の端にある六畳間だが、掃き出しを開けると、葉を茂らす無花果《いちじく》と柿の樹木が見えた。これらも、葉や実が、咳止めと痔瘻の薬になる。

昨年の初夏のことだ。もよがたすきをかけ、木槿《むくげ》の花を大事そうに摘《つ》んでいた。木槿は、一日花なので飾るには適さない。しかも、ざるに山盛りだ。吉江との剣術稽古の後で、疲れきった駿平が広縁にだらしなく寝転がりながら眺めていると、くるりと振り向いたもよが眉間に皺を寄せ、地面に敷いた筵《むしろ》を指差した。

「兄さま、お暇でしたら、摘んだ花をあちらへ並べてくださいませ」

だらけた様子の駿平を見かねたのだろう、思いの外厳しい物言いに急ぎ身を起こした。武家の女子《おなご》は子どもでもちょっと怖い。身体に針金でも通したように、ぴんとしている。

命じられるまませっせと並べつつ、何に使うのか、訊ねた。もよは、いまさらという表情をした。

「干した花は胃の腑のお薬ですよ。薬種屋《やくしゅや》へ売ったり、ご近所の方々と別の物と交換したりするのです。このあたりのお屋敷では当たり前のことですが、町場ではなさらないのですか」

ああ、そうかと駿平は得心した。孫右衛門のためだけではなく、こうした薬草類や樹木の実や葉が生計の足しになっているのだ。実家でも切り傷や打ち身などは庭の草木を使っていたが、まさか薬種屋に売って銭を得るなどということは考えもしなかった。

よく薬種屋の手代《てだい》がここを訪れていたのは、孫右衛門の薬を持ってくるだけでなく、薬草を買い上げていたのだ。

「野依家の草木は、よい薬になると、とても評判です。上手に育てれば草木は応えてくれるのです。兄さまも、きっと立派なお武家になれます」

木槿の花を並べながら、おいおい、おれは草木かと苦笑した。

「あの、失礼いたします」

政吉の声に、駿平は我に返り首を回した。

「旦那さまに、文が届きやしたよ」

政吉が駿平宛の文を二通差し出した。

駿平は孫右衛門の許を離れると、自室の縁側に座ってから文を開いた。一通は実母からでやはり小遣いが二分入っていた。もう一通は黒田半兵衛からだ。

開いた瞬間、眼を見開いた。

「大名小路案内他指南代金一両……」

昨日のことかと、駿平が呆気《あっけ》に取られていると、

「駿平いるか。駿平！」

智次郎が血相を変えてやってきた。眼が吊り上がっている。黒田の文を手にして縁側に出た駿平の眼前にかざした。

「おまえの処《ところ》にも届いたか。一両だと。ふざけた真似をしおってあのペテン軍師が！」

智次郎は文を丸め、地面に投げ棄てた。

「他の者に聞いたのだ。逢対では名物男らしい。若い者に眼をつけ、指南をするといっては銭金を要求し、いらぬと断れば泣き出すという、しょうもない奴だそうだ」

南割下水《みなみわりげすい》に屋敷があるそうだ、乗り込むぞと、智次郎が怒鳴《どな》った。

駿平は黒田の言葉を思い出した。

「たしか今日は、柳橋の――」

いい終わらぬうちに、智次郎はすでに身を返していた。

駿平と智次郎は『平木』へと向かった。智次郎は憤怒の形相で、頭から湯気が立ち上っているのが見えるようだ。

『平木』は両国橋《りょうごくばし》にほど近い、大川《おおかわ》沿いにある料理茶屋だった。かなり立派な店構えに、駿平が躊躇《ちゅうちょ》していると智次郎はさっさと門を潜り、大声で仲居を呼んだ。

「本日、徒組頭ご就任の宴があると聞いたのだが、座敷はどこだ」

智次郎の剣幕に仲居は少し怯《おび》えつつ、「こちらでございます」と案内に立った。

太鼓と三味線の音に混じって、嬌声《きょうせい》が次第に大きくなってくる。

「これこれ、軍師さまが下帯一枚になられたぞ。兵法も役には立たぬの」

「芸者のほうが上手だぞ」

「黒田さん、次は勝ってくださいよ。汚いふぐりなど見とうはありませぬゆえ」

若い男の声のあとにどっと哄笑が沸く。

「なんだ、なにをしているのだ」

智次郎が戸惑いつつ、駿平の顔を見た。

「わかりませんが……たぶん」

いま流行《はや》りの虫拳《むしけん》かとあたりをつけた。

指で蛇《へび》、蛙《かえる》、なめくじの三竦《さんすく》みを表して勝ち負けを決める。おそらく負けた者が衣装を脱いでいくのだろう。

智次郎は指を舐め、障子《しょうじ》に穴を開けた。

「智さん、見つかったらまずい」

「馬鹿騒ぎしているのだ。気づくものか」

智次郎はそういって穴から座敷を覗き込んだ瞬間、顔色を変えた。

「どうかしましたか、智さん」

智次郎はひと言もなく障子から眼を離し、首を振った。駿平も小さな穴に顔を寄せる。

ああと、思わず息が洩れた。

黒田と芸者と幇間《ほうかん》の三人がやはり虫拳に興じている。幇間も芸者もまだ帯を解いただけにすぎないが、黒田だけは下帯一枚だ。

酒をかなり呑まされたのか、身体中が真っ赤だ。視線を移すと、小太りの初老の武家、馬面をした中年の武家が座って酒を呑みつつ、腹を抱えて大笑いしている。

わあと声が響き、黒田が引っくり返った。

「また黒田さんの負けだ。じゃあ酒だ酒だ」

若い男が立ち上がり、黒田を叩き起こしながら盃《さかずき》を突き出した。

「もう呑めぬ、もう呑めぬ。徒組頭さま、どうかご勘弁くだされ」

黒田が膝を揃えて畳に額をこすりつけると、どっと笑いが弾《はじ》けた。

「情けない軍師さまよ」

駿平は知らぬうちに拳を握りしめ、顔をそむけた。

「小太りが徒頭だろうな。もうひとりの馬面が先役の徒組頭ってところか。若いヤツが黒田の知り合いだろう」

智次郎は唇を歪め、深く息を吐くと、

「行こう。怒る気も失せた」

踵を返した。駿平も後に続く。

案内をした仲居がすれ違いざま、お帰りですかと声をかけてきた。

「我らの勘違いだ。知らぬ方々の座敷だった」

智次郎が吐き捨て、乱暴に廊下を歩いた。

下手《へた》くそな謡《うたい》が聞こえてきた。黒田のだみ声だ。

「やめろやめろ、酒が不味《まず》くなるわ」

「食い物が腐るぞ」

遠慮ない罵声《ばせい》が飛ぶ。

駿平は唇を噛み締めた。

「惨《みじ》めだな。惨めすぎるよ」

智次郎はなにかを堪《こら》えるようにいった。

「だが、あの若い徒組頭、少しは黒田に世話になったのだろう……どうだあの扱い」

「智さん」

「あれが武士か？　おれはいま恥ずかしくてならん。駿平、おまえはどうだ。あれを見て武士を軽蔑したろう」

駿平は黙ったまま俯いた。

「どうだ？　おまえはなにを求めて武家の養子に入ったのだ」

「求めたというのとは違うかもしれないですが――」

いいかけたとき、後方からけたたましい足音がして、いきなり身を突かれ転がされた。

尻餅《しりもち》をついた駿平が顔を上げると、座敷にいた若い徒組頭だった。

酒に濁《にご》った眼を駿平に向け、鼻を鳴らした。

「おい、人を突き飛ばした挨拶がそれかっ！」

智次郎が眉をひそめ鋭い声を上げた。

「廊下をふさいで歩くほうが悪い」

「人を卑《いや》しめ、笑い物にするのが武士か。いやそれ以前だ」

「なんだと？　貴様、名を名乗れ」

「智さん、やめてください。私がぼやっと――」

いい終わらぬうちに、智次郎の拳が若い徒組頭の顔に飛んだ。

ぐえっと妙な声を出して徒組頭が上体を仰け反らせ、そのまま倒れこんだ。

「と、智さん！」

駿平は白目を剝《む》いて仰臥《ぎょうが》する徒組頭と智次郎の顔を交互に見る。

「ああ、清々《せいせい》した」

智次郎が顔をしかめ殴《なぐ》りつけた右手をひらひらさせると、興奮気味に鼻から息を抜いた。

「逃げるぞ、駿平」

そこへ黒田が姿を現した。あっという顔をしてふたりを見ると、その足下で伸びている徒組頭を見とめた。

おおお、と黒田が目の玉をひん剝いて駆け寄ってきた。

「大声がしたので何事かと思って来たが、なにがあったのだ。いや一目瞭然《りょうぜん》か」

すっかり気を失っている徒組頭を哀しげに見下ろし、首を振った。

「あとは、それがしにまかせておけ。さあ、早《はよ》う行け」

「黒田さん。なぜ」

「はは、あの障子穴か。参ったなぁ。ま、いいから行け。眼を覚ましたら面倒ゆえ」

行くぞと、智次郎は黒田に一礼すると駿平の腕を無理やり引いた。

駿平は両国橋の袂《たもと》で黒田が来るのを待っていた。夜も更け、人通りも少なくなっていた。

酔いに任せた職人たちが千鳥足で両国橋を渡っていく。

眼前に広がる両国広小路は、昼間は床店《とこみせ》が並び、人々で賑わうが、陽《ひ》が落ちると同時に喧騒《けんそう》は止み、闇が広がるばかりになる。

智次郎は黒田などほうっておけばいいと先に帰ってしまった。

「なにが御番入り指南だ。あのような卑屈な真似も厭《いと》わない者だから二十数年お役に就けなかったのだ」

当然だろうと、いい捨てた。

果たしてそうだろうか。駿平はどこか腑に落ちなかった。あの馬鹿騒ぎの中、黒田は障子の小さな穴に気づいた。まことに酒に酔い、我を忘れていたとは思えなかった。

半刻もしないうちに黒田がやってきた。腰に手をあて、足を引きずっている。

まさかあの後、徒組頭に……。

黒田が腹いせに痛めつけられている光景が頭をよぎり、駿平は駆け寄った。

駿平に気づき、いささか驚いたようすで黒田が立ち止まる。

「野依どの。まだおったのか」

「すみません。どうしても伺いたいことがございまして……あの、どこか痛むのですか」

ああ、と黒田が無精髭の残る顔を歪めた。

「いやあ参ったわ。芸者に馬乗りされてなぁ」

見た目と違ってあの女子、かなり目方がありそうだと、にやついた。

馬乗り？　駿平は耳を疑った。

「偽らなくて結構です。徒組頭に智さんのことが知れたのではないですか、それで」

黒田が眼をしばたたいた。

「違う違う。泥酔しておって已で転んだのだろうといって聞かせたら、見事に信じおった」

黒田は顔をしかめ腰をさする。駿平は、黒田の腕を取り、自分の肩へまわした。

「おお、楽だ楽だ」

「お屋敷までお送りします」

黒田が身を駿平に預けてきた。かなり重い。

「矢萩どのについてはまことだ。心配せずともよいからな」

「はい」

重みに耐え、やっと駿平は声を出した。両国橋の中ほどまで来たときには汗が噴き出し始めた。橋を渡り終えるまでは無言で歩いた。

と、黒田がゆっくり口を開いた。

「お主、元は町人だったな」

「実家は瀬戸物屋です」

「そうか……。迷いはせなんだか」

駿平は軽く微笑んだ。

「正直、いまになって、しまったと思いました。私は五男坊でしたからね。先行きなどたかが知れていると思ったわけです」

それならいっそまったく違った処で自分を試したい考えもどこかにあったといった。

「ほほう、己を試してみたいか」

「それほど恰好のいいものじゃありませんが。理由などあとからつけたようなものです」

駿平は自嘲《じちよう》気味にいった。

「それは武家とて同じよ。禄を食《は》むというてもそれがしのように三十俵では日々の暮らしとてままならん」

身分、家格、家禄……すべてが眼前に立ちはだかる。学問武芸が優秀であれば、のし上がることができるとしても、ほんのひと握りだと、黒田はため息を吐《つ》いた。

「大名や大身旗本の殿さまなんぞ、西洋の知識を得るための会など開き、蘭癖《らんぺき》などといわれておる。詩歌《しいか》にはまり、狂歌を詠《よ》み、戯作者の真似事をし、画を描き、文人学者と交誼《こうぎ》を重ね、どこそこの料理でないと口にあわぬだの、いいたい放題。なんのための二本差しかと、ときどき情けなくなる」

それだけ平らな世だということだ。武士が文より武を重んじるときは、世が不安定だ。ならばいまのままでいいと思うが、それはやはり自分が町人だからだろうか。

「町人には、分をわきまえ、分を下らずという考え方があるのではないか」

「ああ、そうですねぇ。身の丈《たけ》に合う暮らしをしろってことです」

人にはそれぞれ器がある。なみなみ注ぎ入れればこぼれるが、足りなければ、それはそれで苛立《いらだ》つ。

「己を知るということでしょうが、それでいいのか、とも思います」

ん？　と黒田が駿平を窺う。

「それじゃあ五男坊は五男坊で生きろってことでしょう。百五十俵は百五十俵で生きろと。それではつまらぬと思うのですよ」

「それで己を試したいと、な。お主も知っておろうが」

勘定吟味役《かんじょうぎんみやく》、佐渡《さど》奉行、勘定奉行などを務め、町奉行となった根岸肥前守鎮衛《ねぎしひぜんのかみやすもり》は、小身の旗本出身とされているが、まことの出自は町人だという噂がある。

「そこまで高望みはしませんけどね。なにが出来るかいまもさっぱりわかりません」

駿平は夜空を見上げた。雲ひとつない空に星がまたたいている。

「……黒田さんは、なぜあのような真似をなさっているのですか」

駿平は黒田の重みに耐えかねて、少し荒い息を吐きながら訊ねた。

「ははは、金だ。幇間の真似をして銭を得ているのだ」

黒田はこともなげにいい、懐のあたりを二度叩いた。駿平はすぐ横にある黒田の顔へ疑いの眼を向けた。

「信じぬか。あれがそれがしの指南の仕上げだ」

「仕上げ、ですか？」

「ああそうとも。上司を喜ばせてやるのだ」

人はできれば優位に立ちたい。見下すことがなにより好きな輩がいる。己よりも下であればなにをしても怒らぬし、相手が惨めであればあるほど嬉しくてたまらぬ。

「そこをくすぐって、いい気にさせてやるのだよ。徒組頭の若いヤツのためにやってやったことだ。これがそれがしの仕事だからな」

駿平は呆気に取られて黒田を見つめた。

「小普請支配も組頭もここまでしてはくれんと自負しておるがな」

黒田の顔を見ているうちに可笑《おか》しさが込み上げてきて、ついには大笑いしてしまった。

「そんなに可笑しいか？」

黒田は訝《いぶか》しげに駿平を見たが、つられて破顔した。

通りすがりの番太郎が刻を報せる拍子木《ひょうしぎ》を打つことも忘れ、気味悪く駿平と黒田を眺めていった。

南割下水は微禄の御家人の屋敷が並んでいる。同じような板塀と粗末な門。屋敷の区別さえつかない。陽気のせいか掘割の水がぷんとすえたような臭いを放っていた。

「黒田さん、どこですかお屋敷は」

うむと唸った黒田は大きなげっぷを洩らした。酒臭い息が駿平の鼻腔《びこう》を突く。

「次の次、二軒目だ」

黒田の指した屋敷は暗く沈んでいた。塀はところどころ腐り、門扉は傾いていた。廃屋《はいおく》にも見えるのは、まったく人気がないせいだ。

黒田がふと笑った。

「妻と子に逃げられた。もう十五年だ」

風の噂でどこかに後妻に入ったらしいと聞いた。息子も無事に育っていれば、十八だという。駿平の身上書を見たとき、黒田が複雑な顔をしたのはそのせいだったのだ。

「息子がな、御番入りしておればいいが、していなければ逢対で会うやも知れぬと、馬鹿な望みも抱いている」

　名乗れるはずもなし、顔すら覚えていないと、黒田は寂しげにいった。

「若い者には望みを叶えて欲しい。それはまことだ。そのためにはどのような踏み台になっても構わぬと、な。しかし、それがしも生きねばならん。金は必要だ」

　黒田はここでいいと駿平の肩から腕をはずし、傾いだ扉を開け、屋敷に入っていった。

「それは後悔ですか、償《つぐな》いですか」

　黒田の返事はなかった。

　帰り道、竪川《たてかわ》沿いを歩きながら、駿平は母を思い出していた。こっそり野依家に金を送ってくれるのは、末の息子が武家の養子に入ったのを不憫《ふびん》に感じているのだろう。

　それに甘え、当然だと考えていた自分が少しばかり気恥ずかしく思えてきた。

　これまでなにひとつ自分で力を尽くしてこなかった。

　ちょっとはここで頑張ってみるか。懸命になることも恰好悪いことじゃない。駿平は両腕を夜空に向けて差し上げ伸びをした。

駿平は智次郎へ昨夜の顚末《てんまつ》を告げた。不忍池《しのばずのいけ》を望む茶屋の腰掛けに座り、

「そうか、指南の仕上げとは驚いたな」

智次郎はそういって駿平の分の団子《だんご》に手を伸ばしつつ、華やかな衣装で歩く娘たちの姿を忙しく眼で追っている。

「だとしても銭金をそうして得ているのは解せぬ。やはり似非《えせ》軍師には変わりない」

「まあ、そうかもしれませんね」

駿平は深々と息を吸う。

陽射しは強いが、風は爽《さわ》やかだ。

鮮やかな緑の蓮《はす》の葉に埋めつくされた水面《みなも》の間には水鳥がのんきに浮かんでいる。

「そうだ。おまえは覚えているかな。手跡指南所で一緒だった友坂雄也《ともさかゆうや》がな……」

「友坂……ああ、色白のぱっと見、女子のような方でしたね。智さん、いつも手習いを代わりにやらせていましたよね」

昔のことだと、智次郎は唇を曲げた。

「その友坂が養子に入った。しかも同朋衆《どうぼうしゅう》を務める家だ」

同朋衆……江戸城にいる法体《ほったい》の者たちだ。登城している幕閣の面々や大名などに茶などを運び、話し相手になり、相談にも乗る。老中や若年寄など重職近くに侍《はべ》るお役

でもあるため、そこらの大名より力を持っているともいわれていた。

「じゃあいまは……」

駿平は頭をつるりと撫で上げた。

「まさに。つるつるの坊主頭だよ」

「へー、そいつは驚いた」

「近々会おうとなったんだが、おまえもどうだ一緒に。久しぶりだろう」

「同朋衆ですか、面白そうですね」

「ところで団子はおまえの奢《おご》りか？」

「今日から折半《せっぱん》にしてください。野依家は貧乏御家人ですから」

ちぇっ、なんだよと智次郎が文句を垂れた。

その日、駿平は実の母に文をしたためた。

送金を止めてほしいということ、野依家の当主として懸命に努めていくつもりであり、武士として、なにより男子として、

「立身いたしたく候」

最後にそう綴《つづ》って筆を置いた。

同朋衆

一

早朝の光が眼前で点滅を始める。

奥坊主の小山田雄定《おやまだゆうじょう》は失神寸前だった。

剃髪《ていはつ》した頭の先から汗が噴き出し、それが後ろへ前へと幾筋も流れ落ち始める。

夏の陽射しのせいではない。

雄定の前にはいくつもの桶《おけ》が並べられていた。近隣の百姓らから集めたものだ。それらを小納戸頭取《こなんどとうどり》の田沢喜八郎《たざわきはちろう》が厳しい顔つきでひとつひとつ蓋《ふた》を開け、覗き込んでいる。

雄定は桶から眼をそらし、早く見分を終えてほしいと心から願っていた。もう桶の前に立っているのさえ苦痛だった。この中に入っているものを考えるだけで寒気立つ。いますぐにでも逃げ出したいくらいだ。

「大の桶に中が混ざっているな」

田沢が低い声でいった。雄定を睨《ね》めつけながらにやりと笑う。四十路男の頰に皺がくっきりと現れた。

「二寸（約六センチメートル）にも満たぬものがおるではないか。大は三寸以上でなければ認められぬ。小山田どの、お主の眼は節穴か。一匹くらいは構わぬと思ったのであろうが、そうはいかぬなぁ」

田沢が楽しんでいるのはわかっている。

雄定が苦手なのを承知しているからだ。懸命に堪えている姿が可笑しくてたまらないのだろう。もう半年この調子だった。

ずらりと並べられた桶の中身はすべて蚯蚓《みみず》だ。

さわやかな朝日を浴び、桶の中で赤く細長い身体をねっとり光らせながら、うねうねとのたくっている。ぬめった身体を互いにくねらせ、からませていた。

桶から這《は》い出そうと、身体を伸縮させているものもいた。

出るな。桶から出るな。

雄定は祈った。地面に落ちれば拾わねばならない。誰が拾うのだ。私だ。それは困る。

幼い頃は雄定とて、蚯蚓をちぎって遊ぶような童だった。だが、あるとき一尺近くもある大蚯蚓を踏みつけにした。足先でのたくられ、必死に身体を伸縮させながら雄定の脛《すね》を這い上がってきたとき、冷たさと、もうひとつ奇妙な感覚に襲われた。毛だ。うっすらと毛が生えているのを知ったのだ。にわかに信じられぬことだったが、たしかに毛だった。しかも意外なほど剛毛だ。背筋に怖気《おぞけ》が走った。

それからというもの、どうにもこうにも薄気味悪い。生き物としての存在すらも認めたくないほどに嫌悪している。雨降りのあと、土中から這い出し、干からびているやつなど、十間《けん》離れていてもわかる。それだけ蚯蚓に対しての雄定の感知能力は研《と》ぎ澄《す》まされていた。

このことは誰にも明かしていない。道端で遭遇した場合、ひとりであるなら迂回《うかい》するか、韋駄天《いだてん》のように駆け抜ける。連れがいる際はできるだけ平静を装うが顔は強張《こわば》っている。

しかしどんな場合でも雄定の心の臓は喉《のど》から飛び出しそうであるし、常に全身は汗まみれだ。あの細かな硬い毛の感触が脚に甦《よみがえ》ってくるからだ。

雄定にとって啓蟄《けいちつ》など無用だ。土中に潜ったまま出てくるなといいたい。

だいたい雨後にやつらが地表に出てくるのは、土が雨水を含み、息ができなくなるからだと聞いたことがある。だが陽が出て地表が乾き始めることにも気づかないのろまなやつらは土中に戻れず、干からびていく。

馬鹿だ、馬鹿だ、馬鹿だ。

ずっと土中に留まり、もぐらにすべて食われてしまえと雄定は声を限りに叫びたい。

そんな己であるのに、よりによってなにゆえこの役なのかと、雄定は養父を恨んでいた。

雄定は、代々お坊主を務める小山田家に請《こ》われて養子となった。

お坊主には、同朋頭支配の奥坊主、表坊主、数寄屋頭《すきやがしら》支配の数寄屋坊主、寺社奉行支配の紅葉山《もみじやま》坊主がいる。

剃髪で法体だが、身分は武士だ。

小山田家は同朋であり、雄定はまずは奥坊主を命じられた。

同じ同朋頭の支配でも、表坊主のほうには、大名や旗本相手の給仕というのがある。そのせいか付届けも多く、裕福な者が多いと聞く。それにひきかえ奥坊主は中奥での雑事がほとんどだ。奥坊主でも老中や若年寄の御用部屋へ出入りする役の者はいるが、雄定が務める小道具役となると、将軍の理髪や食事など身の回りの世話をする小納戸役の指示を受け、衣装の管理や洗面掛、鳥獣の管理などが主だった仕事だ。

つまりこのずらりと並んだ蚯蚓桶は、すべて大奥や吹上《ふきあげ》御庭などで飼われている鳥や魚の餌《えさ》になるというわけだ。

桶には一寸半から二寸、三寸以上まで長さ別、太さ別に分けて入れてある。

田沢は首を傾げ唸った。

「これでは上様の鯉《こい》すら満足せぬ。いま少し集めてまいれ。小山田どの」

「では急ぎ百姓どもに頼み……」

「なんの、百姓らはもう畑仕事に出ているであろう。わざわざ手を煩《わずら》わすことはない。お主がそのあたりを掘ればすぐに出てくる」

ああ、そういえばお城の古畳が外に積んであったはず。そうした間にはよく肥《こ》えたものがいると、田沢は口角を上げた。

「私が……行くのですか」

雄定は声を震わせて居並ぶ仲間たちに救いを求めた。誰もが知らんふりをしていたが、なかには懸命に笑いを噛み殺している者もいた。ねちねち嫌味たらしく田沢はいう。ときには身体に触れてもくる。拒めばさらにこうした嫌がらせが増える。

「他に誰がおるというのだな」

田沢は桶へと手を差し入れ、一匹の蚯蚓をつまみあげた。田沢の指にくにゃくにゃ暴れて巻きつく。雄定の全身が凍りついた。

「それそれじっくりと見てみるがいい。この蚯蚓はとても三寸に足らぬぞ」

肥えてもおらぬと、田沢はにんまりと口許に笑みを浮かべ、蚯蚓を雄定目掛け放り投げた。

剃りあげた頭に、ぽとりと載った。

雄定は白目を剝き、そのまま昏倒《こんとう》した。

二

野依家は、いまでこそ家禄百五十俵の小普請なれど、初代より片時も離れず松平《まつだいら》家、ひいては神君徳川家康《しんくんとくがわいえやす》公に仕えてきた三河《みかわ》以来の武士である。天下分け目の合戦の際には、あられのごとく降り注ぐ矢を得意の槍でなぎ払い、挙げた敵方の首級は五つに及び、足軽風情が天晴《あっぱ》れと家康公、いたくお喜びなされて、畏《おそ》れ多くもお腰の脇差しに手をかけられ、

「賜《たま》わりしは、このひと振り」

と、野依孫右衛門はうやうやしく掲げた。

「ははあ」

駿平は平伏するも、横目でたわわに実る庭の枇杷《びわ》の木を見つめていた。そろそろ熟し始めたものもあり、食べごろを探っていた。

「駿平」

孫右衛門が重々しい声でいった。駿平ははっとして顔を上げる。

「おまえもいまや野依家の当主。そうなった以上は、その家の歩みを知らねばならぬ」

元は瀬戸物屋の五男坊であった駿平だ。それがいまや、三河武士であった野依家の当主となった。貧乏なのは否めないが、人生にはさまざまな岐路がある。

「二代目の孫右衛門さまは大坂《おおさか》の役の際、この脇差しを帯びてご出陣なされた。さすがに神君のひと振り。矢弾も寄せ付けなんだという。しかしだ」

百姓出の若い足軽が指示も聞かず、褒賞欲しさに突き進んだ。

「それはそれは勇猛果敢な若者だったそうだが、その無謀を引き止めたせいで二代が手傷を負わされてな」

功名心に逸《はや》ったゆえの短慮と若者は己を恥じ、傷が癒えるまで傍《そば》に付き看病させて欲しいと孫右衛門は懇願された。

「世話を焼かれ、焼くうちに、互いの心が引かれ合い、求め合い……当時はいつ何時死ぬるか先の見えぬ世ゆえな。死ぬのが怖いのではないぞ。死ぬる覚悟を常に持っているということだ」

そのような極限状態にあるからこそ、運命を共にする同志として深い絆《きずな》で結ばれたいと思うのは当然だと、孫右衛門はうっとり眼を細めた。

いまがそうした世でなくてよかったと駿平は心の底から感謝した。

「それで二代と若者は念友《ねんゆう》となった」

ん？　そこか。そこに話は落ち着くのかと、駿平は唸った。念友とはあれだ。つまり友情を超えた熱い想いを交わした関係のことだ。

「あの養父上……それが野依家とどうかかわるのでしょうか」

当然の問いだろう。

「うむ、それから若者は我が野依家に仕え……うぐっ」

がほげほごほがほ、と孫右衛門が激しく咳き込んだ。

「お父《と》っ……じゃなかった、養父上」

駿平はすばやく腰を上げ、孫右衛門の背をさする。

「おお、すまぬ。もう大丈夫だ。それと、お父っつぁんではないぞ」

はいと、身を引き駿平は平伏した。慌てると、おっ母さん、お父っつぁんがいまだに口を衝《つ》いてしまう。

まあいい、といいつつも孫右衛門の喉奥からひゅうひゅう妙な音がしていた。

「過日お引きになった風邪がまだ残っているのでしょう。風邪は万病の元。少し横になられたほうが。私もこれから逢対に参ります」

「そうであったな。遅くなってはならぬ。本日は晦日ゆえ小普請組頭さまとの逢対日か」

では続きは近々と、孫右衛門はまたぞろ軽く咳き込みつつ、駿平に去《い》ねとばかりに手を振った。

小普請組頭の屋敷から出た駿平は肩を落とした。照りつける陽射しが憎いほどだ。

逢対は相変わらずだった。かんばしい成果などあるはずもなく、いつものように希望を伝えただけで終わった。

これで幾度、逢対を終えたのかと、駿平は指を折り、ほうとため息を洩らした。

いつになれば心願が叶うのか。これが未来永劫《えいごう》続くのではないかと、途方に暮れた。

「旦那さま。気を落としなさるな。まだまだ始まったばかりでございましょ」

ぶらぶらと坂を下り始めた駿平に中間の政吉が声を掛けてきた。やはり背中に落胆が張り付いていたのかもしれないと、振り向いて笑いかけた。

「そうだなぁ、これからだ。落ち込んでいられないよな。野依家の将来のためだ」

「その意気でございますよ。三河武士の野依家のご当主なのですから。ま、こうしたことはある日突然ということもございます。心にゆとりを持ち、気は緩《ゆる》めずですよ」

政吉は駿平を優しく見つめながらいった。

「それが難しいんだけどなぁ。ところで政吉さんは……なぜ野依家に」

問いかけようとしたとき、坂下で手を振る者が見えた。

眼を凝らすまでもなく、智次郎だと知れた。相変わらず暇なのだろう。

「ややあ駿平どの。本日の首尾はどうであった」

首を横に振ると、智次郎はずんずん坂を登って来るや、なぐさめのつもりか肩を二度ほど叩いてきた。

「少し手加減してくださいよ、智さん」

駿平は顔を歪めて左肩をさすった。

「大袈裟《おおげさ》な奴だ。それよりな、友坂雄也に会いに行くぞ」

「これからですか」

駿平が訊ねると、智次郎は眼をしばたたき、あたり前だという顔をした。だから迎えに来たのだと鼻を膨らませる。智次郎は己がこうだと思えば、相手も同じ思いだという考えらしい。

「ああ、そうだ。いまは友坂雄也ではなく小山田雄定というらしいがな。雄定どののご厚意で池之端《いけのはた》の料理茶屋へ行くことになった。ここからなら、さほどの道のりじゃあない」

さすがに同朋衆となると、これが違うのだなと、智次郎は己の襟元《えりもと》に手を差し入れた。つまり余禄がたんまり入るという意らしい。

「というわけで政吉は先に戻っていいぞ。野依家のご当主はおれがきちんと送り届けるゆえな」

「はい。よろしくお頼みします」

まったく調子がいいと、駿平は唇をへの字に曲げた。送り届けるもなにも智次郎の屋敷とは通りが一本違うだけだ。

「では肩衣はあっしがお預りしましょう」

政吉は駿平の肩に手をかけた。

「よいご友人をお持ちでいらっしゃる」

駿平の耳元で政吉はそう囁くと、手早く荷をまとめ「それではお先に」と智次郎へ柔らかな視線を向け、頭を下げた。その眼つきが、どこかねっとりしていて気になったが、「行くぞ」と、智次郎がさくさく歩き出していた。

駿平は慌ててその後を追う。武家はなぜか皆、歩くのが速い。

三

友坂雄也は三男だった。自分も商家の五男坊で武家の養子に入ったが、武家もお家の存続だので行ったり来たりが多い。

智次郎もやがては婿か養子の口があれば行くのだろうなと駿平は思った。智次郎が学問で身を立てるのは絶望的であろうし、この太平楽な世にあって剣術で立身など考える者はほぼいない。それでも普請方を務める父親と兄がいるので、部屋住みとして番入り願いを出す予定になっているとつい先日話していた。

野依の養父からいわせれば、「矢萩は欲深だ」ということになろう。たしかにひとつの家で三人がお役につき、駿平ひとりだけの野依家が無役というのは公平ではないようにも思われる。

「むろん、おまえも来ると雄也には伝えておいた。おまえが武家に養子に入ったと知って雄也は驚いていたぞ」

何年ぶりかな、手跡指南所でおれはずいぶん世話になったと、智次郎は妙に殊勝なことをいっているが、世話をさせたというほうが正しい。

「同朋衆ってのはな、本来は同朋頭を筆頭になんたら坊主という細かいお役に分かれているのをひっくるめてそう呼んでいるんだ」

智次郎がいうには、同朋衆の家では常に優秀な男子を物色しているという。

「城中で老中、若年寄、大名や旗本を相手にするお役もあるから、それなりの教養を求められるわけだ」

しかも世知にたけ、機知に富み、聡明でなければならないらしい。

雄也は色白で一見、女子と見紛《みまが》うほど優しい顔立ちをしていたが、指南所では一、二を争うほどの秀才だった。

「ま、そういう奴だったから、同朋の小山田家に眼をつけられたんだろうな」

駿平は智次郎をちらと見た。

同朋衆は足利《あしかが》時代には将軍や大名に近侍する諸芸に秀でた技能を持つ者の集まりだったが、次第に形を変え、徳川の世になってからは近侍の役柄が残り、名称だけが引き継がれた。

「茶人の千利休《せんのりきゅう》のじいさんってのが、千阿弥《せんあみ》って同朋衆だったらしいな。その流れでいまでも同朋頭と同朋は阿弥号を名乗るんだとさ」

智次郎がこれほど博識であったとは知らなかった。素直に尊敬の眼差しを向けると、

「皆、親父どのの受け売りだ。くどくて長かったぞ。足がしびれるほどにな。これも駿平、おまえのために訊いてきたのだぞ。ありがたがれ」

にかっと白い歯を見せた。強引な恩着せがましさが智次郎らしかった。

不忍池は蓮で有名だ。池の真ん中には弁天堂《べんてんどう》があり、池畔《ちはん》周辺を池之端と呼び、料理茶屋や、水茶屋、男女が密会などに利用する出合い茶屋が建ち並んでいた。蓮の花は早朝に咲く。まだ季節には早いが盛夏になると、朝早くから多くの人々が蓮見に訪れる。

「おう、ここだここだ」

智次郎が一軒の料理茶屋へ入り小山田雄定の名を告げると、仲居がすぐに座敷へと案内してくれた。

ほうと、智次郎が感嘆した。座敷の前には丹精された庭があり、木立をうまく植えて、外からは見られずに不忍池を眺められるように作られていた。

「このような料理茶屋に来たのは初めてだ」

智次郎の声が弾んでいる。

駿平は座敷内を見て首を傾げた。

四つの膳が揃えられている。

「じつは、雄也……じゃない雄定に駿平が御番入りに奔走しているという話をしたらな、お役目のことが知りたいのなら同朋頭さまにも同席してもらおうとなったのだ」

「同朋頭だって？　智さん、私は頭を丸めるつもりはないですよ」

智次郎が下座に腰を下ろしながらいった。

「違う違う。同朋頭は城中のお役がどのようなものか精通しているからな。色々な話が聞けるということだ」

「そういうことですか。それならありがたい」

駿平は、ほっと胸を撫で下ろした。しかし老中や若年寄など、駿平にとっては殿上《てんじょう》人《びと》のようなお偉方の世話をする同朋頭に会うのもちょっと怖い。緊張で腹を下しそうだ。

これでは養父上と同じだと駿平は苦笑した。血の繋《つな》がりはなくとも暮らしを共にしていると性質が似るのかもしれないが、虚弱はごめんだ。

「でもわからんぞ、駿平。同朋衆は常に優秀な者がほしいんだ。同朋頭のお眼鏡《めがね》に適《かな》ったらそのときはすっぱり髷《まげ》を落とせ」

智次郎は無責任なことをいって、ひとりで笑った。

雄定と同朋頭は四半刻ほど遅れると仲居が告げていった。ならば少しの間、あたりを散策するかと、駿平は座敷から下り、庭草履《ぞうり》をはいた。

広い庭だった。苔《こけ》むした大きな岩がそこかしこに置かれ、小川が流れ、滝まで設《しつら》えてあった。水の流れが涼やかな風を運び、蒸《む》し暑さを一時忘れさせてくれる。

しばらく歩くと、駿平は足を止めた。

人の話し声がする。ふたりだ。

まずいと駿平は顔をしかめた。いつの間にか離れの方まで来ていた。

こういう料理茶屋ではお忍びやら、密談やらで使われる座敷がある。特に出合い茶屋の多い池之端では、どこの料理茶屋にもこうした離れがあるのだろう。

中はうまく目隠しされて覗けぬようになってはいたが、それでも見咎められていい訳するのも面倒だ。駿平は座敷に戻ろうと踵を返そうとしたが、不意になにかが引きとめた。

ふたりのうち片方の声にどこか聞き覚えがあるような気がしたのだ。しかも互いに抑えた声でありながら、諍《いさか》いのような、懇願のような奇妙なものだった。駿平は足音を忍ばせて、離れへと近づき、植え込みを背に前屈みになってしゃがみこんだ。

もし誰何《すいか》されたら腹痛だといおうと決め、耳を澄ませた。

「お約束が違っております」

「私は、おまえのためを思うていっておる」

「…………」

「御用部屋にてのあやつの振る舞いに難色を示しておる方々がいるのだ。それが上様のお耳に入ったらと心配している」

がちゃがちゃと、器が触れる音がする。

「そのような偽り、どなたも信じませぬ」

「はてさてどうかな」

「卑怯《ひきょう》なことをなさいますな」

なにかを叩《たた》きつけるような鋭い音がした。

「それもこれもおまえが悪いのだ。私に気づいてくれぬからだ。おまえとてあやつがいなければどうなるか……だからな、な」

「なにをなさいます。おやめ……あ」

さらに器の音がする。

「私がおまえをいたぶるのは、おまえの困る顔が見たくてたまらぬからよ。あの日、卒倒したおまえの顔がかわいらしゅうて忘れられぬ。もう一度、見せてはくれぬか」

「……嫌です。その手を離し……くっ」

「離さぬ離さぬ。おお、怖い顔もまたいい。私をもっと睨みつけてくれ。そうだ。おまえに見せたいものがある」

ひっと詰まった悲鳴が上がった。

「大きくて立派であろう。声もないか」

下卑《げび》た笑いだ。

駿平はごくりと生唾を呑んだ。この声……低くはなっているが雄也だ。いや、今は雄定か――違う、そうじゃない。ぶるぶると駿平は首を振った。落ち着け落ち着け。

駿平は己にいい聞かせ、深い呼吸を繰り返した。いまさら名などどうでもいい。それよりいま繰り広げられていること自体が信じがたい。

だが、見せられたものはなんだ。雄也の声が一切しなくなった。ただわずかに衣擦れの音だけが妙に大きく駿平の耳に響く。

「私はおまえと睦《むつ》まじくなりたいだけだ。髷を落とし、剃髪したお主らお坊主は男でもなければ、女でもない」

私の想いを遂げさせてくれと、唸るようにいった声を最後に座敷は静かになった。代わりにすすり泣きと、歯を喰いしばるような呻きがとぎれとぎれに聞こえてくる。

どうすればいい。

駿平は混乱していた。

野依家の先祖と足軽のことが不意に思い出された。生死の先も見えぬ極限状態の世ゆえの絆……こ、れ、は、違うだろう。

相手の同意を得ない、手込めだ。

男が男を襲っているのだ。しかもおそらく組み敷かれているのは幼馴染みだ。

いまここで飛び出したらどうなるのだろう。自分自身が目の当たりにする光景を想像して身震いがした。

智次郎なら迷わず飛び出して行ったかもしれない。

しかし――駿平は頭を抱えた。

助けるべきか、知らぬふりをすべきか。

相手が剣術遣いなら、おしまいだ……そうだ、と駿平はひらめいた。

火事だと叫ぶのだ。火事が多い江戸の町では誰もが一番、神経を尖らせる言葉だった。

四

よしと、腹に力を込めて駿平が立ち上がりかけたときだ。けたたましい足音とともに、

「田沢。田沢喜八郎はおるか！」

怒号にも似た声が響いた。

駿平は急いで再び植え込みに身をひそめると、わずかに顔を覗かせた。坊主頭の大柄な男の姿が見えた。

「是阿弥《ぜあみ》さま！」

帯を解かれ、前をはだけ白い肌をさらした雄也が飛び出してきた。本当に坊主頭だと思う間もなく、その男に抱きつくのが見えた。

駿平は小さく声を上げた。同朋頭と同朋は阿弥号を名乗ると智次郎から聞いたばかりだ。

「雄定、大事ないか」

はいと、是阿弥の胸に顔をうずめ頷く雄也の声は震えていた。その雄也の肩を是阿弥がしかと抱きしめる。なんだこの展開は……駿平は困惑しながらも懸命に整理を始めた。

「これはこれは、同朋頭の谷口《たにぐち》是阿弥どのではありませぬか」

田沢という男は乱れた着衣を直しながら、ふてくされた口調でいった。細い顔で眼の吊り上がった狐面《きつねづら》だ。

「田沢喜八郎どの。小納戸頭取の貴殿が我が配下を呼び出し、この振る舞い。どういうことかご説明いただこう」

同朋頭の谷口是阿弥は厳しくいい放った。

背を向けていてほとんど顔は見えなかった。しかし、肩の張ったがっちりとした身体、通った鼻筋と顎《あご》の感じからいって美丈夫ふうだ。なにより剃髪した頭の形が美しいと、駿平は埒《らち》もないことを思っていた。

「我が配下、か。笑わせてくれる」

それ以上であろうがと呟きつつ、田沢は膝を立て崩れた座り方をしながら、是阿弥を見上げ、うすく笑った。

「奥坊主の支配は同朋頭でも、小道具役の実質の指揮は我ら小納戸だ。小山田雄定どのがあまりにふがいないゆえ、お役をこなせるよう少々修練をいたしておったまでのこと」

「修練だと?」

おおこれよと、田沢が小さな箱を突き出した。雄也が是阿弥にしがみつく。

「蚯蚓……雄定、どういうことだ」

雄也は、がばとその場に平伏した。

「……怖気が走るほど苦手なのでございます。一日ごと、いくつもの桶一杯のこやつらを見るのが苦痛なのです」

是阿弥が雄也を見下ろした。

「……なんと見下げ果てた者だ」

「私のいうた通りであろう。これでは困る」

拳《こぶし》を震わせた是阿弥は、

「貴様のほうだ。田沢喜八郎。弱みにつけこみ脅しをかけるなど直参《じきさん》のなさること
か。恥を知れ」

激しい怒声でいい放つ。

「支度を調えなさい」

是阿弥は身を震わせる雄也へ命じると、再び田沢へ顔を向けた。

「此度のことは他言《たごん》無用。互いに恥はかきとうありませぬゆえ」

是阿弥は再び田沢を睨めつけ張りのある声で念を押すようにいった。

「よろしいか」

にわかに田沢の顔に憎悪の色が浮かんだ。もともと吊り上がった目尻をさらに上
げ、

「雄定はな、お主のために応じたのだ。あとで吠《ほ》え面かくなよ、茶坊主どもがっ」

汚い声でわめいた。

あれが将軍の身の回りの世話をする小納戸役か、まるでごろつきだと駿平は呆れ返
った。口を半開きにして植え込みからようすを窺っていた駿平はふと気配を感じ、顔
を上げた。

「あ」

慌てて身を隠したが遅かった。

鋭い眼光で駿平を見下ろす是阿弥がいた。

やはりかなりの男振りだと、のんきなことが頭をよぎった瞬間、駿平の背から、汗がどっと滲み出た。


結局、座敷に顔を出したのは谷口是阿弥ひとりだった。雄也に急なお役目が入り、残念ながらどうしても同席できぬと、是阿弥は駿平をじっと見つめていった。

他言無用は駿平にも当てはまるということだ。なにも知らない智次郎は俯く駿平に厳しい眼を向けてきた。

「おまえ、ちゃんと顔を上げろ。わざわざいらしてくださったんだ。失礼だぞ。しかも顔中、汗だらけだ、ほら拭《ぬぐ》え」

そういうと手拭いを差し出してきた。

「ははは、仲がおよろしい。皆さま、同じ手跡指南所の幼馴染みと雄定から聞いておりましたが、よいものですな。うらやましい」

駿平は心の臓をわし摑《づか》みされたふうな気分になった。是阿弥の言葉に他意はないにしろ、なにかが突き刺さるような感じがある。

智次郎は是阿弥へ不遠慮に訊ねた。

「急なお役目ってのも大変ですね。よくあることなのですか」

是阿弥は、きりりとした眉を動かし、破顔した。銀鼠色の着流しに濃緑の羽織が似合う。

「なに、城中に野良猫が迷い込んだという報せがございましてね」

「猫？」

是阿弥は頷き、静かに口を開いた。

「奥坊主でも、雄定の務める小道具役はなかなか雑事に追われるお役でしてね」

むろん、将軍の使用する道具の管理も重要な仕事だが、それ以外に、城内で飼われている鳥や魚などの餌集め、入り込んだ猫や鼠《ねずみ》、蛇などを生きたまま捕獲し、城外へ放すこともしているという。なるほど、蚯蚓は餌なのかと気づいた。

「なかなか面白いものでしてね、猫は佃島《つくだじま》、鼠は本所《ほんじょ》の回向院《えこういん》で放します」

回向院にはかつて武家屋敷ばかりで盗みを働き、死罪になった鼠小僧次郎《じろ》吉《きち》の墓がある。

「鼠が鼠に睨みを利かせてくれるということですかな」

是阿弥はさわやかに笑った。

「なにか他にご質問はございますかな」

「まことにお坊主衆は儲かるんですかね」

智次郎が身を乗り出した。駿平は思わず肘《ひじ》で智次郎をこづいた。

「なんだよ、駿平。おまえのためだぞ」

儲かるか儲からないかは知りたいことではないと、駿平は口許を曲げた。

「これは真っ直ぐなお訊ねですな。まあ、城中ではさまざまなしきたり、決まりごとがございます。遠国のお殿さまや家督を継いだばかりの若殿、新任で役就きなされた方など戸惑うことも多い」

その世話をするのが坊主衆であり、おのずと頼られることになれば、

「おわかりでしょう」

是阿弥は半眼に智次郎を見つめる。智次郎がぴくっと身を震わせ、背を伸ばした。

「私などは、ご老中、若年寄さまの御用部屋に出入りし、お預りした文書をお役人方へ発給する役目柄、逆に幕閣の方々への取次をお願いされることもしばしばあります。これはこれで身の縮む思いですよ」

すべての願いを聞き届けるわけにも参りませぬゆえ、いらぬ恨みも買うのだと是阿

弥はわずかに顔を歪ませた。

駿平は唸った。

あやつの振る舞いに難色を示しておる方々と、田沢はいっていた。あやつというのは是阿弥のことだ。是阿弥がなにか不正を働いているのだろうか。いらぬ恨みを買うというのは、処遇に差ができてしまうというようなことなのだろうか。

是阿弥は半刻ほどすると盃を伏せ、

「申し訳ござらぬが私はこれで。あとはゆるりとなさってくだされ」

腰をゆっくり上げた。駿平はいきなり口を開いた。

「あの、是阿弥さま。雄也を、いえ雄定を」

「おお、かつては雄也という名でしたか」

是阿弥は頬を緩ませた。

「よろしくお頼み申します」

それからと、駿平は是阿弥を見上げた。

「是阿弥さまもお身体に気をつけてください。病は知らぬうちに忍び寄って参ります」

是阿弥は表情を変えず深く頷くと、座敷をあとにした。

五

ほうと、駿平は肩で大きく息を吐き、出汁巻《だしま》きを口にした。

「そういえば、是阿弥さまにかけた最後の言葉はどういう意味だったんだ。野依の親父さまでもあるまい――」

「べつに……なにもないですよ。ただの挨拶じゃないですか」

怪しいなぁ、それに庭へ出ていったきり戻らなかったしなぁ、おまえ離れでお忍びでも覗いていたのと違うか、それならなぜ報せないのかなぁ、どこかうわの空だったしなぁと、智次郎はぶつくさ文句を垂れながら、駿平の皿から漬物をかすめていった。

「しかし、ご立派な方だったたな。雄也も幸せ者だよ」

幸せ者と聞いて、駿平は思わず箸を落としそうになった。

「でもさすがにお坊主だな。ありゃ相当だ」

智次郎は感慨深げに腕を組んだ。

「なにが相当なんです、智さん」

武芸だよと、即答した。

「あの身体を見てわからなかったか。かなり鍛え上げているぞ。半眼に見られたときはぞっとした。あれは武芸者の眼だ」

駿平は、ただ相槌《あいづち》を打った。

「城中で強いお役はなんだと思う？」

「そりゃあ、上様をお守りする書院番の方々じゃないんですか」

智次郎はふっと笑って、首を振る。

「お坊主衆さ。上様はもとより、老中、若年寄といった幕閣の傍に常にいる。万が一、城中で事が起きたらまっさきに盾《たて》になり矛《ほこ》になる集団だ。相当な遣い手だらけだというぞ」

はあと、感心した駿平だったが、なら雄也はどうだ。あんなに線の細い男だ。

そんな思いを見透かしたように智次郎がいった。

「雄也もな、ああ見えて、仕合うと、おれから三本に一本は取る奴だからな。槍術《そうじゅつ》ではかなわぬし、長刀《なぎなた》も修めているはずだ」

同朋の小山田家に養子へ入るのは当然なのさと、智次郎はひとり頷いた。

ならばと、駿平は考え込んだ。あんな狐面の田沢とかいう小納戸頭取など軽くひとひねり出来たのではないか――あれは芝居を打ったのだろうか。なんのために。

駿平は、苛々と首の後ろを掻《か》いた。

それとも青菜に塩のごとく雄也に蚯蚓なのかと考えながら、手に取った器の中にそうめんが揺れていた。水路に落ち、真っ白になった蚯蚓を思い出して、駿平は器を膳に戻した。

「しっかし雄也も大変だなぁ。猫やら鼠の相手もせねばならぬとは」

智次郎はごろりと横になった。

「ま、部屋住みも大変だがな。昨日から、おれの菜が一品減らされた。出仕している兄上が増やされていた」

「働かない者は食うなということですよ」

智次郎ののんきさに駿平は、若干腹が立って皮肉を投げ付けた。嚙み付いてくるのにも耐えるつもりだった。

「だよなぁ。おれもそろそろ先を考えねばなるまいよ。おまえも逢対に頑張っておるしなぁ」

へっと肩透かしをくらった駿平は、まじまじと智次郎を見つめた。

「なんだよ。おれがこういうことをいったらおかしいか。それともなにか、おれに惚《ほ》れたか。そいつは無駄だぞ」

「私もその気はまったくありません」

駿平は力なく笑った。


数日後。早朝の穏やかな空気を裂くように智次郎が屋敷に駆け込んできた。

「駿平。いるか、一大事だ」

「また、矢萩の智次郎さまですね」

もよが賽《さい》を振る手を止めた。

誰の差し金なのか、近ごろもよとの遊びは出世双六《しゅっせすごろく》だった。小普請寄合から始まって、たいていもよが老中に上りつめて終わる。

「手加減なさらずともよいですのに」

もよはいうが、駿平はいつも全力で賽を振っているのだ。それでも勝てない。だが、今朝は駿平の出世が幾分早い。今日はいける気がしていただけに、智次郎の訪問が口惜しい。もよがふと双六へ視線を落とした。こちらの心を読まれたようで、これまた悔しい。

「ま、たかが双六の勝負だ」

ははははと笑い、駿平が精一杯虚勢を張ると、

「たかが双六といえど、兄さまがご老中になられたら、もよは嬉しゅうございます」

もよが小首を傾け、微笑んだ。

「そ、そうかな、それじゃあ」

もよへそのままにしておくように頼み、急ぎ玄関へと向かった。きっと、こうして男は女に乗せられていくのだろうと思いつつ、悪い気がまったくしなかった。

けれど、まことのところはどうなのだろう。一面識もない男がいきなり家にやって来て、今日から、兄だ、未来の夫だといわれ、得心できるものなのだろうか。もっとも武家の縁組みなど、祝言《しゅうげん》のときに初めて顔を合わせるものだといわれればそれまでだし、武家に生まれた女子は、そうしたものだと教え諭《さと》され育っているはずだった。

だからといって、それをもよに訊ねるのも気が引けた。自分の容姿をさほど卑下することもないとは思うが、目鼻立ちはくっきりせず、智次郎のような我の強いふうでもなく、少々ぼんやり顔だ。よくいえば優しい顔立ちではある。うむむ、と駿平は唸った。

智次郎は駿平の姿をみとめるなり早口でまくしたてた。

「いるなら早く出て来い。父上から聞いたのだが大変だぞ。同朋頭の是阿弥さまが、

「昨夜お役を解かれた」

えっと、駿平は言葉を失った。

なんでも大名を騙したのだという。幕府は大名に社寺の修繕や護岸普請などを命じる。それを避けたい大名は多い。是阿弥は己が取り成そうと金品を受け取っていたらしい。

「まことであれば解任だけでは済むまいよ」

　智次郎が唇を嚙み締めた。

「雄也にすぐ会いに行ったが、相当落ち込んでいた。それでも今朝は出仕すると……だが顔つきがおかしかった。妙に思いつめたふうでな。よほど是阿弥さまを慕っていたのだろうな」

　田沢だ。あの狐面の小納戸頭取が謀《はか》ったのだ。男の嫉妬も恐ろしい。

　駿平は尻はしょりすると、草履を履くのももどかしく表へと飛び出した。

「おい駿平。どこへ行くんだ」

　不安が抑えきれないほど噴き出してくる。

「雄也は出仕するといったのですね」

「っておまえが城中に入れるか！　慰《なぐさ》めるつもりなら下城するのを待てばいい」

走る駿平の横にいつの間にかぴたりと智次郎がいた。なんだか泣けてきた。

「重職の方々はどの門を使いますか」

「大手《おおて》御門《ごもん》か内桜田《うちさくらだ》御門だな」

駿平は己の立場として考えた。

是阿弥の無実を訴えるためにいい場所はどちらか。

そうだ。以前、胡散臭い番入り指南役を自称する黒田半兵衛に案内された大名小路。あそこなら重職の屋敷だらけだ。まさか黒田の教えがこんなときに役立つとは思わなかった。

「大手御門に行きます」

「なにを考えているんだ、駿平」

「是阿弥さまを救うため、雄也は必ず大手御門に行く気がします。人が多ければ多いほどいいはずです」

「まさか駕籠訴《かごそ》か。よし、手前の御門で門番に止められたら、おれが父の名を出す」

智次郎が力強くいった。

息が切れ、眼には汗が入る。脚も鉛のように重くなる。もう腿《もも》が上がりきらない。

そうだ、武士はやたら走ってはいけないのだった。でないと、なにか一大事があったのではと町人が不安になるからららしい。だから武士が駆けるのは火急の際だけだ。いや、これは火急だと、いい聞かせた。智次郎も走っているからいいのだ。

四半刻ほど駆け抜けただろうか。汗で眼の前が霞《かす》んで見えない。だが、門前に人だかりがあるのだけはわかった。

「どうやら当たったようだぞ、駿平」

駿平は喉が渇ききってただ頷いた。

裃姿の供揃えの武士や、中間らでひしめいていた。ざわざわとただ成り行きを見守っているようでもあるのが不思議だった。

駿平と智次郎は幾重にも重なる人波をかき分けて進んだ。

雄也が通りにかしこまっていた。その傍らには手桶がひとつ置かれている。あらためて見る法体の雄也は美しく端然としていた。

「一体、これはどうしたことですか」

智次郎がどこかの大名家の家臣へ訊ねた。

「なんでもな、小納戸頭取の田沢喜八郎に渡したいものがあるから、ここへ呼べとあのお坊主がいうておるのだ」

あたりを騒がせるつもりはない。ただそれだけだというので、皆、好奇心もあって見物しているらしい。

重職らへの直訴ではないことがわかっただけでもほっとした。だが、雄也がなにを考えているのかわからなかった。

と、そこへ田沢があたふたと駆けつけて来た。周囲を見回し、呆然とした顔をした。

「小山田どの。姿が見えないので心配しておったのだ。皆さまの迷惑になる。早う城中へ参られい」

田沢は妙な猫撫で声を出した。雄也の態度に不安を覚えたからだろう。

だが、雄也は田沢の声も姿もないかのように目蓋《まぶた》を閉じ、じっと座っていた。

「早うせいというのがわからんか。お主ら小道具役の落ち度は私の落ち度になるのだぞ。なにを意地張っておる。童ではないのだ」

田沢が痺《しび》れをきらし、雄也の肩に手をかけた。その瞬間、雄也はかっと眼を見開き、すばやく田沢の腕を摑むと、その場に転がした。

ほうと、野次馬と化した武士たちが感嘆を洩らす。さすがはお坊主の声も上がる。

「な、なんの戯《たわむ》れだな、小山田どの」

口許に笑みが浮いてはいたが、転がされた田沢の眼には怯えの色が見えた。雄也がゆらりと立ち上がり、手桶を摑み、田沢へ視線を落とした。長い睫毛《まつげ》が静かに揺れる。怖気が走るほど美しい。

「なんだそれは」

「自らの潔白を晴らすため自害なされた同朋頭谷口是阿弥さまの塩漬けの首級」

げえと、田沢の吊り上がった細い眼が、丸く見開かれた。

まさかと、駿平は智次郎と顔を見合わせた。

あり得ぬと、身体を震わせながら首を振る田沢へ向け、雄也が、にっと片方の口角を上げる。

「まことは違いますよ、田沢さま。今朝も犬が足りぬとおっしゃる気がいたしましたので先に捕らえて参りました」

腰が抜けたのかいまだ立ち上がれずにいる田沢へ向け、雄也は桶の中身をぶちまけた。

「ひゃあああああ」

おおおお、と周囲からも悲鳴のような声が上がり、後ずさりする武士もいた。

蚯蚓だ。しかもかば焼きにできそうなほど特大だ。数にして二百、いや三百匹ほどか。田沢はその特大蚯蚓まみれになり、自身がのたうち回った。くねくねと踊るように蚯蚓が地表を這い回る。

「うわあ、除《の》けてくれぇぇぇ」

雄也は田沢を冷たく見下ろした。

「上様の鯉も十分満足できるでしょう」

「貴様、なにゆえ、うわわわ」

田沢は襟元に入り込んだものを払う。

「愚劣な者に謀られた大切なお方を救うためなら、怖いものなどありはせぬ」

「皆の衆、お聞きになられたか。この者は是阿弥の念友だ。衆道者《しゅどうもの》よ！　こやつらは城中で交わっていたのだ！」

智次郎が眼を瞠《みは》り、駿平の顔を見た。駿平は思わず視線を避けた。

田沢の言葉はただ宙に浮いていた。

「さあ是阿弥さまは無実だといえ。すべては貴様の作り話だとこの場でいえ。あの方は潔白だと、いますぐだ」

田沢は大きく首を振る。肩でうごめいていた一匹が落ちた。

「そうか、いえぬならば口など無用」

雄也は田沢に馬乗りになると、地面でのたくる蚯蚓数匹をむんずと摑み、その口にむりやり押し込んだ。

その場が凍りついた。

六

「さ、たんと召し上がりくださいませ」

もよが夕餉《ゆうげ》の膳を運んできた。駿平は、読売を急いで膝下に挟みいれた。

「もよも一緒にどうだ」

孫右衛門はしじゅう身体の調子が悪いので自室で食事をしている。野依家に入って一年経ったいまも、ひとり飯というのは慣れない。それが武士の慣《なら》いだとしても、実家が四人の兄と父と母、長兄の妻子が加わり、賑やかだったせいもあり、よけいに寂しく感じる。

「いいえ。兄さまは野依家のご当主でございます。武士の家では、妻であろうとも女子は殿方と食事を共にはできませぬ」

「そうかぁ。大勢で食べると楽しいのになぁ」

駿平は至極残念そうな顔をした。

ですがと、もよが悪戯《いたずら》っぽい眼をして駿平を見る。

「ご命令ならば従わねばなりません」

もよはくすりと笑った。えっと、駿平は眼をしばたたきながら、己の口許がほころんでいくのを感じていた。

「私が当主として命じればよいのかぁ」

駿平は飯碗を膳に戻すと、居住まいを正し、顎を引いた。

「もよ、一緒に飯を食いなさい」

「はい。ただいま膳の用意をしてまいります」

「うむ」と、駿平は重々しく頷きながら、まるでままごとだなぁと己を笑った。

立ち上がったもよが、駿平の膝下に折り曲げられていた読売に眼を向けた。

慌てて奥へ押し込んだが遅かった。ちらりと文字が眼に入ったのだろう。

「いま評判の敵討《かたきう》ちでございますね」

駿平は俯いた。だが、この敵討ちの主役が幼馴染みであるとは口が裂けてもいえない。

「天晴れです。ご自身の進退を顧《かえり》みず、大切なお方が卑しめられた屈辱をお晴らしになられたのでございますから」

そうかなぁと駿平は苦く笑った。

小山田家はお役御免となり、雄也は養子を解かれ追い出された。実家に戻ることもできず、いまは谷口是阿弥の元で暮らしているらしい。智次郎がどこからか聞いてきたのだ。小納戸頭取の田沢喜八郎は虚偽を申し立てたとして家禄半減、隠居となった。

智次郎は雄也と是阿弥のことについてはまったく触れなかった。ただ、これでよかったのだろうといっただけだ。

そういえば中間の政吉もこの話を聞いて、涙を流していた。絆というのは人と人が結ぶものでございますから、男も女もございませんよ、と洟を啜り上げた。

駿平はうーんと考えた。

もよが膳の支度を整え、戻って来た。嬉しそうにしているのが、駿平にも伝わってくる。町家の慣いも悪くはないと思った。

「なあ、もよ。政吉さんはいつから野依家に奉公しているのだい」

もよが飯をよそう手を止めた。

「生まれ落ちたときから、ずっとです」

それは大袈裟だろうと、駿平はもよへ少々咎めるような眼を向けた。

「野依家の中間は代々政吉なのでございます。二代さまのときからずっと」

二代さまというのは、例のあれか。

駿平が返答に困っていると、もよが先に口を開いた。

「まだ父上から聞かされていませんか？　二代孫右衛門さまの念友でありました政吉の子孫です。それはそれは深い絆で結ばれておられたそうです。ですから、代々政吉を名乗り野依家のために尽くしてくれているのです」

駿平は箸を手に、口をぽかんと開けた。

念友という言葉の意味をもよが知っていて口にしているのかどうか疑問だが、それを訊ねる勇気はなかった。

もよが、急に大人びた顔をした。

「ですがいまの政吉は男子に恵まれなかったので娘の子、つまり政吉の孫が七つになったら野依家に上がるそうです」

そうなのかと、駿平は呟いた。

「女子は子が出来てしまいますと、夫より子との縁を強くしますけれど、やはり殿方同士は今生《こんじょう》の縁と思い、絆がより深くなるのでしょうね、兄さま」

おれでもわからぬのに、十一の少女にわかったふうにいわれても返答が出来ないと、駿平は戸惑った。

「矢萩の智次郎さまと兄さまのご関係は?」

「あ、あれはただの幼馴染みだよ」

もよは探るように眼を細めた。

「将来、夫となる方に隠し事をされては嫌でございます」

「兄の言葉を信じなさい、あはは」

空笑いが座敷に響く。

やはり武士というのは相当に複雑で深遠なものらしい。

そうだ。智次郎が雄也の報告がてらいっていたことを思い出した。御徒組には水練が必須だというのだ。駿平が泳げないというと、では季節もよいし、おれも付き合うといっていた。これも裸の付き合いかと馬鹿なことを考えつつ、にこにこと、ご機嫌なもよを見ながら駿平は飯を搔き込んだ。

徒組

一

小さな波が立つたび、川面を照らす午後の陽光が砕《くだ》けて輝く。

立秋を過ぎ、処暑を待つころの暑さはひときわきつい。

大川沿い、浅草諏訪町河岸《あさくさすわちょうがし》に設けられた徒組の水練所では、非番の組役たちが御用稽古《げいこ》に励んでいた。川端には丸太を組んだだけの二十坪ほどの簡素な小屋が建ち、葭《あし》や莚で屋根と囲いが作られていたが、川側は大川に臨み開け放たれたままになっている。小屋の中には稽古を終え、茶を飲みながら談笑する者が十数人おり、小屋外の物干し竿には水ふんどしが五本、風にあおられていた。

川には浅深の目安となる竹が幾本も突き立てられている。

十分に泳げない者はまだ足の立つ浅いところで腰に巻いた細紐《ほそひも》を小屋の柱に結びつけ、浮かした板に摑まり、懸命に水を蹴《け》っていた。熟達した者たちは見事な抜き手を切りながら、大川に浮かぶ御用船まで競い合いをしている。

徒《かち》は徒頭を筆頭にして、徒組頭二名を含んだ三十人でひと組を構成し、二十組ある。将軍の身辺警護を主とし、平時においては江戸城の玄関、中之口《なかのくち》などに詰め、二十組が交替で、五日に一度の勤務に就いていた。将軍出行《しゆつこう》のおりには先駆して御成《おな》り道の警戒にあたり、有事の際には書院番や小姓組とともに将軍を守る役目を担う。そのため剣術、槍術、弓術などなど武芸に秀でた者が登用されたが、水術も必須だった。

水練所は、御用稽古が行なわれる五月から八月の期間より少し前の四月下旬に毎年設置され、稽古を終えると取り壊された。

一番組徒組頭、池堀宏太郎《いけぼりこうたろう》は小屋から出て川べりに立った。大川で水稽古に励む組役らを眺め、涼やかな眼をわずかに細める。

宏太郎は三月前、徒組頭に納まったばかりの新参だ。元はわずか三十俵二人扶持《ぶち》の御家人で、異例の抜擢《ばつてき》だった。

近くに住んでいた伯父の影響もあり、宏太郎は水溜りにさえも飛び込むほど、幼い頃から水遊びが好きだった。六つまでには屋敷のある南割下水、本所、深川《ふかがわ》周辺で宏太郎が泳がぬ掘割はひとつたりともなくなった。

伯父の勧めで、水軍の流れを汲む流派に七つのときに入門したが、またたくまに頭角を現した。宏太郎は齢《よわい》十二にして秘伝書のすべてを会得《えとく》して免許を受けた。たゆたう水に身をまかせ漂っていると宏太郎はいたく安心を得た。大きな力で抱きすくめられている気分になるのだ。水中を行くときには、空を飛んでいるかのように自由だった。

人に生まれる前はきっと魚か河童《かっぱ》であろうと宏太郎は本気で思っている。それは周囲も同じだったようで、いつのまにか南割の河童と呼ばれるまでになっていた。

その才を本所、深川周辺に屋敷を持つ大名に認められ、水術師範に迎えられたことは幾度もある。しかし宏太郎は己と同じ熱心さを相手に求めるがゆえに煙たがられ、仕舞いにはひとりも稽古に来なくなった。

「そこもとの技量が高すぎて我が藩では」

体《てい》よく追い出された大名家は片手では足りないほどある。

それからは木場《きば》で材木を扱う川並職人や船宿の船頭などに水泳ぎの指南をしながら細々と暮らしをたてていた。

そんな宏太郎の噂を耳にしたのが一番組を束ねる徒頭、森田《もりた》久左衛門《きゅうざえもん》だ。

徒組頭に就けたのは、むろん森田の強引な後押しと、前任の組頭が退いたばかりだったことも幸いした。だが、まもなく将軍の水泳上覧が行なわれるのがなによりの理由だった。

「五番組に是が非でも勝ちたいのだ」

南割下水の池堀家に突然やって来た森田は鼻息荒く、十両の支度金を宏太郎の前に置いた。

「そのためにそちの力が借りたい」

五番組にずっと負け続けている。自分の持っている一番組を頼みたい、どんなに厳しくてもよいから稽古をつけてくれという。

「それもこれも前任の組頭のせいだ。熟達した者と聞いていたが、とんだペテンにかけられた。なにが楽しく泳ぐだ。水と戯れるだ。水練は武芸のひとつだ。そうであろう」

森田は初対面の宏太郎を前に憤慨《ふんがい》した。

宏太郎に断る理由などどこにも見当たらなかった。一番組の徒組頭だ。

そのうえ水泳上覧である。宏太郎は身震いした。まさかこのような機会に恵まれるとは夢にも思わなかった。森田が辞した後、はらはら涙を落とした。

宏太郎は息を洩らし、再び川へ眼を向けた。

ことさら水稽古に熱心な者たちがいた。五番組の者たちだ。足の指に挟んだ白扇を濡らさぬよう泳ぎ回る。中には仰向けの状態から身体を幾度も回転させる荒業《あらわざ》をなんなくこなす者もいた。その場に浮きながら白扇に水がかからぬよう泳ぐのも難しいが、回転はかなりの巧者でなければできない。

おおだの、ほうだの声が飛び、技が決まる度、拍手が巻き起こる。水練を見学に来る町人たちだ。連日、四、五十人は軽くいる。若い娘もかなりいた。きゃっきゃっと子猿のような奇声を上げているのは、五番組に贔屓《ひいき》の者がいるからかもしれない。

「五番組の四神と呼ばれるのも当然だな」

宏太郎は呻いた。

上覧では各組から四名が選抜される。

二十組総勢八十名の精鋭が打ち揃い、御座船に乗った将軍の御前で、まずは全組が隊列を成し、抜き手で泳ぐ。その後は各組ごとに趣向を凝らした技芸を披露するのだ。

水に浸かったまま白扇に書を記す、あるいは甲冑《かっちゅう》を着けた姿で岸まで泳ぐ、紅白の鞠《まり》を取り合う源平合戦などさまざまだ。

上覧では優劣を競うわけではないが、将軍や幕閣の面々がどの組が優れていたかを口にする。一番組は森田が徒頭となってからずっと、二番手に甘んじているという。

それにしてもと、宏太郎は焦《じ》れた。

「まだ来ぬ」

一番組の四人がまだひとりも水練所に姿を見せていない。内意を受けた者たちは泊まり番明けでも水練所にやって来るものだと、宏太郎は他の組頭から聞かされた。だが一番組の面々は、なぜか内意を受けてから、すっかり来なくなった。

五番組以外の他組の者たちも片抜き手、両抜き手などをしながら列を乱さぬよう間合いをはかり、皆の呼吸を整え、繰り返し繰り返し熱のこもった稽古にいそしんでいる。

本来、徒組の組役は将軍への拝謁が許されないお目見以下の身分だ。そうした者らが御前で稽古の成果を披露するのはまさに晴れ舞台。それだけに失敗など決して許されない。

ただ、気になることがひとつあった。

「一番組の四天王は強者ですからな」

他組の組頭が口を揃えていったことだ。

強者というのは技能が高いという意味だと思っていたが、そうでなかったことは五月初めの御用稽古ですぐにわかった。四天王と呼ばれるだけあってたしかに水泳ぎは達者だ。しかし間合いを取り、美しく泳ぐことなどには見向きもしない。高飛び込みだの、豪快な両抜き手など自由極まりない。どの流派でもない川遊びの延長だった。だが宏太郎はときめいた。生まれて初めて己と同じ匂いを一番組の四人に感じた。皆、水が好きなのだ。泳ぐことが好きなのだ。誰に強制されることなく、一日中、水と戯れていられる者たちだと感じた。

そんな四人が来ない。見誤ったかと、宏太郎は再び息を吐く。

上覧まであと十日。宏太郎はその日に披露する技芸を考えに考え抜いて、ようやく満足の行くものを作り上げた。あの四人ならきっと楽しんでくれるに違いない。

それだけでも伝えたかった。

「池堀どの」

宏太郎が振り向くと、一番組のもうひとりの組頭である嬉田《きだ》が小走りにやって来た。組頭としてすでに十数年務めている古参の者だ。

小鼻右横のぷくりと盛り上がった大きな黒子《ほくろ》に指先で触れながら、

「ただいま報せがございましてな。まず藤田《ふじた》は叔父が亡くなったということで弔《とむら》いが済むまでは御用稽古はできぬとのことです」

えっと宏太郎は眼をしばたたいた。先日は、叔母が急逝したはずだ。疑念を抱きつつ眉をひそめた宏太郎を窺うようにしながら嬉田は続けた。

「鈴野《すずの》と安村《やすむら》のふたりはくだり腹が続いており、しばらく来れぬと」

さらに眉を寄せた宏太郎などお構いなしに嬉田は続けて口を開いた。

「これでは上覧に向けてろくな稽古ができませぬな。池堀どのの焦心ももっともなことでございますが」

背丈の低い嬉田が六尺近い宏太郎を下から舐めるようにして見る。

「徒頭さまのご期待に添うのも大変だ」

嬉田は含み笑いを残して、踵を返した。

「あの、嬉田さま。小泉《こいずみ》どのからの報せは」

一番組でもっとも水練に秀でた若者だった。

小泉だけでも稽古に来てくれと願っていた。

嬉田は首を回し宏太郎に顔を向けると、おや、お伝えしていなかったですかと半ばきょとんとした顔つきをした。

「小泉は朝顔売りで忙しいのですよ」

「あ、朝顔売り？」

宏太郎の声が裏返る。

「徒組役は七十俵五人扶持ですからな。とてもとても満足に食うてはいけませぬ」

そのようなことはいわぬともわかるだろうと、嬉田は暗に含めるような顔つきをした。

朝顔は誰でも容易く栽培でき、しかも夏を彩《いろど》る花として需要も多く、徒組の内職として人気があった。組屋敷のある御徒町では毎年、色とりどりの朝顔が咲いていた。

「朝顔はいまがかき入れ時でございますからな。売り損じては困りますゆえ。それに小泉にはまだ幼い弟妹がおりましてなぁ」

組頭になったばかりでは、組役ひとりひとりに眼を配れぬのはいたし方ありませぬがと、嬉田は小鼻の横の黒子に触れた。

宏太郎はしばし呆然とした。

「それでは、お伝えいたしましたぞ」

嬉田が踵を返しかけたとき、「お待ちくだされ」と宏太郎は、まとった羽織の袖から、折り畳んだ紙片を取り出した。

嬉田が怪訝な顔をしつつ受け取った紙片を開くと、眼を丸くした。

二

駿平は、唇をへの字に曲げ、智次郎と連れ立って浅草広小路を大川に架かる吾妻橋《あづまばし》へ向かって足を運んでいた。

駿平の供である政吉はふたりから少し離れて歩いている。浅草寺《せんそうじ》へと続く雷門《かみなりもん》のあたりは参詣《さんけい》に訪れる者たちで引きも切らず、政吉は脇に抱えている板切れが人に当たらないよう幾度も持ち替えていた。

「なんだよ、さっきからその不満そうな面は」

「べつに不満などありませんよ。ただ、このごろ、もよが口を利《き》いてくれません」

「ああ？」

智次郎が頓狂な声を出した。

「それどころか私を避けています」

食事の給仕も、身支度も、見送りも出迎えも、俯いたまま顔を上げず、まったく眼をあわせてくれない。話しかけると、小さく返事をするだけですぐに立ち去ってしまう。

出世双六をしようと誘っても、「いまは忙しゅうございます」とにべもない。

「今朝も屋敷を出るとき私をちらりと見て頭を下げただけですぐに下がってしまいました。まったく女子は気まぐれというか、わかりませんねぇ」

駿平はうーむと唸って、腕を組む。

智次郎が駿平の顔をまじまじと見てきた。その瞳には、どこか蔑《さげす》むような色がある。

「おまえまさか、我慢できずに」

「冗談でも怒りますよ」

本気で智次郎を睨めつけた。

やあ、すまんすまんと、謝りながらも智次郎の口許はにやついている。

「ならば妬《や》いておるのやもしれんな」

智次郎は訳知り顔で頷いた。

はああと、駿平は眼をしばたたいた。

「このところ、連日おれがおまえの部屋に引きこもっているせいだな」

それは水練の稽古のためだ。泳げない駿平は畳の上であおり足やら抜き手やらを智次郎に指南してもらっている。

「十一といえど女子は女子。おれとおまえの仲を勘繰《かんぐ》って悋気《りんき》の虫を湧かせたか」

智次郎は、げらげら笑った。

「馬鹿をいわんでください」

「ならば、もよどのへぴしゃりというのだな。だいたいまずは畳の上の水練、というのだぞ。おまえの筋が悪いから、部屋にこもりきりになるのだ」

智次郎が黒々とした眉を上げた。

わかりましたよもう、と駿平は口先を尖らせた。悋気など、もよが抱くはずがないじゃないかと、いおうとしたが、また返されそうな気がしてやめた。

「ところで政吉に持たせたあれはなんですか」

駿平は首をちらりと回して政吉が抱える板切れへ訝しげな眼を向けた。幅は一尺、長さは二尺、厚さは一寸半ほどあるだろうか。

「お、あれか。ちょっと小さいかもしれぬが屋敷にあったのを持参した」

「なにに使うのです」

おまえのためだと智次郎が重々しく顎を引いた。

「水に浮かべるのだ。初めのうちはこれを使って稽古するんだ」

板の端を両手で押さえ、顔を水につけ身体を伸ばし、左右の足で代わる代わる水を打つと前へ進む。おれも幼い頃はそうして稽古したものだと、智次郎はいった。

「本日はいよいよ吾妻橋の下で実践だ。ちゃんと水に顔をつけられるようになったか。あおり足も教えたとおりにやれよ」

もちろんと駿平は幾度も頷いた。水を張った桶や盥《たらい》に顔をつけ、風呂でも鼻をつまんで潜ってみた。あおり足も繰り返し行なった。

だとしても、実際水に入るのはためらわれた。駿平は恐る恐る智次郎を窺う。

「どうしても川に入らねばいけませんか。まだ早すぎませんかね」

「なにをいまさら臆している。徒を目指すならば水練が必須だと幾度も話したじゃないか。寒くなったら稽古はできないぞ。だから、もよどのに妬かれるほどおまえの屋敷へ赴き、今日は板切れまで持参したんだ」

さっさと泳げるようにならねばおまえが苦労することになると、智次郎が唇を曲げた。

徒は本来、その者一代の抱席《かかえせき》であるが、親が退くとその息子も徒として召抱えられるといった。

「はっきりいえば、相当運がいいか武芸に秀でていなければ入り込む隙《すき》がないんだ。徒の家では七つを越すと水泳ぎを学ぶそうだ」

土手を下りる智次郎に続きながら、それは敵いそうもないなぁと駿平はひとり思った。

「それに徒の者たちはあの吾妻橋から大川へ飛び込むこともあるというぞ」

川辺に立った智次郎は橋を見上げて指をさす。駿平も顎を上げた。橋の上を歩く人の姿がちらちら見える。かなりの高さがあるが、いかほどだろう。身が竦《すく》む。

「御徒組は陸でも水でも機敏に動けなければ話にならん。まあこの太平楽な世では、武芸がいかほど役に立つかは知れぬが、建前は武芸達者が選ばれる」

さらに吾妻橋から両国までの遠泳もすると聞かされ、駿平は血の気が引く思いがした。

吾妻橋から両国橋までは半里（約二キロメートル）ほど離れている。昨日今日、水練を始めて泳げる距離ではない。

仕事をする上で技能を身につけるのは大切なのだろう。商人の読み書き算盤《そろばん》だ。だが、それを活かすため常に磨きをかけ、向上させるのも徒の務めなのだから、かなり厳しい。

「これは親父から聞いた話だが、やはり徒組の者は荒っぽいらしいぞ」

新参でも、養子や御家人株を買って番入りした者にはより辛くあたるのだと、智次郎は駿平を気の毒そうにちらりと見た。

「水中に身体を押し込み、苦しくて上がってくるとすぐさままた押し込む。これを繰り返すのだそうだ。苦労するというたのはそういうことだ。ましてや、おまえは養子だ」

「そ、それはいびりではないですか」

駿平の声がうわずった。

智次郎は首を振り、あくまでも水稽古中のこととして不問になるといった。

駿平は智次郎に気取《けど》られないよう震え上がった。やはり番方（武官）でなく、書物の管理や勘定役、右筆《ゆうひつ》など、もっと穏やかに和《なご》やかに過ごせる役方（文官）でいいと心底思った。

「ここから少し下流の諏訪町に御徒組の水練所があるのは知っているよな」

はあと、駿平は曖昧《あいまい》に頷いた。

駿平は、もたもたしながら帯を解く。川面には木っ端や西瓜《すいか》の皮やら、なにやらわけのわからないものが浮いていた。それだけならまだ我慢すればいいが、大小問わず船が引きも切らず行き交っているのが怖い。

「人間、己が誇れるものをひとつでもいいから身につけることが大切だ。それが武器になるのだぞ。番入りを目指すならなおさらだ」

だいたいおまえはいまだ五男坊のぼんやり気質が抜け切っておらんのだと、智次郎がまだ文句をいいながら袴を解く。

「水に入る前に身体をよくほぐせよ」

智次郎は手首足首を回し、膝の曲げ伸ばしをすると勢いよく大川へと飛び込んだ。

三

人の身体は浮くようにできているのだから恐れるなと智次郎はいうが、懸命に水を掻いていないと沈んでいくような気がする。

足先がなんとも頼りない。身体もやけに重たく感じる。踏みしめるものがないとこんなにも不安になることを知った。

駿平は板にしがみつきながら首を水面に出し、水鳥を思った。

素知らぬ顔で水の上をすべるように進んで行くが、奴らだって水中ではかなり足を動かしているのだ。もしかしたら沈まぬよう必死なのかもしれない。

「いいか、まず水に顔をつけ、身体を伸ばしてみろ。力を抜くんだぞ」

駿平はいわれるまま顔を水につけた。力を抜くとふわっと身体が浮き上がるような奇妙な感覚を得た。

「うん、うまいぞ駿平。そのまま水を打つように脚を交互に動かしてみろ」

ばしゃばしゃと大きな音がするが一向に前に進む気配がない。

「おい、膝は曲げるな。真っ直ぐにしろ。うわっ、水しぶきがみな、おれにかかる」

駿平は足を動かすのを止め、顔を上げた。

「よし、次は片腕ずつ順に水を押しのけるふうに掻くんだ」

口許まで沈みそうになるたび、脚を動かし、腕で水を掻く。

「智さん、泳げていますか、どうですか」

智次郎は笑いを堪えるようにしつつ、抜き手ですいーっと駿平の周りを泳ぐ。

「板に摑まっていても溺《おぼ》れているように見えるのが不思議だな」

そろそろ板から手を放してみるかと、智次郎が口許に笑みを浮かべた。

「無理です」

駿平はきっぱりいって震える唇を結んだ。

それでも半刻ほど続けていると、少しは浮いている自信もついてきた。

「身体が冷えてきたな。一旦、上がって身体のこうら干しだ。陽射しが気持ちいいぞ」

智次郎は抜き手を切り、どんどん離れていく。駿平は慌てた。板にしがみついて懸命に脚を動かしたが、じたばたしているだけだ。岸までほんの三間ほどであるのにたどりつかない。焦れば焦るほどしぶきだけが空しく上がる。

そこへいきなり背後から大きな波がきた。

賑やかな音色や笑い声を響かせた涼み船が通ったせいだ。

身体が一瞬浮き上がったかと思うと、あっという間もなく急激に水中へ引き込まれた。

手から板が離れる。とぷんたぷんと耳のあたりで水が揺れる音がした。

まずい――。

必死にもがいて水面に飛び出した。急いで息を吸う。駿平は慌てて周囲を見回した。板は二間ほど先に浮いている。

駿平が岸を見ると智次郎の姿が小さくなっていた。おかしい。吾妻橋が右手になり、左方には駒形堂《こまがたどう》が見えはじめた。

流されていることに気づいたときには遅かった。さらに足を動かしたが、むなしく水を踏みつけるだけだ。

大川の流れは見た目よりずっと速い。板も流されていってしまった。

水面からかろうじて顔を出していた駿平は岸辺に男がひとり立っているのを見た。歳は三十路ぐらいか。肩に掛けた羽織は風になびき、間から真っ白なふんどしが覗いていた。痩身だが腕や脚の筋肉が張り、無駄な肉などまったくない美しい身体をしている。

妙に深刻な表情を浮かべていたが、深刻なのは己も同じだと駿平は気がついた。駿平は忙しく足を動かした。手を上げて男に報せたいが、水を掻いていないと沈みそうだ。頼む、こっちを見てくれ。

声を上げようとした瞬間、伸ばした右足のふくらはぎに激痛が走った。こむら返りだ。痛みが頭のてっぺんまで貫き、息が止まった。必死の思いで腕を差し上げる。駿平は顔を上げ、空を仰いだ。白い雲がぷかりと浮かび、数羽の雁《かり》が列をなして南へ飛んでいくのが眼に映った途端、身体が重くなった。

ああ、このままおれは沈むのか。水に飲まれて死ぬのか。やはり武家になぞなるのじゃなかった。瀬戸物屋の五男坊のままであれば長生きもできたかもしれない。

冷たい水が意外と温かく感じた。息もさほどに苦しくない。だが川はもう真っ平だ。しかし彼岸へ行くためには三途の川を渡らねばならない。渡し船に乗るには銭が六文必要だ。手持ちがないといったら泳がねばならないのか。

知った顔が駿平の脳裏をかすめていく。ああ、誰だろう。あの笑顔は、おっ母さんだろうか。首から提《さ》げていた守り袋がない。あれには水天宮《すいてんぐう》の守り札が入っていた。水天宮は安産と水難避けだ。さっき大川に入るときはずしたんだ。ああ、なんと馬鹿な真似をしたのか。

なにやら胸のあたりが重苦しく感じ始めた。水が全身にのしかかっているのだろう。けれど、こんなふうに死ぬのは口惜しい。立身どころか、お役にも就いていないのだ。

決して大望を抱いているわけではない。そこそこ立身して、そこそこ幸せになれればいい。

夢として決して大層ではないはずだ――。

やっぱり嫌だ、嫌だ。まだ生きたい。あれもこれも、なにもかも、していないことだらけじゃないか。おっ母さーん。実母と養母の吉江の顔が同時に浮かんだ。

駿平の意識が遠のいたとき耳元できんと声が響いた。

「しっかりっ」

はっとして駿平は目覚めた。

日焼けした男が身体に馬乗りになっている。岸辺に立っていた男だ。

朦朧《もうろう》としながらも細面のその顔貌はかなり整っているのがわかった。気がついた駿平と眼を合わせると、白い歯を覗かせた。いきなり胸元に強い力が加わり、身の内からなにかが込み上げてきた。駿平は一気に水を吐き出した。

「おおお、駿平ぇぇえっ。無事か」

「旦那さまぁぁぁ」

智次郎と政吉が血相を変えて走って来るのがおぼろげに見えた。

四

浅草広小路を抜け、東本願寺《ひがしほんがんじ》門前にある甘酒屋に向かった。このあたりは寺だらけで木々も多く、蟬《せみ》の鳴き声が四方八方から聞こえてくる。ずいぶん陽も傾いてきたがそれでもまだ蒸し暑い。

店には、入れ込みの座敷があったが、参詣を終えた者たちで混雑している。一番奥には武家らしき者が四名ほど、脚をだらしなく投げ出し声高に話をしていた。周りに座る町家の老夫婦や行商人らが顔をしかめている。

駿平と智次郎は表に並べられた縁台に腰を下ろす。長柄の日傘が陰を作り、幾分涼しい。

真鍮《しんちゅう》の釜から年若い娘が熱々の甘酒を湯飲み茶碗に注いでいた。

駿平は湯気の立ち上る甘酒を啜る。

まだ頭の中で水が踊っているような気がしていた。おそらく耳から入り込んだ川の水が抜け切っていないせいだろう。首を動かすたび、たぷたぷ音まで聞こえてくる。

鼻の奥もまだつんとした痛みがある。

それに引き換え隣の智次郎は、

「やっぱり暑い日には熱い甘酒だな、なあ政吉もそう思うだろう」

のんきな声を張り上げた。

政吉は少し離れた別の腰掛けに座り、やはり甘酒を啜りながら静かに頷いた。

駿平はそんな智次郎を恨めしげに睨む。

「なんだよ。せっかく池堀宏太郎という徒組頭と知り合えたのだぞ。やあ、それにしても見事な泳ぎっぷりだった」

はあと、駿平は気のない返事をした。

「まず抜き手の美しさ。おまえを川から救うときの手際の見事さ。思わずおれは見惚れた。南割の河童といわれていたそうだが、まさにその通りだ」

助け上げられたときのことはまったく覚えていない。目覚める瞬間、甲高《かんだか》い声が聞こえただけだ。でもあの声は池堀という徒組頭のものではなかった。たぶん死ぬ寸前の幻聴だろう。

「それにしてもあやうく野依家のご当主の一大事になるところだった」

智次郎は悪びれることなく高らかに笑った。

「冗談じゃないですよ」

「だがそのおかげで徒組頭に救われたのだ。滅多にない偶然だぞ。しかも御用稽古の見物に誘われたのだ。やはり大川へ出た甲斐《かい》があったというものだ、うん」

智次郎はにやにや笑いを浮かべ、さも己の手柄のように鼻をうごめかせた。

「文字通り命がけでしたけどね。溺れかけたんですから」

駿平が精一杯の皮肉を投げかけると、

「お、なかなかうまいことをいうじゃないか」

智次郎がぽんと膝を打った。

だから死にそうになったのだと、駿平は顔をそらし、智次郎に聞こえないようぶつくさ文句を垂れた。

でもな、おまえにはきっと運があると、智次郎がいつになく興奮した顔でいった。

「まもなく上様の上覧もあるというではないか。きっと稽古も力が入っているだろう。楽しみだ。たしか池堀さまは一番組の徒組頭だったな」

「そうですよ」

「ま、なんにせよ、よかった。あははは」

ずけずけ物をいうし、すぐカッとなるが、智次郎の腹の中は空っぽだ。智次郎と居て安堵するのはこうしたところかもしれない。駿平は、ふうと息を吐いて苦笑した。甘酒のおかげで身体に汗が滲んできていた。と、

「きゃあ」

いきなり悲鳴が上がり、店の奥から若い娘が表に飛び出して来るや、年長の娘にしがみついた。わっと笑いを含んだ歓声があがる。

「尻を撫でたぐらいで騒ぐな」

「だからいったじゃないか。あの娘は見るからに身持ちが堅そうだ」

「じゃあおまえはどうなのだ、安村」

「おれの好みは年増《としま》だ」

「われらは客だぞ。早う甘酒を持って来い」

駿平が身を乗り出し、店の中を覗き込む。騒いでいるのは奥の四人の武家だ。よくよく見れば四人とも陽に焼けて黒く、しかも一癖も二癖もあるような風貌をしていた。

尻を撫でられた娘は唇を噛み締め、身を震わせている。年の頃はまだ十三、四の少女だ。いきなりもよの顔が浮かび駿平はぶるりと首を振る。

「なんだあやつらは」

智次郎に訊ねられた年長の娘が紅い唇を曲げ、うんざりした顔をした。

「御徒組の方々です。このところ毎日、あんなふうに騒いでいて迷惑なんです」

眉をひそめた智次郎が縁台から立ち上がる。駿平は慌ててその袖を引いた。

「智さん、だめですよ。騒ぎを起こしちゃ。政吉、政吉」

へいと、政吉が飛んで来る。

「甘酒はおまえが持っていってやれ」

「承知いたしました。娘さん。あっしが参りましょう」

政吉が娘の手から盆を受け取る。智次郎がむすっとした顔で、再び縁台に腰を下ろしたとき、初老の武家が早足でやって来た。小鼻の横の大きな黒子が目立つ。

「これはこれは嬉田さま、お珍しい」

入れ込みで丸顔の中年男が手を振った。

「藤田。貴様らこんなところで油を売っててどうする。上覧まであと十日しかないのだぞ」

嬉田という初老の武家が、四人を見つけるなり、いきなり怒鳴りつけた。

「水稽古に来ぬのは勝手だが、上覧だぞ。上様がご覧になられるのだ」

紺の細縞《ほそじま》の小袖を着た若い男がうすい眉を片方上げ皮肉っぽい口調でいった。

「去年と同じ芸でいいじゃないですか」

「おう、もう稽古もいらぬ。また四人で巨大な鶴《つる》を折り上げればよいのだ」

その男の隣にいた者が手を叩く。

「安村に小泉。わしは伊達《だて》や酔狂《すいきよう》でいっておるのと違うのだ」

知っていますよと、藤田と呼ばれた男がせせら笑う。四人の中では一番年長だろう。

「けれど、おれたちは徒頭の立身のための道具に使われるのはもう真っ平御免なんですよ」

「誰が、道具だといったのだっ」

嬉田が気色《けしき》ばむ。

「おわかりのはずだ、徒頭の森田さまがなにをしたか。五番組に負けたのは、おれたちのせいでもある」

「もう済んだことだ。お主らを誰も責めてはおらぬわ」

「その代わりに清水《しみず》さまが退かれた。おれたちが得心しているとでも？」

嬉田がむむむと顎を引く。

「しかも清水さまの後釜に、いきなり妙な男を引っ張り出して来た。おれたちは組頭だと認めません。南割の河童だかなんだか知りませんがね」

藤田は厚い唇を曲げた。

「あやつも同じ穴の狢《むじな》だ。森田さまの腰巾着《こしぎんちゃく》よ」

細縞男が吐き捨てる。

「噂じゃ、今度の上覧で五番組より勝る技芸をすれば森田さまは作事《さくじ》奉行になるっていうじゃないですか。若年寄さまと約定《やくじょう》を交わしているとね。そんな奴のためにやってられるか」

政吉はもうひとつ甘酒を盆に載せると、入れ込みに近づいた。

嬉田が渋い顔つきで甘酒を受け取る。徒組の者たちは政吉をちらりと一瞥《いちべつ》しただけで、文句ひとつついわずに各々手に取った。

「なにやら事情がありそうですね。それに南割の河童は池堀さんのことだ、智さん」

駿平は奥の様子に耳をそばだてながら、智次郎にささやいた。

「ってことはあそこにいるのは一番組の者か。たしかに組役らにしてみれば急な抜擢は気に食わぬのかもしれん」

智次郎が小難しい顔で腕を組んだ。駿平はざっと頭の中で整理を始めた。つまり、五番組に勝てなかったため、徒頭の森田が清水という組頭をやめさせたのだろう。その前任者の後に来たのが、森田の息がかかっていると思われる池堀宏太郎だ。

人事は当然のことなのだろうが、それが上役の都合で行なわれたとすれば、下の者たちにとってはいい迷惑だ。それに抗《あらが》う意味で、この四人は稽古に出ず、このような処《ところ》でたむろしているのだろう。

嬉田はおもむろに懐から紙片を取り出すと、

「これを預かってきた。小泉、お主に渡しておくぞ」

顔の長い若い男へ差し出した。口許を不機嫌そうに曲げながら受け取った小泉は、紙片を開くとどんぐりのような眼を見開いた。

「それが新しい組頭からの伝言だ」

他の三人も小泉の手許を覗き込み、呻くような声を洩らした。こんなことができるのか、無理だろうと、口々に騒ぎ始めた。

「お主らならば出来ると信じているそうだ」

四人は互いに眼を合わせ、不機嫌なまま押し黙る。

「よいか。池堀どのは本気だ。それをお主らがどう受け止めるかだ。上覧に来なければ徒頭の面目を潰すことはできる。それで溜飲《りゅういん》を下げても、結句、馬鹿を見るのはお主らだ。いまのお役を失うどころか、路頭にほうり出されるぞ」

皆がだぞ、と嬉田は眉間に皺を寄せ、身を返した。店から出てきた嬉田と一瞬眼が合った駿平は思わず会釈していた。

五

三日後。駿平は智次郎とともに水練所へ赴いた。ふたりで物珍しそうに周りを見回していると、

「野依どの、矢萩どの。よう参られた」

池堀宏太郎が近づいて来た。

「こちらこそお言葉に甘え」

駿平は深々と頭を下げ、陣中見舞いでござると、手に提げた角樽を差し出した。

「これはかたじけない。皆が喜びます」

宏太郎は目尻に皺を寄せ、口許を緩めた。

今朝、徒組頭の招きで水練所に行くことを養父の孫右衛門へ伝えると、顎が外れそうなほど口を開け放った。徒組頭とどのようにして知り合ったのか訊かれたので、溺れかかったところを救われたと話すやいなや色めきたち、これぞ好機だと気前よく銭を寄越したのだ。

「よいな丁重に丁重にご挨拶するのだぞ。その縁は大事にせねばならん」

眉をぐっと寄せた瞬間に顔色を変え、孫右衛門は尻を押さえて立ち上がった。もう三日くだり腹が続いている。厳しい顔をして、うっかり腹に力が入ってしまったのだろう。虚弱の孫右衛門は痔瘻持ちでもあるが、そこにくだり腹が加わっては、もはや苦行の域だ。

宏太郎は角樽を受け取ると組役をひとり呼び、皆に振る舞うよう命じた。

ちょっとすまんなと、智次郎はちゃっかり角樽の後をついて行く。組役たちと話をしながら相伴《しょうばん》に与《あずか》ろうという魂胆《こんたん》だ。

駿平は小屋の中や組役らが泳いでいる川へさりげなく眼を向けた。この前、甘酒屋にいた四人らしき者の姿はやはり見当たらなかった。

宏太郎が眼を優しげに細め、笑みを浮かべた。

「まことなら上覧で披露する技芸のさわりだけでもお見せしたかったのだが、生憎《あいにく》」

軽く照れるように顔を伏せた。

駿平は、この人がまことに徒頭の腰巾着だろうかと思った。

「いえ、どのように御徒の方々が稽古をしているのか見せていただけるだけで十分です」

駿平はいったん深々と頭を下げたが、すぐに顔を上げた。

「あの、四名の方は上覧に出るのでしょうか」

一瞬、宏太郎の整った顔が険しくなった。

「どういう意味かな」

いえその、と慌てる駿平から宏太郎はふっと視線をはずし、大川を眺めた。

「水が好きな者たちです。上覧だの、稽古だのとはかかわりなく、四人は水と戯れ、挑みたいはずです」

「挑むとはどういうことですか」

宏太郎は応えず、白い歯を見せた。

「どうです。水稽古をしていきませんか」

「あ、それはお断り申し上げます」

駿平は間髪《かんはつ》を入れず断った。

「ははは、怖いですか、やはり。でも怖いのはいい。謙虚になれる。水は恐ろしい。なめてかかると牙をむいてくるのはたしかです」

だが臆してはいけない。水に身を任せ、仲良くなることがなにより肝心だと、宏太郎はいった。

「私は到底、その域に到達できそうもありません」

駿平は肩をすくめた。

「素直な方だ。水はそういう人が好きですよ」

宏太郎が羽織を脱ぎ捨て、いきなり大川へ飛び込んだ。

すいすい抜き手を切り、川面をすべるかのように進んで行ったかと思うと、くるりと身を返し、身体を浮かせた。腕を枕に水の上で昼寝をしているようだ。

「おお、邯鄲《かんたん》の夢枕《ゆめまくら》、だ」

いつの間にか戻って来た智次郎が呟いた。

「なんですかそれ」

「技のひとつだよ。相当、熟練した者でないとあそこまで自然に横たわることなどできないんだ。眠っているようだろう。水を知り尽くし、水に人が挑んでこそ出来る技だよ」

水の上で夢を見る、宏太郎はそう語っているのだろうか。

水泳上覧の前日になった。

その夜、駿平は政吉とともに吾妻橋を渡っていた。本所に住む孫右衛門の知人を訪ねた帰り道だ。すでに隠居している老人であったが方々に顔が利くらしく、ここ二年ほどで五人も番入りさせたという。

孫右衛門とはかねて碁敵《ごがたき》の間柄だ。

「ともかくまずは顔を覚えてもらうのだ」

孫右衛門は鼻息荒くいった。

将棋は指したことがあったが、碁はほとんど打ったことがなかった。孫右衛門の養子であるなら碁を覚えろと強引につき合わされているうちにすっかり遅くなってしまった。夕餉の給仕を待っているであろうもよの膨れ面が眼の前に浮かんできた。それを打ち消すように駿平は夜空を見上げた。

星々が澄んだ光を放ち、月も美しく輝いていた。明日の晴天は間違いない。橋の半ばまで来たとき、妙な音が足下からしてきた。橋の下で水音がしている。

もう夜の五ツ半（九時頃）を過ぎている。このような刻限に水音など薄気味悪い。

政吉から提灯《ちょうちん》を取り、欄干《らんかん》から身を乗り出すと橋下を窺った。提灯と月明かりだけでは川面までは照らすことができない。

だが、水の中で黒い影がうごめいているのだけはわかった。

激しい水音が幾度もし始める。そのたびに押し殺したような人の声がした。

「政吉、まさか。ひ、人殺しか」

駿平が声を震わせた。政吉は急いで橋を渡り、土手を慎重に下りると黒々と揺れる川へ眼を凝《こ》らした。

「大変だ、旦那さま。河童だ。四匹の河童が水の中で飛び跳ねておりますよぉ」

四匹の河童。

駿平の頬が緩む。

「水と戯れてください。水に挑んでください」

思わず橋下に向かって叫んでいた。

六

水泳上覧の場は、大川の下流、深川佐賀町《さがちょう》に設けられた。陸地にも川にもぐるりと幕が張られ、中の様子を窺うことはできない。

将軍は、重職らとともに大川に浮かべた御座船から技芸を見物することになっていると、智次郎が教えてくれた。

じーわじーわと、野依家の松の枝で蟬が鳴いている。午後の陽が差し込む座敷で、駿平は落ち着きなく足を揺すっていた。

智次郎の親戚の知人が上覧を見に行っているはずだった。一番組がどうなったか、わかったらすぐに報せに来るといっていたが、まだ現れない。

「兄さまの番ですよ」

今日は『大名かるた』だ。

大名の領地と石高が書かれた札と、姓名を記した札を一致させるのだ。二百七十弱もある大名家を覚えるために考えられたかるたらしい。裏を返せばそれだけ覚えるのに苦労するということだ。もよは真剣に札を吟味している。ここ数日、もよの機嫌がいい。智次郎が水泳ぎの指南に来なくなってからだ。やはり不機嫌の種は智次郎だったのかと、唸った。ああ、いかん。うわの空で興じていてはいけないと己にいい聞かせ、もよの手許を見る。

「はずれました。佐賀藩鍋島家《なべしまけ》の札でございました」

もよが頰を膨らませた。佐賀と聞いて、ぴくんと駿平の身体が動いた。佐賀町での上覧はどうなったのだろう。またぞろ気持ちが揺れた。

「兄さま。これは子どもの遊びではございませんよ。もそっと真剣になってください」

「ああ、すまんすまん。よし次は取るぞ」

「兄さま、しっかりっ」

もよが両手を握りしめて声を出した。

おやっと、駿平は首を傾げた。どこかで聞いた声だ。甲高くて強いが温かみがある。

溺れかけたときに聞こえてきた声に似ている。まさかなと、苦笑したとき、

「旦那さま、矢萩さまがおいでに。西瓜をいただきましたよ」

政吉の声に駿平は色めき立った。

「もよ、続きはまただ」

もよが一瞬、拗ねたような顔をしたが、構わず座敷を出た。

智次郎は駿平を見るなり、

「一番組だ。池堀さまの組が五番組より勝ったのだ。とにかく聞いて驚くな」

暴れ馬のような勢いで草履を飛ばし上がりこんだ。駿平の部屋へ入ると、どかりと座って語り始めた。

「五番組は得意の扇子《せんす》を使った技芸だったが、一番組のそれはこれまで見たこともないものだったそうだ」

水の中から、飛び魚のごとく飛び出した者を三人が抱えて、さらに高く飛ばす。あるいは拳を振り上げ、勇ましく見得を切りながら水中に没し、再び浮き上がると四枚の花弁を作る。勇壮で華麗。まるで曲芸のようでもあり、舞い舞台のようでもあったという。

「一番組の試技が終わったあとは、水を打ったようにしんとなった」

最初に「天晴れ」を叫んだのが上様だったというから驚きだ。そのあとは拍手喝《かっ》采《さい》、歓声の嵐に包まれた。

「だが、そのあとだよ、駿平。ここからだ」

「まだなにかあるのですか」

「おう。直々《じきじき》に上様の御声が池堀さまにかかったのだ。そこで望みを訊かれたのだな」

駿平はなにやら胸がどきどきした。

宏太郎はなにを望んだのだろう。

上覧の際、技芸を披露した者たちは将軍から時服を賜わり、優秀だと認められた者らは、徒頭の口を通して今後のお役など、己の望みを伝えることができる。

「しかし此度は徒頭の森田をすっ飛ばしての御声がかりだ。異例だぞ。それで池堀さまはな」

智次郎は口角に泡を飛ばしていった。

宏太郎はずいと前に進み出ると膝をつき、「私の望みはただひとつ。我が伯父であり、我が流派の兄弟子である前組頭、清水三郎太《さぶろうた》の再任を伏してお願い申し上げます」と、さわやかな声音で朗々といい放ったという。あたりがざわめき、なんのことかと、皆、耳を疑ったらしい。

駿平も耳を疑った。解任された前組頭は池堀の伯父だったのだ。

「徒頭の森田は己が作事奉行になりたい一心で、勝てない四名を辞めさせ、船手組の熟練者を徒に入れようとしていたんだ。それを諫《いさ》め、清水は、己の指南が至らなかったせいで四名に責はないと自ら身を退いて守ったわけだ」

徒頭のためでなく、理不尽《りふじん》に解任された伯父のために一番組を勝たせたかったのだと、宏太郎はいった。しかし、それが叶えられたのは伯父が稽古を続けてきたからであり、四名の力があってこそだと涙を流し、上覧の場を感動させたという。

「なるほど。それで上様は」

駿平は思わず身を乗り出した。

「お許しになった」

森田は家禄半減になりそうだと、智次郎は鼻をうごめかせた。

「ですが、池堀どのは……無役に」

「それがな、四天王たちが自分たちを自由に泳がせてくれたと池堀さまに感謝しながら、水練指南役として召抱えてほしいと談判したんだ。やあ、見事見事。水練が結んだ絆だなぁ」

智次郎はひとり頷いていたが、不意に表情が曇《くも》った。

「どうかしましたか」

「いや、皆でひとつのことを極め、成し遂げるそういうお役があるかと思えば、身勝手な振る舞いを平気でやる輩も近頃は多いと親父どのが嘆いていたのを思い出したのだ」

さらに上のお役に就くため、病気引籠《ひきこもり》と称して長期にわたって休み、内職をしながら猟官《りょうかん》運動に走るのは、昔からあることらしい。

「それならば、まだ本人にやる気があるからいいがな、とかくこの頃の若い者は、我慢辛抱が足らんという話だ」

そういう智次郎も駿平も十分に若い。少々耳が痛い。

「親父どのが新参に文書の整理を頼んだらしいが、三日経っても出来上がらない。業《ごう》を煮やし、そやつに訊ねると、ああした仕事は自分には出来ないと泣き出したそうだ」

それから病気引籠願いが出され、十日休んで何事もなかったように出仕してきたという。気が弱いのか図々しいのかわからないと智次郎の父は憮然《ぶぜん》としているのだという。

お役に就けるならなんでもいいと、不承不承《ふしょうぶしょう》に得たものだったとしても、己の為すべき務めは必ず生まれる。それを果たせなければ仕事などすべきではないと駿平は思う。ならば、自分に出来ることはなんだろう。まことに徒組を目指すべきなのか、わからなくなる。

「そう考えると、やはり御徒組は結束が固くてよいなぁ。よし、これから稽古だ」

智次郎はにわかに張り切りだし、「脱げ脱げ」と叫んだ。駿平は仕方なく下帯一枚になり、畳の上に転がった。

「よし。そのまま横向きになれ、駿平。おいおい少しは力を抜けよ」

智次郎が苛立った口調で駿平の足下にしゃがみこむや、足首を掴んだ。

「あたたた。痛いですよ、智さん」

駿平は伏したまま首を曲げ訴えた。

「もそっと力を抜け」

「あ、下帯の結び目が」

「構わん。ほうっておけ」

やっぱり不器用な奴だと、しびれを切らした智次郎が立ち上がり乱暴に袴を脱ぎ捨て帯を解いた。

「いいか、足はこうするのだ」

智次郎も下帯だけになり駿平の隣に寝転がったとき、するりと障子が開いた。

「兄さま、矢萩さまの西瓜をお持、ち――」

座敷のありさまにもよが絶句した。

大きな眼を真ん丸くして、廊下にかしこまったまま固まった。顔が次第に歪み、驚きと哀しみがごちゃまぜになった。

「ち、違うぞ、もよ。これは違うぞ」

なんの弁明をしているのかわからぬまま身を起こし、駿平はもよの眼の前に飛んで出た。

その瞬間、するすると下帯が落ちた。

もよがきゃっと短い悲鳴を上げて顔を両の掌《てのひら》で覆う。が、指の隙間から見開いた眼がくるくる動いているのが見えた。

御膳所御台所

一

溝端宗十郎《みぞはたそうじゅうろう》は、大川を行き来する船をぼんやり眺めながら、吾妻橋の下で釣り糸を垂れていた。長月《ながつき》の末に、ひどい嵐に見舞われてから、急に冬に突入した。木々の葉も寒そうに揺れている。

川風はすっかり冷たい。

宗十郎は肩をすぼめ、片手で襟巻きを整える。釣り糸どころか、いつの間にか洟まで垂らしていた。

懐から懐紙を取り出し、洟を拭う。

二十一歳の宗十郎であったが、眉間には縦にくっきり皺ができ、赤黒いくまが目の下に浮いていた。艶のあるたっぷりした黒髪であるにもかかわらず、鬢には白髪《しらが》が数本混じっている。

目尻の上がった細い眼で宗十郎は魚籠《びく》の中を覗き込む。

鯉と真ハゼが一尾ずつ。

まあ、覗いたところで増えるわけもないと、宗十郎は苦笑した。昼九ツ（正午）の鐘が響き渡った。

朝から二刻（四時間）もここにいて、成果がこれだけでは、己自身に納得がいかないというより、釣られた二尾の魚が間抜けだったとしか思えない。

いいや違う、おれのせいではないと、宗十郎は首を振る。

今日は川の水がよくない。水が冷たすぎる。そのうえ数日前の嵐で濁っている。しかも町人どもが塵芥《ちりあくたま》を撒くから川面《かわも》が汚れている。だが、なんといっても舟のせいだ。数が多すぎる。いらぬ波を立てるから、魚が逃げて寄り付かないのだ。

「釣りをする者の身にもなればよいのだ」

不平をぶつぶつ洩らしながら、宗十郎は引きも切らず川面を滑っていく荷船を睨みつけた。

おれなら大川の主でさえも釣り上げられるはずだと、ひとりごちた。

大川に主がいるかどうかも知らぬ宗十郎ではあったが、それくらいの腕はあると思っている。宗十郎は眉間の皺をさらに深くしながら釣り糸を引き上げた。

今日はやめだ。

魚籠の魚を摑み、大川へ放つ。

あんな小物二尾では得心がいかない。

宗十郎は腰を上げかけたが、芯から冷えた身体がぎくしゃくした。ようやく立ち上がると昨年亡くなった父から譲り受けた竿《さお》を肩に担《かつ》いだ。

土手を登り、吾妻橋の東詰に出る。人が多い。荷車が通り、駕籠屋が人を掻き分けるように橋を渡って行く。

こんな時間に釣竿を肩に歩いている者など皆無だ。男も女も忙しく先を急いでいる。宗十郎が歩いていることなど誰も気に留めていない。眼にも入っていないようだ。

仕事でも遊びでも勝手にすればいい。

投げやりな言葉を心のうちで吐きながら、橋の中ほどまで来たときだ。

宗十郎は往来の目まぐるしさに息苦しくなってきた。動悸が速くなり、嫌な汗が出る。早く橋を渡ってしまおうと歩幅を広げた。

と、宗十郎の傍らを若い娘が走り抜けた。その瞬間、手に提げていた魚籠にわずかだが、娘の身体が触れた。

宗十郎がはっとしたときにはすでに魚籠が手から離れ、橋の上に転がった。

「無礼者っ」

宗十郎の大声に立ち止まった娘が振り返った。転がる魚籠を眼にとめると、すばやく拾い上げた。

宗十郎は唇を突き出していた。近頃、気に食わぬことがあると、なぜか唇が出てしまう。

「お許しくださいませ」

娘は両膝をつき、魚籠を捧げるように宗十郎へ差し出す。娘を宗十郎はただ見下ろしていた。

橋を行き過ぎる者たちが何事かと足を止め、宗十郎と娘を眺める。

「若い娘だ、許してやれよ」

どこからともなく声が飛んだ。

宗十郎はそうした者たちを窺いながら、

「おれの居場所はどこだ」

ぼそりと呟いた。

娘が顔を上げ、訝るような眼を向けた。

「そのような眼で見るな」

宗十郎の呻くような声に、娘が慌てて俯く。宗十郎は腰を屈め、娘の顔を覗き込むようにすると、わずかに首を傾げた。

「娘、名はなんと申す」

「おれんと申します」

娘ははっきりした声音で応える。

なあ、おれんと、宗十郎は語りかけるような声を出した。

「おれはな、好きで釣りをしているわけではない。すべてあやつのせいなのだ。おれを陥れようとしているあやつがいるからだ。おれの才を羨《うらや》み、おれを恐れているのだ」

娘の顔がにわかに強張る。宗十郎の垂れ流す言葉を聞いているのかいないのか、どこか途方に暮れた表情で、空の魚籠を抱えていた。

皆々、おれに仕事をさせたくないのだ。とくに、森沢甚兵衛《もりさわじんべえ》め、おれを皆の前で怒鳴りつけた。おれに恥をかかせるのが目的だったのだ。あのような奴とは一瞬たりとも、同じ場所にいたくはない。すべては森沢のせいだ。あんなお役にしがみつく卑俗な男だ。あやつさえ居なければ。

宗十郎は眼を吊り上げながら、込み上げてくる雑言《ぞうごん》を次々と吐き続けた。

二

駿平はため息を吐きながら、吾妻橋へと向かっていた。

養父孫右衛門の代参で親戚の法事に出た帰り道だった。政吉は別の用事をいつかっており、先に戻っていた。法事には参列したが、当然のことながらまったく知らぬ顔ばかりで閉口した。だいたいどういう親戚であるのかも忘れてしまった。たしか孫右衛門の再従兄弟《またいとこ》だったと思う。孫右衛門は、お役に繋がるような話をなんとか聞き出して来いといったが、無理だった。それどころか、婿養子の持参金はいかほどかと皮肉を投げられた。

どう言い訳しようかと、駿平は思案顔を上げた。

橋の上に人だかりがある。

顔をしかめ、慌てて橋を渡って来るのは商家の妻女と小僧だ。

諍《いさか》いでも起きているのかと、ちらちら視線を放ちつつ駿平が橋の中ほどまで来たときだ、

「おれはな、別の役に就くべきなのだ。しかしそれすら森沢に邪魔された」

暗い声が聞こえた。

ふと立ち止まった駿平は、振り向いた中年の棒手振《ぼてふ》りにいきなり袂《たもと》を摑まれた。

「ちょいと助けてやっちゃくれませんか。もうここで若い娘が半刻近くも、あのお武家に愚痴《ぐち》を聞かされているんでやんすよぉ」

愚痴とはまたいかなることかと首を傾げた。

棒手振りは、かくかくしかじかでと、駿平に事の次第を告げた。

半刻近くというのを知っている棒手振りもずっと見物していたのだろうかと苦笑しつつ、娘も難儀なことだと気の毒になった。

智次郎なら、いきさつを聞くまでもなく飛び出して行くだろうが、駿平は少々躊躇した。

まず相手の素性がわからない。竿を持っているところを見ると、釣りの帰りであろうことはわかる。衣装も、そこそこの物を身につけている。浪人ではなさそうだ。

「ほれ、早く前へ出てくだせえよ」

いきなり背を押された駿平は、武家と娘の間につんのめるようにして割り込んだ。

「誰だ、貴様」

怪訝《けげん》な顔をする武家に向かって、

「通りすがりの野依駿平と申します」

駿平は深々と頭を下げた。

智次郎はあきらかに興味なさげに、ふうんと生返事をして、茶を啜る。屋敷に戻ると智次郎が待ち構えていたのだ。

「ちゃんと聞いてくださいよ。その溝端宗十郎って方はですね」

「聞いているよ。百俵取りの御家人だろう」

若い娘相手に橋の上で半刻も愚痴をこぼしていた割には、きちんと名乗り、「往来を騒がせた」と野次馬たちに謝罪もし、あっさり退いた。身構えていた駿平は肩透かしをくらった気分だったが、ややこしいことにならず、ホッと息を吐いたのだ。

「その方よりも娘のほうが、げっそりしていたものですから、心配で」

智次郎は、そこだけぴくんと反応した。

「なんだよ、愛らしい娘だったのか」

色白の丸顔で瞳が大きく、艶のある小さな唇はまるで赤椿《あかつばき》の花弁だった。

おれんという名で、歳は十六だといった。

「妙な勘ぐりをせんでください。だいぶ疲れていたからですよ。浅草の奥山《おくやま》の働き先まで送り届けただけです」

ほうほうほうと、智次郎がにじり寄って来ると、いきなり駿平の首に腕を巻き、締め付けてきた。

「おまえも隅には置けぬな」

「智さん、苦しい」

駿平が智次郎の腕を摑んで、引きはがそうとしたとき、するりと障子が開いた。

「まっ」

「あっ」

もよが湯気の上がる蒸《ふ》かしたての芋《いも》を運んで来た。たぶん、もよの眼には智次郎の腕をしかと握りしめ、互いに見つめ合っているふうに映っただろう。

もよは能面のように眉ひとつ動かさず、

「智次郎さまからいただいたお芋です。それにしても兄さま。おふたりはいつも仲がおよろしいのですね」

駿平を真っ直ぐに見て、芋を載せた盆を乱暴に置くと、勢いよく障子を閉めた。

肩を落とした駿平は智次郎を睨む。

「また、勘違いされたじゃないですか」

「知らぬ。おまえが他所《よそ》の女にうつつを抜かすから、懲《こ》らしめてやっただけだ。もよどのなら、もっと怖いぞ」

智次郎は駿平を突き放すかのように離れると、さっさと芋に手を出した。かぶりついた途端、顔をしかめる。熱かったのだろう。

「しかし以前ならば、怒り顔でわめいていたが、どうだ、もよどののあの落ち着きぶり」

皮肉をやんわり投げつけていったぞ、と感心するようにいった。

「女子は大人になるのが早いな。それに比べて、男は駄目だなぁ。偉そうなことをいっても行動が伴わないからな。夢を語ってばかりいても現《うつつ》にはならん」

それは、もちろん智次郎自身も加えているのだろうと、駿平は疑《うたぐ》り深い眼を向けた。

「相変わらずのらくらしたやつだな。おまえを養子に迎えてよかったと、野依の養父母だって安心したいと思っているはずだ」

そもそも、おまえはどうして武家になったのだと、智次郎が迫ってくる。

それはと、駿平は思い起こした。

「軽い気持ちだったんですがね」

「しかし、いまはそうじゃない。野依家の当主として、御番入りを期待され、背負うものができた。そうではないか」

　まあそうだなぁと、駿平は頷く。

　智次郎がふと妙な笑みを浮かべ、

「やはり、やる気になったんだろう」

　文机《ふづくえ》の下から風呂敷包みを引っ張り出した。

「うわっ、なんですか。人の居ない隙《すき》に。勝手に見ないでくださいよ」

　駿平は慌てて包みを押さえた。

　中には算術書と算盤が入っている。駿平はにやにや笑う智次郎を横目で睨めつけながら、呻いた。

「来年の六月に御勘定御入人吟味《おかんじょうおいりびとぎんみ》がありますので。それに挑んでみようかと」

　御勘定御入人吟味は、勘定所勤務を望む者の試験だ。これに通れば、まずは支配勘定に就くことができる。文書を写す「筆」と、算術の技能を測る「算」のふたつを吟味される。

　毎回、数十倍の難関だという。

「御坊主にはなれないですし、水練は苦手ですから徒も難しそうです。望みも大切ですけど、私に出来ることはなんだろうと考えたんですよ。やはり、私は商家の出。得意なのは算盤です。ならばもっと研鑽《けんさん》を積んでみたいと、思いましてね。まだ養父母には伝えてないんですが」

徒を望む養父の孫右衛門にどう告げようか思案の最中だった。駿平は芋を少しずつ口へ運ぶ。ほっくりして、甘みの強い芋だ。

「そいつは難問だ。だが、そう思ったのなら受けてみろ。おれも、もたもたしてはおれんな。おれは算も筆も苦手だからな、陰ながら見守ることにするぞ」

智次郎は感慨深く頷くや、頑張れよと、掌で背を張ってきた。芋が口から飛び出しそうになったが、智次郎の思いが骨の髄までずうんと伝わってくるような気がした。

「まあ、お役吟味はまだまだ先だ。それより逢対はこの頃どうなんだ。おれは今日それを聞きに来たのだ」

智次郎が身を乗り出してきた。

「ああ、それなんですけどね」

三

支配の口から直接聞いたわけではないが、小普請組の中で、御膳所《ごぜんどころ》御台所《おだいどころ》に動きがあるという噂が流れていた。

「ほう、席が空くかもしれないということだな。もっとも噂というのが気にはなるがな」

智次郎がうむうむと首肯する。

御膳所御台所を孫右衛門に訊ねると、お上の食事を掌《つかさど》る役目だと聞かされた。察しはついていたが、駿平は料理などしたことはない。つまり空きが出ても、就ける自信はない。

「いやいや台所役は、調理をするだけじゃない。御膳所の雑用役もいれば、出入り商人の管理やら、銭を数える役もあるぞ。どの役が空くかはわからんが、心積もりはしておいたほうがよいな」

そんなものかと駿平は感心しつつ頷いた。

芋を平らげた智次郎が腕を組んだ。

「しかし、御膳所御台所とは面白い。じつはな、この芋は父の知り合いの御膳所小間《こま》遣頭《づかいがしら》から回ってきたものだ」

畏れ多くも将軍芋だと、盆に載る芋へ向かってうやうやしく一礼した。

「なんですか、それは」

手にした芋をしげしげ眺めた。

お上の御膳に載せるために買い上げられた芋のことだと智次郎がいった。

「なぜそれが回ってくるのです」

駿平は小首を傾げながら訊ねた。

それはだな、と智次郎は茶を一口飲んだ。

「まず、上様の御膳が豪華だというのは間違いだ」

お上の食事が質素なものだというのは駿平も耳にしたことがある。ほぼ一汁三菜《いちじゅうさんさい》。朝は飯に汁、香の物か酢の物、煮物に吸い物、鱚《きす》の塩焼きと漬け焼き。鱚は縁起がよい魚とされており、なんと東照大権現《とうしょうだいごんげん》さまの御世からほぼ毎朝食されているというから驚きだった。

昼夕も大差なく、魚が替わるか、貝や鳥肉が付くかの違いで、異なるのは、夕の膳には酒が付くということだった。

米は蒸し飯。おかげで粘りもなくぱさぱさしたものを食している。

そのうえ調理されたものをすぐに食せない。御膳奉行が毒見をしたうえで、時を置く。万一、毒が混入していた場合、効果が出るまでしばらくかかるからだ。

それが済み、お上が食するときには汁物だけ温め直されるが、魚も煮物も冷え切っている。膳が調ってから一刻を要するというから、美味い不味いもあったものではない。

それをふたりの小姓と静かに食べる。

町場の飯のほうがよほどいい。できたものをその場で食べる。きっと屋台のそばを啜ることも、あつあつの田楽《でんがく》を頬張ることも、お上は生涯できないのだ。

「上様の好物は生姜《しょうが》もやしらしいぞ」

へえと、駿平は眼を丸くした。もやしに生姜を和《あ》えたものだろうか。

「ただ、上様の御膳はたしかに質素だが、贅《ぜい》をつくしているんだな、これが」

「そりゃ、どういうことですか」

駿平が膝を乗り出すと、智次郎が満足げに小鼻を膨らませた。

「魚でも菜でも一番いいものを購《あがな》うからだ」

そういえば、日本橋《にほんばし》の魚河岸《うおがし》で賄役《まかないやく》が次々買い上げていくさまを見たことがある。

出汁をとる鰹節《かつおぶし》にしても、昆布、塩、味噌、醤油などすべてに亘《わた》り吟味された極上品だけを使用するのだという。

「仕入れの量も半端じゃない。不足などあってはならぬことだからな。鰹節にしても我が家のように、指の皮を削るかどうかのぎりぎりまで使わん。するとどうだ」

余り物になる。

智次郎はうむと大きく頷いた。

「台所役は有余品を皆で分け合い、持ち帰るというわけだ」

「待ってください。いいんですか。畏れ多くも上様のために購ったものでしょう。そんな勝手をしたら、首が飛ぶ、うーん」

そのままひっくり返りそうになった。

飛ばぬ飛ばぬと、智次郎が手を振る。

「膳は余分に作るから手付かずのものさえある。持ち帰らねば、鯛《たい》も鰹も捨てることになるんだ。塵芥ならもう誰のものでもないじゃないか。しかもそれらは皆最上の品だぞ」

もったいないじゃないか、と智次郎はしたり顔でいった。

理屈は通っている。最上の塵芥。たしかにもったいない。やはりお上の食事は質素であっても贅沢なのだ。芋がうまかったのは当然だと駿平は感心した。

さらにはお上が使う什器《じゅうき》も同じように扱うという。新しいものと入れ替えのときに、古いものは処分する。それすら分けてしまうらしい。これが役得というものかと、駿平が呆けた顔で呟くと、智次郎が大きく頷いた。

「そもそも御台所の下役はな、十五俵一人半扶持からせいぜい五十俵だ。とてもとても一家が食うていけるはずもないが、食い物は我が家よりも贅沢だ。城から失敬した鯛だの平目だの鴨肉《かもにく》だの平気で食しているのだ」

下々が食す鰯《いわし》や秋刀魚《さんま》なんぞ上様の膳にはのぼらないからなと、智次郎はごろりと寝転び、鼻毛を抜き始めた。

「親父の知り合いは御膳所小間遣頭だが、食い物はもとより炭や薪《まき》まで持ち帰るというから、暮らし向きで銭を使うのはせいぜい衣装くらいなものだそうだ」

ははあ、食にかかわるものはすべて城から調達しているのだ。いやはや驚いた。役得といえば聞こえはいいが横領と紙一重ではないか。本来ならば許されるはずのないことだろうが、これは公然の秘密か。

「皆知っているが声高にはいわぬ。御台所役の中にはそれらの食材を使った弁当を作って売る強者もいるくらいだからな」

智次郎は、ふんと鼻から息を抜く。

まあ、奥右筆だの徒目付だの、お役によっては大名や旗本からたんまり付届けがあるとも聞く。ああ、そうだ。小普請支配や組頭も同じだ。逢対の度に支配も組頭もひとつよしなにと手土産を得ている。あれだって役得だ。

「お上も毎日三度の飯を食う。有余品は膨大だ。屋敷に持ち帰ってもなお余るので、隣近所や知人に配るんだな。それで我が家もこうして恩恵に与れるというわけだ」

智次郎はむくりと起き上がり、盆の上からまたひとつ手にした。

禄は低くても飯には困らぬどころか、最上の食い物が食える。部屋住みだからと一品減らされることもない、いいお役もあったものだと、智次郎はため息を吐いた。

だが、米粒をひとつひとつ吟味して、大きさを揃えるような仕事は面倒だなと、苦笑した。

「一昨日《おととい》、わが家へ来られた御膳所小間遣頭の森沢甚兵衛さまはな、こうした事情を上様はご存じであろうといっていた。咎めないのは、微禄の家臣への慈悲だとな」

駿平は芋を食う手を止め、眼を見開いた。

「いま、なんていいました」

「上様の慈悲か？」

「いや、御膳所小間遣頭のご姓名です」

森沢甚兵衛さまかと、智次郎が訝る。

「それそれそれだ。吾妻橋にいた溝端宗十郎が恨んでいる相手の名だ」

駿平は声を張り上げた。

「馬鹿をいうな。森沢さまは温厚で実直なお方だぞ。恨みを買うような人物ではない。なにかの間違いだ」

智次郎はむすっと唇を曲げた。

「ですけどね、おれんという娘は、橋の上で溝端の愚痴をずっと聞かされていたんです」

森沢甚兵衛は、姑息《こそく》で傲慢《ごうまん》で、ささいなことに目くじらを立て、己のしくじりも下役のせいにする、下衆《げす》の極みだと、溝端が呪詛《じゅそ》のように垂れ流していたことを、働いている奥山までの道すがらおれんから聞かされた。

「そいつのお役はなんだ。御台所役か」

「お役まではわかりません」

智次郎は、ほれみろといわんばかりの眼つきをする。

「まず、見ず知らずの娘に己の愚痴を聞かせるほうがどうかしているぞ」

「たしかにそうですけれど、そこまで悪口を並べ立てるのなら、やはり御台所にかかわる者だといえなくもないですよ」

ですからね、と駿平は前に屈んで声を一段落とした。

「それが、御膳所御台所に空きが出るという噂に繋がりませんかね」

智次郎が眼を細め、駿平を見据える。

「内部で揉め事があるとか、それで近々お役御免になる者がいるかもしれないというような」

ふむと、智次郎が思案顔をした。

たとえば、新参者の歓迎と称するいびりもあるし、有余品の分け方で不満が出ているとか、人などふたり以上集まれば、諍いまではいかなくとも、なにかは起きるものだ。

「なんといっても食い物の恨みは恐ろしいですからね」

「森沢さまに限ってあり得ん。が、火のない処に煙は立たずだ」

智次郎は芋を懐に入れ、

「溝端某の虚言だとしてもだ。もしも森沢さまが責めを受け、お役を解かれたら」

大変だと、呆《ほう》けた顔をした。

「我が家への届け物がなくなるじゃないか。そいつは困る、大いに困る」

正月の伊勢《いせ》海老が食せなくなる、こうしちゃおれんと、勢いよく立ち上がった。

四

大股で歩く智次郎を駿平は慌てて追いかける。森沢甚兵衛の屋敷は昌平坂《しょうへいざか》学問所を越えた先の本郷《ほんごう》にあるという。

智次郎の歩みがいつも以上に速い。これからの食膳を左右するだけに真剣なのだ。駿平は追いすがる。

そろそろ七ツ（午後四時頃）になろうかという刻《とき》だった。

昼間は晴れていたが、いまは灰色の雲が垂れ込めている。そのせいか、かなり肌寒い。早目に仕事を切り上げた職人や、棒手振りが売り声を上げながら通る。そろそろ夕餉時だった。あちらこちらから、魚を焼く煙や煮炊きする煙が上がっている。

「神田明神下《かんだみようじんした》の御台所町は、町人地になっているが、昔は御台所役が住んでいたんだぞ」

智次郎が神田明神裏の妻恋坂《つまごいざか》を上りながら偉そうにいった。

「智さん、森沢さまへはどう訊ねるんですか。まさか御台所役で揉め事があるかなんていうのではないでしょうね」

智次郎は歩を緩めずに振り向いた。

「直接質《ただ》す。小普請組で、そういう噂が出ているのを小耳に挟んだとな」

「それはあまりにも」

「回りくどい言い方をしても詮方ない。ところで、おれんという娘は他にはなにかいうていなかったのか」

駿平は坂を上りながら荒い息を吐いた。

「それがですね、じつは」

おれんは、溝端宗十郎の顔を見知っていたというのだ。浅草寺裏手にある奥山のそば屋で働くおれんは、溝端が三月ほど前から友人と連れ立って通りの向かいにある矢《や》場《ば》へ連日来ていたのを見たという。

「うちでお酒を呑んで、矢場で遊んでいたんです。矢場の娘《こ》をからかったり、口説いたりしてました」

それにと、おれんは顔を伏せ、本所の裏店から奥山まで通っているとき、吾妻橋の下で釣りをしているのも目撃していたという。

「なんだ。遊び暮らしているのか。しょうもないやつだな。それで森沢さまを中傷するなど、よくわからんが腹立たしい」

御台所役という確証はないが、森沢甚兵衛に恨みを抱くほど憎んでいるのはたしかだ。どこで知り合ったのだろう。

「食材を仕入れる賄役ってのもあるが」

智次郎が懐から芋を出して齧《かじ》り始めた。駿平に差し出してきたが断った。芋は喉に詰まってむせやすい。

「しかし、溝端って奴は、日参しているそば屋の娘の顔には気づかなかったのか」

「どうでしょうねぇ、おれんの顔を見て首を傾げるような素振りはしたそうですけど」

ふーんと、智次郎は頷く。

ただ、溝端は矢場に来るときと釣りをしている姿が別人のようで、おれんはすごく気になって毎日、橋の下を覗き込むようになったという。

「別人ってなんだ」

「妙に思いつめているというんです」

浮かれ騒いで釣りはしないだろうよと、智次郎がちゃちゃを入れる。

笠をつけていないときも多く、顔色も人相も悪くなって病なのではないかというのだ。

「おれんはそば屋に来た溝端に一度だけ話しかけたそうです」

するとすこぶる元気だと、いったという。

「要はふざけた奴だということだ」

智次郎が吐き捨てた。

幸い森沢甚兵衛は非番で屋敷に居た。

智次郎の突然の訪問に驚きながらも、笑みを浮かべ、招き入れてくれた。

中肉中背で、背丈もほどほどにある。顎の尖った三角顔で、一見厳しい風貌にも見えるが、笑うと目尻が下がり、柔和《にゅうわ》になった。

客間に通されると、智次郎は芋の礼を述べた。駿平を紹介すると、野依家にも数本分けたと話し、本日はそれを道々食いながら参りましたと、頭《こうべ》を垂れた。

森沢はそれを聞いて、さすがは智次郎どのだと破顔した。

智次郎のいう通り、温和で実直な印象を受けた。溝端宗十郎のいう森沢甚兵衛はただの同姓同名ではないかと思ったほどだ。

と、智次郎がいきなり切り出した。

「失礼ですが、溝端宗十郎というご仁に覚えはございましょうか」

止めようとしたが遅かった。

森沢の顔がにわかに曇り、眉間に険しい皺が寄った。

「ご存じのようですね」

むうと、森沢が口許を引き結ぶ。

「では、私が申し上げます」

駿平は膝を進め、森沢へ事のあらましを告げた。森沢は目蓋を閉じ、じっと話に聞き入った。

「私もおれんという娘から聞かされたことですので真実かどうかはわかりかねますが――」

顔を見るだけで不快だ、同じ処に居ると考えるだけで虫唾《むしず》が走る、あやつなど居なくなればいいと、溝端宗十郎が繰り返し繰り返しいっていたことを、駿平は背に汗を滲ませながら語り終えた。

座敷内にしばし沈黙が流れた。

駿平とて当の本人に悪口を伝えるのは、気持ちのいいものじゃない。

「ご無礼を仕《つかまつ》りました」

思わず畳に額をこすり付けていた。

「野依どの、貴殿が詫びることはない。ようお話し下された。かたじけない」

駿平は滅相もないと、顔を上げた。

「溝端宗十郎は我が配下。御膳所小間遣でござる」

森沢は宙を仰いで嘆息した。

智次郎は頭から湯気を出しながら浅草へ向かっていた。森沢家から借りた提灯《ちょうちん》が左右に揺れる。すでに日も沈み、あたりには薄闇が広がっている。

「許せん、森沢さまへ謝罪をさせねば気が収まらん。いまごろは奥山の矢場だな」

鼻息荒くいい放った。

「しかし、これはあくまでも御膳所小間遣役内で解決すべきことではないですか」

駿平は智次郎の背に言葉を投げた。

智次郎は足を止め、声を張り上げた。

「童ではあるまいに、叱責されたら仕事に出ないなど軟弱にもほどがある。前に親父どのが嘆いていたが、まことにこういう奴がいたとは驚きだ」

宗十郎が病気引籠と称して、仕事を休むようになったのは半年前のことだった。御膳所小間遣として、ふた月が経過し、当初は御台所に戸惑っていた本人も次第に仕事に馴れ、仲間たちともようやく打ち解けてきた頃だ。

「陰に籠っている感じではないが、どこか融通の利かぬふうには見えましたな」

森沢は宗十郎の人物をそう語った。

ある日、昼の膳の調理をしていた御台所人が包丁で指先を深く切ってしまった。すぐ別の者に交替し、調理を終えたが、まな板にわずかに血が付着していることに宗十郎が気づいた。すでに膳は調えられている。血もまな板の角に点のように付いていただけだ。

魚のものだとも考えられた。

そう判断した宗十郎は、御膳奉行が毒見を終えたときに、森沢へそのことを伝えた。

森沢は顔色を変えた。御膳奉行に謝罪し、御膳所御台所頭に報告し、御小納戸役、御小姓にもう一度作り直すと平伏した。

運がよかったことに、この日は中奥で能舞台があったうえに、お上は御能役との雑談に花が咲きご満悦で、事なきを得たのだ。

「どう考えても溝端宗十郎が悪い。たとえ血が魚のものであったとしても、台所人のものでないという確証もない」

気づいた時点で御膳所小間遣頭の森沢に判断を仰ぐべきだったと、智次郎は憤慨した。

だが、森沢から叱責を受けた宗十郎はそれ以来、口を利かなくなった。用事をいいつけても、返事もしない。ときおり恨めしげな眼を向け、あからさまにため息を吐く。それが十日ほど続いたとき、

「それがし、気鬱《きうつ》の病でござる」

宗十郎は堂々といってのけ、ひと月休むと届けを出した。

御膳所御台所は、お上の食膳を掌る役目だけに、常に気を張り詰め、役料は少ないが、わずかなしくじりも許されないというしんどいお役だ。それでも、有余品という役得があるからこそ、耐えられるともいえた。

森沢は休むのもよいかと認めたが、ひと月経つとまたひと月延ばす。そしてまたひと月と、かれこれ半年仕事に出てきていない。

ただ、三月ほど前から浅草奥山の矢場で宗十郎によく似た人物を見かけると、下役の者から聞かされ驚いた。さらに別の者からは、釣りをしていたという話が出てきた。

森沢が調べさせると、朝は釣り、夕刻からは矢場で遊蕩《ゆうとう》しているのが知れた。

御膳所御台所の者たちは、遊ぶことはできても仕事はできぬのか、お役をなんだと

心得ているのだと憤っている。

ひとり抜ければ、誰かがその者の穴埋めをせねばならない。しかもひと月といっておきながら、また延ばす。戻ってくると思うからこそ、宗十郎の分まで引き受けている者たちは、幾度も肩透かしを食らっているのだ。怒るのも当然だ。

だが本人は気鬱の病だといっている。それを仮病《けびょう》だろうと無理に引っ張ることもできない。病気引籠は他のお役でもよくあることだった。役料だけを得て、せっせと内職に励みながら、他の役に就こうと、猟官運動にいそしむ輩もいるのだ。

しかし宗十郎はそうではないと森沢は首を横に振った。

「じつは、ひと月前に宗十郎から場所替願が出された。こともあろうに徒目付と記してきたのに危ういものを感じたのだ」

徒目付はお目見以下の者を監察し糾弾する目付を補佐する役目で、そう容易く就けるものではない。

むろんのこと、場所替願は却下された。

それもまた宗十郎の恨みを増幅させたのだろうと、森沢は大きく息を吐いた。

これはまことに根の深い病だと薄々感じていたという。しかし、下役の者たちは堪忍袋の緒が切れ掛かっている。

智次郎とて怒りまくっている。

「しかし、森沢さまが叱り方を違《たが》えたと後悔なさっていたのが、切ないですね。上に立つ者として、見誤ったと」

「さっさとお役を解いてしまえばいいものを、森沢さまはお優しすぎるのだ。なにが徒目付だ。馬鹿か。甘えだ甘え。怠け者なのだ」

早くその面を見てやりたいと、智次郎は息巻いた。

浅草奥山の矢場であっさり溝端宗十郎は見つかった。今日はひとりのようだ。軒に下がった赤い提灯が艶《なまめ》かしい。矢場娘をからかって、宗十郎は笑い転げている。

「駿平、まことにあいつか」

「今日会ったばかりですよ」

あれが病かと、智次郎は憮然とした表情だ。

振り向くと、たしかにそば屋が向かいにあった。おれんが駿平の姿をみとめ走り寄って来た。

五

宗十郎がだらしなく首を回した。

「なんだ貴様ら。おお、おれんじゃないか。美味いそばであったぞ」

酒のせいか眼が濁っている。

「森沢さまが心配なさっておいでです」

いまにも怒鳴り散らしそうな智次郎を制して、駿平が先に口を開いた。

宗十郎の顔がにわかに禍々《まがまが》しいものに変わり、矢場娘を突き放して、表に出て来た。智次郎が話をしたいと顎をしゃくると、

「なにゆえ貴様らが知っておるのだ。そうか、森沢に頼まれたのだな」

眼を瞠《みは》り、声を張り上げついて来たが、路地に入った途端、さらにふてぶてしい態度を取った。

「ま、そんなことはどうでもいい。森沢という男は下衆《げす》だ。己の失態にされるのを恐れ、皆の前でおれを無能呼ばわりした。無理やり頭を押さえつけられ御膳奉行から御台所役すべて、そのうえ御小納戸役、御小姓に至るまで土下座させられるという恥辱

を受けたのだ」

歯を剝き、憎々しげに吐き捨てた。

「あれは叱責ではない。己の保身のため怒りにまかせておれを罵《ののし》っただけだ。そんな者の下に付けるかっ」

おれは知っているぞ、御台所役どもがなんといってるかをな、と宗十郎がいった。

「怠け病だの、わがまま病だのだ。だが違う。おれの生きる処は御台所ではないのだ。もっともっと才を活かせるお役でなければ、おれをわかるやつはおらん」

駿平はまじまじ宗十郎を見た。

「どのような才をお持ちですか」

「お役に就いてみれば必ず発揮できる。それにはそうした場所が重要だ。それを与えてくれぬからいかんのだ」

智次郎が横で全身を震わせている。かなり頭に血が上っているようだ。駿平とてこの物言いには腹を立てていた。

「では伺いますが、どんなお役だったら、ご自身の才が活かせるとお考えですか」

むっと宗十郎は顎を引き、一瞬視線を泳がせると、

「でっかいお役だ。皆があっと驚くような大仕事を成し遂げるためにおれは学問も武

芸も修めてきたのだ」

そんなおれがなにゆえ台所の雑用に就かねばならぬのか理解に苦しむ、お上が間違っておるのだと、宗十郎は頭を抱え、首を振る。

間違っているのはお上でなくて、お前のほうだと喉元まで出かかるのを駿平は堪えながら、自尊心が無駄に高いだけでこの男にはなにもないんだと思った。

ただ漠然とした望みにとらわれ、なにも見ようとしていない。己に才があると思い込み、評価されないことに苛立ち、しくじりを叱責されれば、上司が悪いと文句を垂れる。

御台所でのしくじりは、他の役にも波及する。森沢が宗十郎を各所で謝罪させたのは、皆が責めを負わねばならない事態になることを悟らせたかったからだ。決して森沢自身の保身のためではないはずだ。

城内で働くということは、そういうことだ。

網の目のようにお役は繫がっている、宗十郎はそうした眼をまだ持ち合わせていないのだろう。

「わかってもらえぬおれのほうが苦しいのだ、辛いのだ。だから釣りもした矢場にも来た。これだとて、出来るようになるまで時がかかったのだ。怠けているわけではない。釣りをするのも、矢場で遊ぶのも、おれがまともだという証のためだ」

宗十郎が歯嚙みをするように呻いた。

「おい、駿平」

智次郎が顔を寄せてきた。こめかみのあたりがぴくぴくしている。血が上りきったのだ。

「こやつ、殴っていいか」

耳元に囁きかけてきた。

駿平は、強く首を振る。

腐りかけていようがとりあえずは武士だ。衆人環視の中で殴るのはまずい。

「手前勝手な理屈をこね、己が苦しいだと。こういうへなちょこ侍は一発かましてやらんと眼が覚めん」

智次郎の荒い鼻息が、頰をかすめていくのが不快だったが、阿呆《あほう》のように嘆く宗十郎の姿はさらに不愉快極まりない。

「森沢さまは、ご自分が悪かったのならば詫びるとまで仰《おつしや》っているのですよ」

駿平は諭すふうに極めて静かに語りかけた。ところが、宗十郎は眉を寄せ、鼻を鳴らした。

「悪かったならばだと？　悪かったとはいえぬのか。その態度が尊大なのだ」

「お主、何様のつもりだ。いい加減にしろ」

智次郎が一歩進み出ようとしたときだった。それより速い影が横切ったかと思うと、

「この意気地《いくじ》なし」

甲高い声が響いて、おれんが宗十郎の頬を思い切り張った。小気味いい音があたりに響いた。周囲がざわつく。

「ねえ、大きな仕事っていうけど、そのためになにかしてるの。釣りとおもちゃの弓を引いて、大事な時を潰してるだけでしょ」

宗十郎は張られた頬を押さえ、眼をぱちくりさせながらおれんを見つめた。

おれんさん、と慌てて近寄ると、

「うるさい」

おれんの一喝《いっかつ》に駿平はすごすご身を引いた。

「あたしのお父っつぁんは病で臥せってるの。妹たちにたんとおまんまを食べさせてやるために、おっ母さんもあたしも働いてるの」

あたしには暮らしを支える思いがあるから、どんなに辛くても働ける、みんなの笑

顔が見られたら、あたしも胸が張れるのよ、おれんは振り絞るようにいった。

「おそばは一杯十六文よ。その十六文はお客さんのお財布から出してもらうの。お財布の銭は、お客さんが汗水流して働いたお金よ。そういう大切なお足を使ってもいいと思えるおそばを打つのが、あたしの仕事なの。いつか自分の店を持ちたいからね」

娘の細腕で、そば打ちとは驚いた。いつも店の奥にいるから、宗十郎はおれんの顔を覚えていなかったのだ。

おれんの勢いに、智次郎も宗十郎も呆けたように突っ立っている。

「そりゃあ、お武家さまの仕事とあたしの仕事は違う。でもさ、叱られたら悔しいって気持ちは同じだよ。いまの仕事は辛いかもしれないけれど、やれそうなことから試してみたら案外楽しくなるかもしれない。森沢って人にも苦しい気持ちを伝えるべきよ。それでもわかってくれなかったら怒ればいいのよ、ね」

おれんが宗十郎に笑いかける。赤い椿の花びらが見事に開いた。美しい笑顔だった。

智次郎がぐいと進み出た。

「森沢さまはお主が戻って来るのを待っていると仰っていたぞ」

宗十郎は俯くと、ぽろぽろ涙を落とし始めた。泣きながら両手を伸ばしてくる。

智次郎が感激の面持ちで、その手を取ろうと一歩前へ出たが、宗十郎はするりと身をかわした。代わりにおれんの手をしかと包んで握りしめ、額に押し当て泣きじゃくった。

「なにやら釈然とせん」

智次郎はむすっとしながら、団子をまとめて串から豪快に引き抜いた。下谷広小路の茶店に智次郎から呼び出された。近頃、智次郎は思うところがあるのか、毎日道場通いをしている。その帰り道だ。

「いいじゃないですか、溝端さんもお役に戻ったんですから。めでたしですよ」

あれから五日後、溝端宗十郎は森沢の屋敷を訪ね、病が癒《い》えたと挨拶に来たという。

ふんと、智次郎は鼻を鳴らした。

「おまえに森沢さまより預かりものだ」

智次郎が傍らに置かれていた風呂敷包みを、駿平の腿《もも》の上に移した。結構な重みに呻くと、

「極上の羊羹《ようかん》だ。十棹《じっさお》ある」

智次郎がにっと笑った。例の有余品だ。

「ははあ、助かります」

「ところで駿平。あやつ、森沢さまになんといって戻ったと思う？」

「さあ、謝ったか、気持ちを伝えたか」

違うと、智次郎は吐き捨てた。

「自分はおれんに認められたいから頑張るといったそうだ。おれたちでも森沢さまのお心でもない。深川育ちの女子の、見事な啖呵《たんか》を切ったおれんに惚れたんだ。やっぱり信用ならん」

ははは、と駿平は空笑いした。

まあそれでも、一旦、味噌のついた宗十郎が同じ職場に戻るのは相当覚悟が必要だ。同僚もすぐには受け入れがたいだろう。

「だいたい半年もの間、皆が奴の尻拭いをしてきた。これからは余計な気を遣い、腫《は》れ物に触るような扱いをせねばならん。うっかり叱れば、またぞろ休むかもしれんからな」

「ですが、人を慈しむことで別の見方もできるようになりますよ。男は好きな女の前では恰好もつけたいでしょうしね」

「おれんの前で泣き顔見せたやつだぞ。いまさら恰好がつくか」

やれやれ森沢さまも難儀だと、智次郎が空を見上げる。どこかで烏《からす》が鳴いた。

智次郎と別れた駿平は羊羹を抱えて屋敷へと戻った。

自室が掃除されていた。駿平ははっとして文机の上を見る。昨夜、開きっぱなしにしておいた算術書と算盤がきれいに整えられていた。しまった見られたと、駿平は鬢を掻く。

「兄さま。少々よろしいですか」

障子の向こうから、もよの声がした。

いつもなら駿平の返事を待たずすぐに入って来るはずなのに、もよは廊下にじっとしているようだった。

「もよ。羊羹をたくさんもらったぞ、食うか」

障子の向こうに呼び掛けたが応えがない。訝しく思い立ち上がったとき、もよの小さいが、はっきりした声がした。

「もよは、兄さまが望むことをなされるのがよいと思います」

それだけいうと、小さく足音を立てて去って行った。

胸の奥から温かいものが込み上げ、駿平はその場で小躍《こおど》りした。

長崎奉行

一

駿平は長々とため息を吐きながら、空を見上げた。今日も晴天だ。

騒がしい鳴き声を上げながら、数十羽もの海鳥が飛んでいる。青い空に白い翼が映《は》えていた。

波間がときおりきらきら輝くのは、魚のうろこだ。鳥たちは魚群を狙って集まっているのだ。

風をはらんだ白い帆が、大きく膨らんでいる。ふんどしをきりりと結び、派手な意匠の半纏《はんてん》の隙間から赤銅色《しやくどういろ》の素肌を覗かせる水夫たちが瀬戸内の海を眺めながら、煙草《たばこ》を喫《の》み、飯を食いと思い思いに過ごしている。

船が波に乗って上下に大きく揺れた。

甲板《かんぱん》にいるわずかな客が声を上げたが、水夫たちは意にも介さない。こんなものは揺れるうちに入らないといった顔つきだ。

駿平は、胃の腑を揉まれるような不快感に唾をごくりと飲み込んだ。明石《あかし》から乗船して六日。沿岸の港に荷下ろしに立ち寄り、風雨になれば入り江に停泊し、船は遅々として進まない。

この先、宮島《みやじま》に寄り、厳島《いつくしま》神社の見物もするらしい。瀬戸内はさまざまな荷船が行き来しているが、沿岸を進みながら遊山《ゆさん》を楽しむことができるのには驚いた。

江戸を出て、すでに二十日以上。

駿平にとって生まれて初めての旅路だ。

しかも我が国で唯一異国との交易港を持つ長崎《ながさき》へ赴く。

胸が躍らぬわけがない。道中記を読み、旅の心得を頭に叩き込み、智次郎と実家である瀬戸物屋つる屋の番頭茂平次《もへいじ》と三人、いさんで出立と相成った。

しかし、駿平は少々気が重い。長崎に近づくにつれ、それは大きくなってくる。

そもそも事の起こりは実母からの文《ふみ》だった。

異国の焼き物を買い付けに番頭の茂平次が長崎へ行くことになった、見聞を広げることは御番入りにも役立つかもしれないから駿平もどうだといってきたのだ。旅費はすべてつる屋が持つということで、養母の吉江は手放しで喜んでいたが、養父の孫右

衛門は、

「万が一駿平に大事があれば野依家はおしまいだ」

と苦い顔をした。しかしそれも智次郎が用心棒代わりに同道するということで吉江が強引に説き伏せた。

だがもうひとりいた。もよだ。

往復だけでも三月はかかる旅路はもよの想像をはるかに凌駕《りようが》したのだろう。肩を震わせ、しくしく泣き出したのだ。その姿を見た駿平は、降って湧いた見知らぬ地への旅にひとり浮かれていた己を恥じ、小さな妹の思いに胸が締め付けられた。

だが、智次郎が同道するから心配ないと吉江に聞かされると、潤《うる》んだ瞳がたちまち乾いた。

「さぞや楽しい旅路となりましょう」

にこりと笑ったもよの眼が怖かった。

もよには一番いい土産を買わねば。そのとき駿平は即座に決心した。

東海道を上る旅は概《おおむ》ね順調に進んだ。概ねというのは、江《え》の島《しま》だの鎌倉《かまくら》だの伊勢だの熊野《くまの》だのへ寄り道したいと智次郎が勝手に街道をはずれるのをいちいち阻止していたからだ。

智次郎を見張るのに懸命で景色を楽しむ余裕などなかった。箱根《はこね》の峠も大井川《おおいがわ》も、名古屋《なごや》のご城下、琵琶《びわ》の湖、京、大坂も、ただただ通り過ぎた。

智次郎が暴走するたび、茂平次が嘆息する。茂平次にとっては物見《ものみ》遊山の旅ではないのだから当然だ。

駿平とて江戸を出てからずっと心に引っかかりを抱えている。

それを知ってか知らずか、兵庫《ひょうご》を過ぎたあたりで智次郎の機嫌はすこぶる悪くなった。陸はもう飽きた、海路だと、いい出した。このまま山陽道を歩き、下関《しものせき》から小倉《こくら》へ渡るはずだった。

船旅をしたいと頑なに譲《ゆず》らぬ智次郎にしぶしぶ承知したものの、当の本人は波に揺られたせいか、いささか青い顔をしている。

半分いい気味だと思いながら、駿平自身もときおり苦い物が上がってくるのを堪えていた。隣では茂平次が表情ひとつ変えず、帳面を繰りながら腿に載せた算盤をもくもくと弾いている。船が揺れようが、茂平次も算盤珠《だま》もまったく動じない。

どうやら、京のあたりからの旅の費《つい》えを勘定しているようだ。ちろり覗き見ると、茂平次が横目で見返してきた。

「読み上げようか。幼い頃、よく帳場で手伝ったみたいにな」

遠慮する茂平次から帳面を取り上げ、駿平は声を上げた。

「ご破算で願いましては、柿鮓《こけらずし》三箱百四十四文、虎屋饅頭《とらやまんじゆう》五つ五十文、作り身ひと皿百文、白味噌田楽六本」

次々読み上げながら食い物ばかりだと気がついた。街道の茶店で休むたび、宿場に着くたび、処の名物をたらふく食してきたのは、やはりまずかったかと茂平次を窺い見た。

「面目ない」

「ただの手控えですから」

茂平次は素知らぬ顔で珠を弾いた。うん、と駿平は頷いて鼻先を掻いた。だが江戸へ戻れば、費えのすべてが実家に報告される。実父母の呆れ顔が眼に浮かぶようだった。

「駿、平。おれはもうだめだ」

横にいた智次郎が、いきなり大仰な台詞《せりふ》を吐いて横臥《おうが》した。

茂平次は智次郎の様子などお構いなしだ。ふと帳面に書き込まれた値を駿平は見咎めた。

「茂平次。この八日間は旅籠《はたご》代、草鞋《わらじ》代、懐紙代、蠟燭《ろうそく》代、髪結《かみゆ》い代と合わせて一両一朱と二百三十文だ」

駿平が帳面を差し出すと、茂平次は訝しげな眼をしながらすばやく数を眼で追った。

「これは失礼を。あたしが間違っておりました」

茂平次はいましがた記したばかりの値に二本線を引いた。

「読み上げながら算勘なされたので？」

「まあ、これも茂平次のおかげだよ」

まだ茂平次が手代だった頃、帳付けの真似事をして遊んでいた駿平に、「あたしがお教えしましょう」と、算盤の手ほどきをしてくれたのだ。

もともと算勘の才もあったのか、駿平の算盤はめきめきと上達し、七歳にして読み上げ算も暗算も四人の兄たちを凌《しの》ぐほどになった。ふた親は小躍りして、近所の手習ではもったいないと、智次郎が通っていた手跡指南所を紹介してもらったのだ。十年以上前の話だ。

「懐かしいなぁ。あのときの長吉《ちようきち》兄さんの悔しそうな顔は忘れられないよ」

駿平は笑った。駿平には四人の兄がいるが、長兄とは十二違う。

「算勘が活かせるお役に就けるとよろしいですな」

茂平次が矢立に筆を納めた。

「だがなぁ、野依は番方（武官）筋の家柄なんだ。だから徒を望まれている」

おかげで剣術だの、水練だのの稽古をやらされていると、苦笑いした。

「頑張っておられますな。言葉もお振る舞いも、すっかりお武家さまでございますよ」

「そういわれると面映《おもはゆ》い。それでも瀬戸物屋の五男坊でいたなら到底できないことをさせてもらっているよ」

それにしても小普請支配の片桐から、長崎行をあっさり許され、拍子抜けした。

無役の小普請者たちには、小普請支配と小普請組頭と面談し、お役の希望を述べることができる逢対定日が月に二度ずつある。

武家が旅に出る場合は、お上の許可が必要だった。公務でもなく、社寺参拝でもなく、長崎へ焼き物の買い出しに付き合うなどというのが、はたして認められるのかどうか不安はあった。いつもなら「周旋尽力する」という片桐の決まり文句を聞くと退室するのだが、おずおずと長崎への旅を願うと、

「若いうちに旅に出るのはよいことだ。そのような機会を逃す手はない、いろいろ見聞きしてくるがよい。行け行け」

逆に勧められてしまった。しかも、

「長崎には清《しん》国や阿蘭陀《オランダ》国の影響を受けたものがたくさんあろう。びいどろの行灯《あんどん》があるというのはまことかの」

満面の笑みを駿平に向け、帰りしなには片桐家の用人が「些少《さしょう》ながら」と餞別《せんべつ》まで包んでくれた。その数日後には小普請組頭から呼び出しがあり、支配さまよりお聞きしたと、直々に餞別を渡された。

その話をすると智次郎は、支配も組頭もそれなりの思惑があると断定した。

それはとりもなおさず、番入りに近づくかどうかの賭けだという。

「おまえの見聞が広がろうが、どうだっていいのだ」と智次郎ははっきりいい放った。

つまりふたりとも長崎土産を大いに期待している。旅の許可を出し、餞別までくれてやったのだから、それ相応の物を持ち帰って来いといっているのに相違ない、という。

年始、暑気、寒気、歳暮と武家は付届けに忙しい。それは無役の小普請入りの家はいうに及ばず、役付の者はさらなる我が身の立身を願い、重職らにせっせと贈り物をする。

付届けは武家の慣習であるから、お偉方の屋敷はその時期、品物で溢《あふ》れかえってい る。したがって余剰品は他家へ回したり、献残屋《けんざんや》という買取り商に引き取ってもらう こともあるという。

滅多に入手できず、しかも利用価値が高い物を吟味しなければならない。

そう、土産は重要な意味を持つ。

それによっては、眼をかけてやらなくはないぞと、ほのめかしているのだ。

駿平の趣味の良さ、そして気遣いすら品定めされてしまう。これはなかなか厳しい。

まさか土産ひとつでこんなに悩むとは思いも寄らなかった。

この長崎行きが、吉と出るか、凶と出るか——心の引っかかりも、ため息もこのせいだ。

駿平は再び息を吐き、うかれ男の智次郎を恨めしげに見つめた。と、船首近くの荷物の間に身を潜めるように座っていた武家がにわかに立ち上がり、船尾にむかって一目散に駆け出した。供の者らしい老爺《ろうや》が慌ててその後を追う。

ぐええっ。

武家が海に向かって嘔吐《おうと》した。

「道之助《みちのすけ》さま、大丈夫でございますか」

老爺は懸命に武家の背を撫でさする。

水夫たちはげらげら笑っているが、客の中にはあからさまに迷惑そうな顔をする者もいた。

後ろ姿だけではわからないが、さほど背丈もなく、線も細い。まだ元服前の若侍のようだ。

若い武家は縁にしがみついたまま、その場にくずおれた。

駿平は立ち上がり、ふたりに近づいた。

「不躾《ぶしつけ》ながら、ひどい船酔いに見受けられまする。よろしければこの薬を」

駿平は己の腰に下がっている印籠から、小粒の丸薬を取り出した。小田原宿《おだわらじゆく》で購った名高い薬だ。腹痛、頭痛、船酔いにいたるまであらゆる病に効果があるとされている、旅にはもってこいの必携薬だ。智次郎にはあまり効果がなかったようだが。

座ったままぐったりと頭を垂れている若侍の代わりに振り返った老爺は、

「かたじけのうございます。頂戴いたします」

差し出した薬を押し頂くように受け取った。若侍は大きく肩を上下させ、笠をつけた頭をかすかに動かしただけだ。

「失礼ながら御姓名をお聞かせいただいてもよろしいでしょうか」

「拙者、名乗るほどの者でもございません」

駿平は重々しい声を出し、くるりと背を向けた。前々からいってみたい台詞だった。我ながら、いい出来だと鼻をうごめかせる。

どこぞの姫君相手ならばなおよかったが、これぱかりは望んでも詮無いことだ。

しかし、ここは船の上だ。

半刻ほどして、気分が落ち着いた若い武家と従者の老爺があらためて礼に現れた。

「ゆえあって国許は明かせませぬが、倉本《くらもと》道之助と申します。先程はかたじけのうございました。おかげさまで楽になりました」

笠をつけたまま頭を下げる。少年のような高い声をしていた。

結局、駿平も名乗ってしまったが、道之助が去ると智次郎がむくりと起き上がった。

「智さん。気分はどうですか」

「最悪だ。で、いまの前髪立ちはなんだ。笠も取らず無礼な奴だな。どこぞの若様か。生っ白い顔をしやがって」

「智さんの顔も真っ白ですがね」

智次郎はむすっとした顔をすると、再びごろりと転がった。

それから七日の間、波に揺られてようやく豊前《ぶぜん》小倉に着いた。都合十三日。陸路とさほど変わらない日数を費やし船上で年を越してしまった。船を下り、飯屋でどんぶり三杯の飯を腹に収めた途端、智次郎は元気を取り戻し、

「やはり地に足をつけねばだめだな、うん」

勝手なことをいった。

それからは長崎街道をひた歩く。西国は風の匂いまで違っているようだ。

街道に宿場は二十五、およそ五十七里（約二百二十八キロメートル）で、急げば六日目には長崎へ到着する。

竹林の小道は生い茂る笹の葉で隧道《すいどう》のようだ。昼間でも薄暗い。この細道は参勤交代の行列も通るという。

いよいよだなぁ、と智次郎があたりにこだまするような声を出した。

「駿平の実家ですべてまかなってくれるというから、うちの親は大喜びだった。しかも母など三月以上、おれに食わせる飯代が浮くと下女と一緒になって小躍りしていた」

わかりやすくて怒る気にもならんと、口をへの字に曲げた。

兄上からたった二年遅れて生まれただけだというのに身内にまで、ごく潰しだの冷や飯食いだのやっかい者だといわれる。ああ、母上、なにゆえおれを先に産んではくれなかったのだと、額に手をあて天を仰いだ。いささか芝居がかった態度に駿平は呆れながら口を開く。

「智さんが先に生まれたら、兄上さまが弟になって同じように僻《ひが》むんですよ」

智次郎がじろりと横目で睨み、ふんと鼻を鳴らした。

「僻まれるより僻むほうが、気は楽ですよ」

ぶつぶつ文句を垂らすのも、気ままに過ごすのも勝手です、と駿平は半ば本気でいった。

「だからおまえは五男坊なんだ。そのめでたい頭をなんとかしろ」

いいか、武家の部屋住みなんてものはだな、嫡男に万が一なにかあったときのための予備の存在なのだと、拳を振り上げた。

それは瀬戸物屋だとて同じだと、駿平は口許を歪めた。商家も武家も大事なのは惣《そう》領《りょう》だ。

「ま、身の丈以上の期待を寄せられ、慌てている気の毒な奴もいるけどな」

智次郎は皮肉っぽく右の口角を上げると、駿平の肩にいきなり腕を回した。

「その苦労に比べれば、おれなどのんきなものかもしれん。どこぞの姫さまに一目惚れされ、婿養子などということもあり得る」

にたにた笑って顎を撫でた。

「そうですよ。部屋住みだからこそ、五男坊だからこそ勝手ができる」

「なるほど勝手か。となると、おまえは少々選択を誤ったか。なあ茂平次」

「あたしにはわかりかねます」

二間ほど後ろを歩く茂平次は、表情ひとつ崩さず応えた。

「のんきな部屋住みだから滅多に出られぬ旅に出られたと考えればいいじゃないですか」

駿平がいうや、智次郎が面白くなさそうに鬢を掻く。

「ところで、茂平次は昔からああだったか」

肩に回された腕にさらに力が入り、智次郎が耳元に囁いてきた。

「変わっていませんね。真面目な人ですから」

瀬戸物屋だけに何につけてもどんぶり勘定の父と兄を支えているのが茂平次だ。つる屋は番頭でもっていると近所で陰口を叩かれれば、「その通り」と最初に膝を打つのは父と長兄であるほど茂平次への信頼は厚い。

十で奉公に入ったが、通いの番頭になっても女房ももらわず、暖簾《のれん》分けも願わず、つる屋一筋二十五年。休みも取らず、酒も煙草も女も、もちろん賭け事などもっての外という堅物《かたぶつ》だ。

此度の長崎での仕入れは、算勘が得意な茂平次だからこそ託した仕事なのだろう。その一方で、これまでの働きへの褒美《ほうび》の意味もあるらしい。

「商いを兼ねた奉公人への褒美か。つる屋もなかなか粋なはからいをするじゃないか」

もっとも当の茂平次はさほど嬉しそうでもないがな、と智次郎は苦笑した。いい加減、肩の腕をどけてくれないかと願っていたが、智次郎はさらに身体を密着させ顔を寄せると、眼を三日月に曲げた。どうみても悪巧みをしている顔だ。

「わかっておるだろうが、これは旅だ。旅の恥はかき捨て。袖振り合うも、なんだ?」

「他生《たしょう》の縁、です」

だろうと、智次郎は力強く首肯した。

「美しい富士の山も茶屋娘も無視し、飯盛女《めしもり》も袖にして、わき目も振らず街道を歩いてきた」

誰のせいだと、駿平は心のうちで毒づいた。

「その分、長崎が楽しみだ」

智次郎はするりと身体を離すと、両腕を差し上げて伸びをした。

二

二日間雨に降られ、思うように道のりを稼ぐことが叶わなかった。が、それからは晴天が続き、大村湾《おおむらわん》を正面に望んだときには、その美しさに眼がしみた。

日見《ひみ》宿を過ぎて、小倉から長崎へ向かう最後の難所といわれる日見峠《とうげ》を登る。西の箱根とも呼ばれているが、峠だけでなく、ともかくこの街道は山間を抜けるためか坂が多い。上り下りが忙しく、足は棒のようになる。草鞋もいくつ替えたかしれない。

それでも、ここを越えれば長崎という嬉しさからか、これまで辛そうにしていた茂平次の表情も柔らかい。

「京の女郎に、長崎衣装、江戸の意気地《いきじ》に、はればれと、大坂の揚屋《あげや》で遊びたい、なんと通ではないかいな、だ」

智次郎がいきなり口にした。

「それは、蜀山人《しょくさんじん》ですか」

「おほっ。わかっているじゃないか」

四都それぞれの花街《はなまち》の良さを表したものだが、ようは京、江戸、長崎のすべてが合わさった女と大坂で遊ぶという、なんとも太平楽な内容だ。狂歌師として名高い蜀山人だが、大田《おおた》直次郎《なおじろう》というれきとした幕臣だ。

「そういや知っているか。蜀山人は長崎奉行所の勘定役を務めたんだぞ。徒の家の生まれだからなぁ、相当な立身だ」

へえっと駿平は眼を丸くした。

「もっとも学問吟味で優秀な成績を修めたというからな。やはり、これからの世は学問が物をいうのかもしれん」

智次郎は不服げに口許を曲げ、長崎奉行をはじめ、長崎に出役する者はかなりいい思いをするらしいといった。

「長崎から帰るとなぜか皆、立身する。それにはからくりがあってな」

阿蘭陀船、唐人船から荷揚げされたものはすべて奉行所に運ばれる。将軍からの依頼品を除き、奉行はいち早く私用で欲しい物が指定できるのだ。それらを安価で買い上げ、大坂や京で転売して金子《きんす》を得る。その金子をもとに猟官に走る。

「長崎奉行が羨望《せんぼう》の的だというのはまことの話だ。長崎は異国との交易が主だからな、町年寄、地役人《じやくにん》らもその恩恵に与っている。地元の奴らとうまくやればやるほど儲かる。それは勘定役人も与力も同じさ」

なるほどと、駿平は頷いた。

「そのためには学問で成り上がるか。やれやれだな。それよりも、おれは豪華な衣装を誇る長崎の妓《おんな》たちをこの眼でたしかめたい」

智次郎は力を込めた。

「智さん、わかっていると思いますが印板を握っているのは茂平次です。贅沢はむろん、銭を余分に引き出すのは無理ですよ。それでなくとも食い物だけはしっかり食っているのですから」

長い道中、大金を持って歩くのは危険極まりない。追いはぎや掏摸《すり》、枕探しなどにいつ何時、奪われるかわからないからだ。片道ひと月半近くかかる長旅だ。手持ちの銭は少なめにして、大きな宿場の両替商や飛脚屋にあらかじめ送金されたものを、印板と照合して受け取る。

駿平は後ろの茂平次をちらと窺い、声を落とした。

「旅に出る前にも忠告したはずです。茂平次は算術が得意で、筋金入りの堅物で吝嗇《りんしょく》だと。場合によってはびた銭一文出さないですよ」

じつは女房を持たないのも銭がかかるという理由だと、駿平はさらに声を落とした。

「しかし、茂平次とて男だぞ」

智次郎は、ふふんと笑みを浮かべた。

「ま、いいさ。あっちには長崎奉行所で同心を務めているうちの遠縁の朋輩《ほうばい》がいる」

茂平次がだめなら、そっちに頼むと、なにやら執念すら感じた。

「長崎に着いたらまずはカステイラか。それともチンタという赤い酒か。いや、やはり卓袱《しっぽく》だな、卓袱。家で正月の伊勢海老を食いそこねたんだから、それくらい許せ」

贅沢は無理だといったそばからこれだと、駿平は首を振る。

無口な茂平次と、うかれっぱなしの智次郎。無事に到着したらしたで、どうなるのかと駿平が息を吐いたとき、

「ぎゃあ」

男の悲鳴が上がった。

「右の林のほうから聞こえたぞ」

智次郎は笠の縁を上げ、すでに身構えている。草木を乱暴に分ける音がして、眼前

に黒い影が飛び出して来た。

「助けて」

悲鳴を上げ、駿平の足下に転がってきたのは、船で乗り合わせた前髪立ちの武士だ。たしか倉本道之助という名だった。

「どうしたっ」

智次郎が厳しい声で質した。

「……弥七《やしち》が、弥七が」

弥七というのは従者の老爺だろう。智次郎は地を蹴って、林の中へ突っ込んで行った。

なにかが出来《しゅったい》したときの智次郎はともかくすばやい。頭より先に身体が動く。しかし、なにも訊かずにすっ飛んで行くのが玉に瑕《きず》だ。

「茂平次、この方を頼む」

茂平次が頷き、地面にへたり込んだままの道之助を抱き起こそうと腕を伸ばした。

「大事ない」

鋭い声を発した道之助がその手を振り払う。駿平は眼を見開いた。智次郎のいう通り、どこぞの若様かもしれない。

林のほうから人の争う声が聞こえる。

駿平は智次郎を追うか、道之助を問うか、まさに右往左往していた。が、道之助が先に口を開いた。野盗に襲われたという。賊は三人だと、道之助は身を縮め、声を震わせた。駿平の肝が冷えた。思わず腰に差した両刀へ眼を落とす。瀬戸物屋の五男坊が遭遇することじゃない。

しかし、いまは武士だ。

武士ならば、刀を抜くのか。いやいや、ここで考えている暇はない。まず智次郎の助太刀《すけだち》に行くべきか。駿平が悩んでいると、道之助がにわかに立ち上がって叫んだ。

「そなたはここに居《お》れ。私を守れ」

駿平はむっとした。何様のつもりだろう。しかもきんきん声が耳につく。

「駿平さま、矢萩さまが」

茂平次の声に振り返ると、智次郎が顔の右半分を血に染めた老爺を背負って林から出て来た。

道之助が青い顔をして駆け寄る。

「少々出血はひどいが、傷は浅い。それでも頭ゆえ、少し安静にしたほうがいいな」

「ああ、弥七。弥七」

道之助がおろおろと智次郎の周りを回る。

智次郎は道之助を疎むような眼で見つつ、道端の柔らかな草の上へ弥七の身を静かに横たえた。茂平次が腰に下げた竹筒の水を懐紙にしみ込ませ、顔の血を拭ってやる。弥七が呻く。

「もそっと丁寧にできぬのか。弥七は大事ないのか、どうなのだ」

わめく道之助を、ぎろりと茂平次が睨んだ。

道之助が身を竦ませた。

智次郎のいう通り一寸ほどの傷で、深いものではなかった。

茂平次はさらに別の懐紙に水を含ませ、傷口に当てた。弥七がさらに顔を歪める。

「い、命には」

「このていどなら大丈夫です」

茂平次がぼそりというや、道之助は安堵の息を洩らし、弥七の傍らにかしこまった。

弥七は血の気の引いた顔で口をもごもご動かした。

「申し訳ございません、油断しておりました」

「なにを謝る。私が悪いのだ」

道之助は半分泣き声になりながら、己の両の手で弥七の手を包んだ。

駿平は茂平次にまかせ、その場を離れた。智次郎は草鞋の底の泥をこそげ落としている。

逃げられたと、智次郎は忌々《いまいま》しげに唇を曲げた。

峠を下るように林の中へ走り去ったという。駿平は首を傾げる。峠を越えれば、そこはもう長崎だ。野盗がわざわざ賑やかな方角へ逃げて行くだろうか。

「顔を隠していたが、あれは遊び人だな」

智次郎は唇を尖らせた。

「遊び人、ですか」

うっかり声を上げてしまった駿平は慌てて口許を押さえた。

智次郎の話では、片袖を抜いていきがっていたが、派手な花柄の小袖が下に覗いていたという。小刀を突いてきたので、手首に思い切り手刀を落としてやったらしい。

駿平は身震いした。林の中ではそんなことになっていたのだ。

他のふたりは舎弟のようで、兄貴分がやられたのを見ると、ほうほうの体で逃げ出した。柄袋を取り去るまでもなかったが、逃げられたのが悔しいと智次郎は舌打ちした。

要は疲労しきった旅人を襲い、野盗まがいの真似をして、小遣い稼ぎをしている輩だったのだろう。しかし、道をはずれ、なにゆえふたりは林の中にいたのか、駿平は首を捻った。

「用でも足していたんだろうさ」

智次郎が口角を上げると、背後に人の気配がした。道之助が拳を震わせて立っていた。

「なにゆえ、捕らえてはくださらなかった。なにゆえ取り戻してくれなかったのだ」

「なんだ、取り戻すって。おれはそんなことは聞いちゃいない」

供の者を助けたろうと、智次郎は横を向く。

「路銀を盗られたのですか」

駿平が訊ねると、道之助は俯き、書状がといいかけたが、急に、

「もうよい。そなたたちにはかかわりない」

厳しい声音でいい放つと身を翻《ひるがえ》した。

「なんだその物言いは。どこのどなたか知らないが、取り戻せの、かかわりないのと勝手すぎるにもほどがある」

「智さん」

駿平が制したが、

「面を見せぬのも気に食わん。笠を取れ」

声を荒らげた智次郎はいきおいこんで道之助の肩を摑んだ。が、すぐさまその手を引いた。

智次郎は引っ込めた手を握って、眼をしばたたいた。

見れば、振り返った道之助の頬に涙の筋がある。道之助は手の甲で涙を拭うと顎紐《あごひも》を解いた。

「すまなかった。礼をいうべきであったな」

笠を取った道之助がゆっくり顔を上げる。

思わず駿平は仰け反りそうになった。

前髪を残した細い顔立ち。柳の眉にまなじりの上がった澄んだ瞳。青白いほど透き通った肌に筋の通った高い鼻梁《びりょう》。少し丸みのある唇は熟した木の実のようだ。

こういう者を美童と呼ぶのだろうと思った。

かつて同じ手跡指南所で学び、奥坊主を務めていた小山田雄定も女と見紛《みまが》うほどの美形だったが、道之助はそれとは違う。

憂いを秘めた凄絶《せいぜつ》さがある。

隣の智次郎も口を半開きにしている。

「み、道之助さま」

茂平次の手を借り、弥七が立ち上がった。

はっとした道之助は、軽く頭を下げると、身を返し、弥七の許へ足早に戻る。

「無理はするな」

「いえ、もたもたしていては日が暮れます」

峠を下れば半里も行かぬほどで長崎の町中に入る。弥七のいう通り日没までには峠を越えたい。初春の日は傾けばあっという間だ。

「では私の肩を貸そう」

「這ってでもひとりで参ります」

弥七の遠慮の仕方は尋常じゃない。やはりそれなりの身分なのだろう。

「ああ、じれったいな」

智次郎が鬢を掻きながら、道之助と弥七へと近づいた。

「爺。おれに摑まれ。このような小僧に寄りかかっては共倒れだ」

「馬鹿にするな。私とて」

真っ赤になって声を張る道之助へは眼もくれず、智次郎は弥七の腕を己の肩に回した。その反対側を茂平次が支える。

「参るぞ」

「ちょ、ちょっと待て。貴様」

「小娘ではあるまいに、きゃんきゃん喚《わめ》くな」

智次郎が一喝すると、道之助が息を呑み、身を強張らせた。

「智さんはああいう人なんです。自分勝手で口も悪いですが面倒見はすこぶるいい」

道之助が困惑げに眉を寄せ、駿平を見つめる。黒々とした瞳に吸い込まれそうだ。

ぶるると駿平は首を振り、すでに歩き出している三人を見つつ、道之助を促した。


日がとっぷり暮れてからようやく峠越えし、茶屋に着いた。ここは、夏の時期には蛍《ほたる》が飛び交う名所で、蛍茶屋と呼ばれている。長崎街道の終点だ。

道之助たちとはここで別れた。茶屋から知り合いへ使いを出し、その迎えを待つことになっているのだという。

いよいよ長崎だ。石橋の下を流れる大川のせせらぎが駿平の耳に優しく響く。江戸から三百二十三里（約千二百八十八キロメートル）。よくぞここまでと、感涙にむせびそうになる。

通りをまっすぐ進めば諏訪神社、その隣は長崎奉行所の立山《たてやま》御役所だ。町家の灯りがちらちらと見え始めた道を左に折れ、大川沿いを行く。

四半刻ほど歩き、西古川町《にしふるかわまち》の旅籠に入った。

智次郎は風呂にも入らず寝転がる。怪我人を抱えて歩くのによほど骨が折れたのだろう。

「せっかく長崎まで来たというのになんの感慨もない」

それもこれも無礼な小姓のおかげだと、文句を垂れた。道之助はすっかり小姓にしたてあげられたようだ。たしかに殿さまの側に侍《はべ》るにはうってつけの顔貌ではある。

「人助けですからいいではないですか」

駿平はうつ伏せになった智次郎の背に馬乗りになって、腰を揉んだ。

「おお、すまん。足も肩も頼むぞ駿平」

つぼを押すたび、智次郎が呻く。

「智さんはああしたとき怖くないのですか」

「ああ？」

智次郎がわずかに首を回した。

「怖いさ。どんな奴かもわからんからな。しかしおれは痩せても枯れても貧乏でも部屋住みでも武士だ。難儀している者があれば見過ごすわけにはいかぬ。そのために心身を鍛えているんだからな」

智次郎はただ怒りっぽく喧嘩っ早いわけではない。ちゃんと畏れも知っている。やはり生まれたときから武士なのだ。己の立場を知っている。茂平次とて、携帯していた傷薬を取り出し、手際よく弥七の手当をした。あそこでまごまごしていたのは自分だけだ。これで徒を目指すなどおこがましいどころか武士ともいえない。やっぱり商家の五男坊かと情けなくなった。

「私も……助太刀に行くべきでしたかね」

「ばーか。よちよち歩きのおまえなんぞ足手まといだ」

笑う智次郎の腰を思い切り押した。

「痛いぞ、こら」

「鍛えているなら我慢できるでしょう」

ちぇっと智次郎が舌打ちするのを無視した。悔しさも手伝ってさらに駿平は強く押し続けた。

でもなと、智次郎が唸り声交じりにいった。

「おれとて真剣を抜いたことはない。それがいまの武士だ」

うん、と駿平は曖昧な返答をすると、あとは黙ったままでいた。

茂平次は少し離れて荷の整理をしている。

この旅籠には商いが終わるまで逗留《とうりゅう》する。

「ところで駿平。道すがら小姓とはなにか話をしたのか」

道之助は峠を抜ける間、ほとんど口を利かなかった。無理に話を聞きだすこともないと、駿平は思っていた。再び笠をつけた道之助は、ずっと首を前に垂らしたまま、己の足下だけを見つめるように歩いていた。

「ただ、ひとつだけ妙な言葉を洩らしたんです」

駿平は少しばかりいいよどんだ。

「どうした、早くいえよ」

「へるへとわん」

ふと座敷に沈黙が流れた。智次郎も茂平次もなにも返してこない。

へるへとわん。

それが道之助の赤い唇から洩れた言葉だ。

「茂平次はどうだ。聞いたことがあるか」

「存じません」

あまりの素っ気なさに駿平は唇を曲げた。

「わんということは、器の種類かもしれないぞ。へるへと碗《わん》。焼き物にないかな」

「耳にしたこともございません」

「じゃあ海はどうかな、智さん。へるへと湾」

「へるへと湾、か。外洋にありそうな名だな」

智次郎がうつ伏せたまま首を捻った。

あっと駿平はひらめいた。

「へるへという阿蘭陀人と、わんという唐人とも考えられます。道之助どのは、そのふたりに会いに来たのですよ」

異人に会うには奉行所などを介さなければ無理だ。出島《でじま》にも唐人屋敷にも入ることができない。

「面会を願うための書状を奪われた、というのはなかなかだと思いますがね」

「遊び人風情《ふぜい》が、なんのために盗むんだ」

智次郎がため息交じりにいった。

「それは、金子と間違えたんでしょう」

当てずっぽうで話せば話すほど、気恥ずかしくなってきた。茂平次は冷ややかな笑みを浮かべ、智次郎は肩を小刻みに震わせていた。

「どうせ私の聞き違いです。だいたい、そんな間が抜けた言葉があるわけがない」

智次郎の背に跨りながら、駿平は空笑いした。だが、道之助はたしかに、へるへとわんと呟いたのだ。

三

旅籠の仲居が手際よく夕餉の膳を片づけていく。眼のぎょろりとした痩せぎすの年増女で、一見陰気に見えたが、智次郎の冗談にもけらけら笑う気のいい女だった。

「お客さんは江戸からいらしたとかさ」

茂平次は仲居へさりげなく心付けを渡した。

あらと、仲居の口はさらに滑らかになった。

「唐人さんとの商いは気ばつけませんとね。損ばさせられることもあると」

向こうから声をかけてくるのは危ないと仲居は眉を寄せた。抜け荷や粗悪な品を売り捌《さば》こうとする輩が多いという。

「なんだよ、そんなに吝嗇じゃないぞ」

だ。

智次郎が駿平の耳元で囁いた。

「損して得取れですよ」

必要なときは銭を惜しまない。必ず倍になって戻るからというのが茂平次の商いだ。

茂平次は、ときおりなにかを訊ねながら仲居の話に耳を傾けていた。

そいでは、ごゆっくりと、片付けを終えた仲居が座敷を出た。

明日から茂平次はどうするつもりなのか、訊ねようとしたときだ。

「なあ、駿平。野依に文は出しているか」

智次郎は長崎の絵図を広げながらいった。

「宿を取った宿場の飛脚屋に茂平次とよく立ち寄っていたからな。そう思ったまでだが」

智次郎が、にまっと笑う。こちらを探るような顔つきだ。たしかに、何通か送っているが、どうせ、からかい半分でなにかいいたいに違いない。

「もよどの、だろう。文を出せといわれたのではないか」

「出せとはいわれていませんがね」

まことかと、智次郎が眼を丸くする。駿平は口先を尖らせた。ただ、高輪《たかなわ》の大木戸《おおきど》まで見送りに来た際、またも眼を真っ赤にしていたのがいじらしかった。旅に出てしまうと、その生死も定かでなくなる。せめて文ぐらいはと、思ったのだ。

智次郎は下目蓋をきゅうと引き上げ、眼を弓なりにした。

「土産物もその都度、送っているのか」

「土産というほどでは。小田原の透頂香《とうちんこう》に、箱根の焼き山椒魚《さんしょううお》、佐賀では烏《う》犀円《さいえん》」

指を折る駿平に智次郎は眼をしばたたく。

「薬だらけじゃないか」

「まずいですか、ね」

「まずいな。大いにまずい。だいたい焼き山椒魚ってのはなんだ」

「子どもの疳《かん》の虫に効くと」

智次郎は呆れ果てた顔をして、文の中身を訊ねてきた。ああ、と駿平は思い返す。

「富士の山が見えた、船で酔った、宿場が賑やかだったとか。あと庭の無花果の実を穫るようにしたためたかな」

「なんだそりゃ」

「無花果は痔瘻の薬ですから」

痔瘻持ちの養父孫右衛門のためだ。

「もよどのを気遣う言葉はないのか」

うーんと考え込む駿平へ、智次郎は苛立ちながらいった。

「もよどのはおれに悋気の虫を湧かせているのだぞ。大木戸でのあの恨みがましい眼つきがいまも脳裏に焼きついている。大切な兄上を奪われると思っているはずだ」

「そんな馬鹿な」

現に少なくとも三月はおれと一緒だと、顎を撫でた。駿平の背に怖気が走る。

よしと、智次郎がいきなり立ち上がった。

「おまえは女子の気持ちを逆撫でするのは得意なようだ。だが、それではいかぬ女子の気持ちを知るには「丸山《まるやま》だ」と、智次郎は力強くいった。

「そんなわけだから茂平次。これから駿平と丸山へ散策に参ろうと思う。おまえもどうだ」

いえ、と茂平次は首を振る。

駿平は慌てた。

丸山は長崎唯一の遊里だ。遊女屋が軒を連ね、豪華な衣装をまとった女郎たちが男の袖を引く場所だ。智次郎はたぶん引かれるであろう袖に鼻をあて、ふんふんと匂いを嗅《か》ぎ、これはいかぬと、顔をしかめた。

「土埃《つちぼこり》と汗が混じったような臭いがする」

智次郎は障子を開け放ち、風呂はどこだと大声を上げながら弾むような足取りで出て行った。

駿平は素知らぬ顔をしている茂平次へ這うように近づき、すがるような眼を向けた。

「茂平次。どうしよう。銭もないが、遊郭なぞ行ったこともない」

茂平次は表情を変えず腰の帯を指先で探り始めた。帯の一部に袋が縫い付けてあるようだった。旅する際、足袋や着物の裾《すそ》、襟に銭を隠し持つのは盗難を防ぐのと、万一銭を失くしたり、足りなくなったりしたときのためだ。そこを切り裂いた茂平次は小判を取り出した。一枚、二枚と茂平次はそっと畳の上へ並べた。全部で五枚。

「おかみさんから預かって参りました」

思わず眼を見開くと、山吹《やまぶき》色の輝きが一層、まぶしく感じられた。

「きっと入用になるだろうと」

駿平は指先を震わせながら、茂平次の体温がほんのり移った小判に触れた。

「これをおっ母さんが」

鼻の奥がつんとした。

だが、これは遊ぶための金子だろうか。

野依家で用意してくれた銭では、支配や組頭を唸らせるような品物は到底入手できるはずがない。それに野依の親戚縁者からも餞別を受けた。そうした者らには長崎の風景や阿蘭陀人を描いた長崎絵でもいいと思っているが、それでもぎりぎりだ。

此度の長崎の目的はなんだ。入用になるとおっ母さんがいったのは、この五両を番入りのための軍資金にしろという意味に違いない。

でも、と駿平は小判を握りしめながら揺れた。

一枚だけなら使ってもいいだろうか――。

茂平次は黙って見ている。心のうちを見透かされたようで、思わず身を縮めた。

「おおーい、駿平どの」

あっという間に湯殿から戻った智次郎に腕を引かれ、駿平は表へ出た。

結局、小判を一枚だけ懐に忍ばせた。

旅籠から丸山までは眼と鼻の先だ。江戸で吉原《よしわら》をなかというが、丸山はやまというらしい。江戸や他の遊里と大きく異なっているのは、丸山の遊女たちは出島や唐人屋敷にも出入りが許されていることだ。

「異人を相手にするなぞたいしたもんだ。女のほうが男より余程度胸があるのやもしれんな」

そうなると丸山の遊女は男の扱いが違うのか、と智次郎はにやついている。

「引田屋《ひけたや》という見世《みせ》が名高いらしいぞ。おれたちには縁がないだろうが」

町の明るさ、往来は江戸より多少は劣るが、居酒屋前では酌取り女らが客を呼び込み、酔客《すいきゃく》が女たちをからかう光景は変わらない。ただ、飛び交うのは聞きなれない言葉だ。なんとなく異人になった気分がした。

不意に袖を引かれ、駿平はびくりとして振り向いた。

「お侍さま、飴《あめ》、おひとつどがんかね」

幼い少女だ。駿平は胸を撫で下ろすと、差し出された小さな袋を受け取り、銭を払った。

少女はぺこりと頭を下げ、身を返す。

十かそこらの子がこのような場所でこのような刻限にと思ったとき、頭の隅にぼんやりとした影が浮かんできた。ゆらゆら揺れながら形を整え始め、飴売り少女と重なった。

玉置《たまき》川に架かる橋の中ほどで駿平は立ち止まる。智次郎が怪訝な顔をして振り返った。

「ここまで来て臆したか。もう眼の前だぞ。よく見ろ、あの連なる明かりがおれたちを呼んでいるのだ」

智次郎は本気で怒りを滲ませた。

それでも駿平は踵を返した。智次郎にもよの顔が浮かんだなどと口が裂けてもいえない。

「散策なら付き合いますが、見世に揚がるなら智さんひとりで行ってください」

「待て。友達甲斐のない奴だな」

駿平が懐の一両を取り出そうとしたとき、芸妓《げいぎ》を連れ、したたかに酔った男が足をもつれさせた。駿平がとっさにその身を支えた。

「橋の上でぼやぼやしてるんじゃねえ」

男は逆に怒鳴り声を上げると、駿平の腕を思い切り払いのけた。片袖を抜いた縞の着物の下には派手な衣装を着ている。

「ちぇ、痛めたほうを使っちまった」

男はさらしが巻かれた右の手首をさする。心配そうに眉をひそめた芸妓に向かって、

「ったくよ、楽な請け負い仕事がとんだことになりやがった」

ぶつぶつ呟いた。

派手な衣装に痛めた手首。

駿平は智次郎に聞かされたことを思い出した。日見峠で弥七を襲った男、か。

駿平の背後から智次郎がずいと出て来た。

「貴様、おれとどこかで会わなかったか」

そっぽを向いていた男は智次郎へ首を回すと、一瞬、顔を強張らせた。

「おれはその派手な衣装に見覚えがあるんだがな。日見峠の林の中だ」

あれえと、芸妓の声が響く。男が智次郎に向かって芸妓を突き飛ばし、走り出した。

「二度も逃がすか。駿平、女も押さえておけ」

通りのあちらこちらから悲鳴やら怒鳴り声が上がる。

半ば呆然としながら、芸妓は橋の上に座り込んでいた。その身体に触れていいやら悪いやら思案しながら、立ち上る鬢付け油の香りに駿平は鼻をくすぐられていた。

翌朝。

茂平次は、ひとりだけ早々に朝餉を済ませると、唐物を扱う問屋へと出向いて行った。すでにつる屋と話はついているようで、茂平次はまずそこで阿蘭陀渡りの茶碗だの皿だのを買い入れるつもりらしい。持ち手のついた湯呑み茶碗が目当てだと張り切って宿を出た。

「駿平さまと矢萩さまはまずはごゆるりと朝餉をとり、あとは物見を楽しんでくださいませ」

出掛ける前に茂平次は長崎の絵図を駿平に差し出しながら、智次郎へ視線を向ける。

「ですが、昨夜のような真似はお控えください。駿平さまは野依家のご当主。お願いしますよ、矢萩さま」

釘《くぎ》をしっかり一本刺していった。

智次郎が、うんうんと、唇を突き出して頷いた。気に食わないのがあからさまだ。

茂平次が座敷を出て行ったのを見計らってから、不機嫌な顔で腕を組む。

「べつに、おれは捕り物をしたくてしたわけではないのだがな。あれは、いうなれば人助けの延長ではないか」

今朝早くに、長崎奉行所から同心がやって来た。矢萩家の遠縁の朋輩だという滝沢《たきざわ》宗右衛門《そうえもん》だ。挨拶もそこそこに、昨夜智次郎が捕らえた男のことを報せに来たと滝沢はいった。

男の名は金治《きんじ》。歳は三十二。江戸からの流れ者だった。

奉行所に引っ立てられた金治は、知らぬ存ぜぬで通したという。しかも地役人の高《たか》瀬屋権兵衛《せやごんべえ》にやっかいになっているのだと息巻いたらしい。長崎は幕府の天領ではあるが、武家が治めているというより、地役人の助けがあって成り立っている。

そのうえ、怪我をさせられた、書状を盗まれたという届け出もないことから、解き放しにせざるを得なかったという。

滝沢が宿を辞した後、智次郎は朝飯の芋粥《いもがゆ》を啜りながら憤慨していた。

「おれが見間違えると思うか。奴があの小姓の書状を盗んだんだ。あやつのおかげで、丸山に行きそびれたのだ、許せん」

怒りの矛先はそこかと、駿平は呆気にとられつつ智次郎を見つめる。

「そのうえ、どうも悔しいぞ。茂平次のあの物言いはなんだ。おれが部屋住みだからか」

智次郎が怒りにまかせ、粥をひと息に流し込む。

「なにを怒っているんです。茂平次の立場ではああいうしかないのですから。それに、そもそも智さんは、私たちの用心棒代わりでしょう。だから、頼りにしているという意味ですよ」

息を吹きかけつつ駿平は粥を啜る。智次郎は三杯目の飯碗を仲居へ向けて出した。

「食べっぷりが気持ちよかねぇ」と、仲居は智次郎の怒りなどおかまいなしに大喜びだ。

仲居は、昨夕宿に到着したときと同じ年増女で、名をおまちといった。茂平次が渡した心付けが効いたのか、朝飯を遅くしてくれるよう頼むと、すんなり通った。

朝餉は芋粥と漬物という質素なものだったが、これがなかなかに美味い。智次郎は三杯目もすでに平らげそうな勢いだ。

長崎見物に出るかとおまちに訊かれ、駿平はどこがお勧めかと問い返した。

おまちは、おくんちで有名な諏訪神社はもちろん、崇福寺《そうふくじ》や興福寺《こうふくじ》も見ておくとよいといい、それに興福寺の裏の風頭山《かざがしらやま》に登れば市街と長崎湾が一望できるといった。

「おう、それはいいな。異国船も見えるか」

「そいなら波止場へ行けばよかと。秋の終わりに着いた船もその前のものもまだ泊まっておりますよぉ」

「江戸ではとても見られぬ光景だな。波止場まではどのくらいかかる」

すぐそこと、智次郎へおまちは笑いかけ、でもやはりお若い方にはやゝ、まかしらと、妙な目つきをした。智次郎が、ほれみろと勝ち誇った顔を向けた。これはもう丸山へ行かねば収まらないといったふうだ。

「唐人屋敷と出島の見物は難しいですか」

食べ終えた駿平が茶を喫しながら訊ねると、智次郎も「おれも行きたい」と粥の詰まった口を開いた。まるで童だ。

「そいは無理。まあでも阿蘭陀通詞《つうじ》か唐通事と知り合えばできんことじゃなかよ。あん人たちは出入りがでくっからねぇ」

智次郎が漬物を口に放り込んだ。

「やはり滝沢宗右衛門どのに頼もう。通詞を紹介してくれるやもしれんぞ」

「私も異人が歩いているところを見たいですね。おまちさんは幾度も見かけているのでしょう」

おまちは、小首を傾げ、「寺見物しているのを見ましたよ」と、茶を淹《い》れ直す。

髪は柿渋《かきしぶ》みたいな色をし、肌が白く眼の色は青く、緑の羽織に股引のような物を身につけ、獣の革で作った物を履《は》いていたという。

眼の色が違うというのは耳にしていたが、まことだったのだ。同じ人でも住む国が違うと姿かたちが変わるというのはどうした加減であろうと駿平は不思議に思ったところでと、駿平はもじもじしながら身を乗り出した。

「長崎土産といったらなんでしょうね」

「ああ、それなら長崎絵がよかよ。幾枚買っても軽いし、珍しいから喜ばれるよ」

おまちは即座に応えた。

阿蘭陀人や清国人、港のようすや異国船を描いた摺《す》り絵だ。そういえば、他国から江戸へ来た者が、名所絵を土産に買い求めると聞く。それと同じだと、駿平は頷き、野依の親戚は餞別を渋っていたのでこれで十分だと思った。あとは養父の友人知人、なんといっても小普請支配と組頭だ。土産物によっては、今後の御番入りを大きく左右するやもしれないのだ。

「それにびいどろの器、鼈甲《べっこう》の簪《かんざし》や櫛《くし》。亀山焼《かめやまやき》もよかねぇ、珍しい獣や阿蘭陀船が染付けされているからね。お子さんなら有平糖《アルヘイとう》。蝶結び形のきれいな可愛らしい飴だから」

「もよどのにうってつけではないか」

駿平は生返事しつつ考え込んだ。もよがそれで納得するだろうか。「もよは童ではございませぬ」と、不機嫌に口先を尖らせるに決まっている。気難しい年頃なのだ。

「もよさんって妹さん?」

「いや、こいつの許婚《いいなずけ》だ。まだ十二だが、もう尻に敷かれておる」

「あれまあ、可愛らしかぁ」

智次郎とおまちは人を肴《さかな》に笑い合っている。

勝手にしろと思いつつ、駿平は懸命に頭を巡らせていた。

養父上《ちちうえ》には人参《にんじん》でいいだろう。いや異国渡りの薬などもあるかもしれない。養母上《ははうえ》には奮発して鼈甲物か。ああ、しまった。つる屋の実父母もいた。

でもやはり頭をよぎるのは小普請支配と組頭への土産だ。いやいや、もよも難題だ。つらつら考えていたが、ふと己の中で、支配役と組頭ともよが同等なのがなにやらおかしかった。

おまちが膳を片付け出て行くと、智次郎は早速、足を投げ出して膨らんだ腹をさすり始めた。

さて、どこへ参ろうかと、駿平は茂平次から渡された絵図を広げる。

「それにつけても解《げ》せぬな」

「なにがです」

駿平は絵図を見ながら応えた。

「小姓だ、小姓。倉本道之助だ」

またぞろ智次郎が話を蒸し返した。

「書状を奪われ、供も傷を負わされたというのに、なにゆえ奉行所に届けを出さぬのだ」

そのために、昨夜捕らえた金治という男は、確たる証がないと解き放しになった。

しかも金治は、地役人の世話になっていることを、ことさら言い立てた。

長崎では地役人と呼ばれる町人たちの力が強く、長崎奉行所とも密接な関係にあると、智次郎がいった。

「ですが、町人に襲われたのですよ。ようは武士として不覚をとったのですから、道之助さんになにがしか思うところがあるのじゃないでしょうか」

おっと智次郎は眼を見開いた。

「こいつは驚いた。さすがは野依家の当主どのだ。武士の恥がわかるんだな」

半分馬鹿にされているような気がしたが、駿平は立ち上がり、窓から表を眺めた。

「でも国許は明かせないと船でもいっていましたし、大丈夫なんでしょうかねぇ」

「しかし、肝心の小姓の居場所がわからん。だが、金治という男も癪《しゃく》に障《さわ》る」

ううむ、と唸って智次郎は胡坐《あぐら》を組んだ。

石橋が架かる大川沿いを物売りや駕籠、荷車が忙しそうに通り過ぎて行く。

宿の位置から海は見えないが、遠くに連なる山々が望めた。あれは絵図に記されていた稲佐岳《いなさだけ》だろうか。と、橋の上で物売りと女がぶつかった。女が転げ、物売りが慌てて助け起こす。

あっと駿平は声を上げた。

丸山に入る手前の橋で酔いに足をもつれさせた金治の身を支えたのを思い出した。

そうだ。

「橋の上で芸妓に請け負い仕事だといっていたような気がするんです」

駿平は智次郎を振り返った。

「思案橋《しあんばし》の上でか。気がするでは弱いが」

あそこが思案橋だったのかと、駿平は違うところで感心していた。あの橋の上で駿平はもよの顔を思い浮かべ、丸山には足を踏み入れないと決めたのだ。

なるほどさすがは思案橋だと得心した。

思案橋を越え、次に渡るのが思い切り橋。すべての思いを振り切って丸山に入るというわけだ。よく出来ている。

「請け負い仕事であるならば、金治の背後に黒幕がいると考えられるな」

えっと我に返った駿平は、黒幕だなどと大袈裟なと感じたものの、まてよと思い直した。金治が地役人の高瀬屋権兵衛に世話になっているということもあって、うやむやになった。たしかに裏がありそうだ。

「地役人が幅をきかせていると教えたろう」

智次郎がしたり顔でいった。

「長崎奉行は、ともかく繁忙を極める」

異国との交易と外交をもっぱらとしながら、天領である長崎の奉行は西国諸藩の動向を監視し、行政も担っている。任期は数年といったところで、結局のところ仕事の全貌も交易の決まり事も、やっと覚え始めたとたん任を解かれてしまう。それゆえ地役人に頼らざるを得ないのが実情なのだ。つまり、町年寄を頂にした町人による役人組織がこの町を支えている。長崎は異国との交易を中心に、長屋暮らしの者も、荷揚げ、荷運びと日雇い仕事にありつけた。

「盈物《こぼれもの》といって、積荷からこぼれ落ちた砂糖や薬種は日雇い者が自由に売ることが出来る。これが結構、いい銭になるそうだぞ。つまりこの地の者は交易で飯を食っているんだな」

智次郎はふんと鼻を膨らませた。

「まあそれでも長崎奉行は銭金になる。長くても短くても懐が温まるんだな」

駿平はふむと考えた。任期をさほど長くしないのは、やはり地役人や異国の者とあまり懇意《こんい》になるのはよろしくないというお上の考えか。

「奉行は地役人や船載品取引の商人から八朔銀《はっさくぎん》という献納がある。異国の品は原価で買って倍以上で売り捌く。西国諸藩や異人たちからの付届けと、儲からないわけがない。駿平、やはり目指すは長崎奉行、か」

智次郎は強い眼で駿平を見据えた。

「野依家は百五十俵ですよ。なにを寝ぼけたことをいっているんですか。同じ夢でももう少し叶いそうな夢を私は見たい」

「馬鹿だな。男と生まれたからには立身こそが本懐。叶いそうな夢など見る前に努力すればなんとかなる。夢は大きくなけりゃ損だ」

夢を損得ではかるなど初めて聞いた。けれど、智次郎のいうことにも一理ある。目指すものが低ければ、それ以上には上れない。

「その昔、家禄三百俵で長崎奉行になったお方もいるんだぞ」

ほうと駿平は眼を見開いた。奉行職など何千石級の旗本の役だと思っていた。

「ま、もっともそのお方は勘定奉行にまでなられたが、長崎奉行のとき、ひとりの町年寄との癒着《ゆちゃく》が発覚して罷免《ひめん》された」

いいのか悪いのか、どっちつかずの話だ。

「おれはやはり口惜《くちお》しい。小姓たちを襲ったのは金治に違いないんだ。しかも高瀬屋権兵衛って地役人に世話になっていることも知れているんだぞ。奉行所が役立たずなら、小姓自身がカタをつけねばなるまいよ」

智次郎は苛々と鬢を掻く。小姓自身といいつつも、自分もカタをつけたいのだ。

「蛍茶屋だ」

駿平はぽんと手を打った。

道之助は蛍茶屋から使いを出し知り合いに迎えに来てもらうといった。その知り合いがわかれば道之助らの居場所もわかるはずだ。

「さすがはおれの友だ。よい腹ごなしにもなろう」

色めきたった智次郎は早くも大刀を摑み、座敷を飛び出した。駿平は広げた長崎の絵図を急いで畳む。知らない土地だ。絵図がなければ迷子になる。智次郎はいい漢だが、火が点いたら鎮められない。つき合うしかないのだ。

「おい、駿平。早くしろ」

廊下で智次郎の怒鳴り声が響いた。

四

道之助たちを迎えに来たのは柳川《やながわ》藩の者だったと、蛍茶屋で教えられ、駿平と智次郎は、早速柳川藩の蔵屋敷がある浦五島町《うらごとうまち》へと向かっていた。

「たしか、柳川藩は筑後《ちくご》立花《たちばな》家十万石でしたね。江戸の上屋敷は下谷徒町《かちまち》にあります」

智次郎がほうという顔をする。

もよと興じている大名かるたのたまものだ。

駿平は歩を進めつつ、懐から絵図を出して広げた。

長崎奉行所は西御役所と立山御役所のふたつに分かれていた。西御役所は出島のまん前にあり、立山御役所は諏訪神社に隣接していた。

「これは、江戸の南北奉行所のように奉行がそれぞれにいるのですかね」

長崎奉行はそのときどきで人数が変わっていたが、近頃は二人制になっていた。

智次郎が絵図を覗き込んできた。

「ひとりは在府だ。立山御役所のほうが大きいな。色々仕事を分けているのだろう」

「滝沢さんはどちらにいるんでしょうね」

「どちらか一方に訊ねればいいことだ。なるほど、皆、金儲けに余念がないな。ご公儀が異国との交易を苦々しく思うのも無理からぬことだ」

「なぜわかるのですか」

駿平は首を傾げた。智次郎が絵図をよく見ろと、長崎湾周辺を指でなぞる。

西国諸藩の蔵屋敷のほとんどが長崎湾に面して建ち並んでいた。薩摩《さつま》や久留米《くるめ》といった大藩の蔵屋敷は唐人の荷物蔵のすぐ傍にある。

「おれたちが見たこともないような異国の品が蔵にびっしり詰まっているのだろうよ」

大大名の力が江戸に及ばぬよう奥州や西国に押し込めたはずが、結局、西国の藩はせっせと財を蓄えている。皮肉なものだと、駿平は唸った。

智次郎は、懐からぼうろ菓子の袋を取り出した。途中の菓子屋で購ったのだ。大刀に預けた左手に袋を持ち、右手でそれをまさぐると、口の中へほうり込んだ。

「荷だけではない。長崎には知識も入ってくる。蛍茶屋からわずかに入った処には西洋人が開いた塾もあった」

「蘭学ですか」

「語学に医学ともろもろだ。駿平、甘くてうまいぞ、どうだ」

智次郎は菓子袋を突き出した。

駿平は首を振る。真面目に話しているかと思えば、これだ。だいたい武士が歩き食いなどしてもよいのかと訊くと、構うものかとまたひとつ口へ入れた。そういえば、武士は旅先で寝る時、不意の襲撃に備え、右半身を下にして眠ると教えられた。智次郎をじっと観察していたが、気持ちよさげに手足を伸ばし大の字で大いびきをかいていた。菓子を食い続ける智次郎を見て、すれ違った三人連れの町娘がくすくす笑いながら通り過ぎて行く。

「おまえこそ、さっきからなにをきょろきょろしておる。みっともないぞ」

歩きながらぼうろを食うのはいいのかと、身勝手な物言いに口許を曲げた。

「土産になりそうな物を見ているんです」

「まことに懸命だな」

ぼりぼり噛み砕く音をたてながら智次郎は笑った。

「道之助さんは柳川藩の者ですかね」

「そう考えるのが妥当だな。西国藩の家中であればわざわざ奉行所へ届け出などせぬだろう」

しかし、日見峠の林の中で襲われた際、道之助はあきらかに狼狽していた。それを考えれば、それなりに大事な物だったはずだ。責めを負うような事態になっていなければいいが。

それに、へるへとわん、だ。

へるへとわんがなにか。それが知りたい。

右手に諏訪神社の青銅の鳥居が見えて来た。石段がかなり長い。社殿に辿り着くまでどのくらいの段数をあがるのか上が見えない。それにしても江戸に比べ、まことに山が迫って来るように近く、坂も多い。丘陵地に家が段々と建ち並んでいる光景など初めて見た。

平らな土地の三方を山が取り囲み、一方は海だ。平地にしてもだだっ広いわけではなく、蛍茶屋から海べりの蔵屋敷まで半刻もかからず着いてしまう。このような小さな土地にさまざまな物が入り、それを受け入れる人々がいる。寛容さと、たくましさをまざまざと感じた。

「ここが豊後《ぶんご》町《まち》通りか。あと少しですね」

駿平が絵図から顔を上げたとき、

「と、智さん。あれ。ほら前から来る一団」

思わず知らず指差していた。

おおおと、智次郎も眼を瞠る。菓子袋に差し入れた指がぴたりと止まった。

阿蘭陀人四人が奉行所の役人と町人らに囲まれ、こちらに歩いてくる。奇妙な形の被り物を頭に載せ、赤色や藍色の上着を着ている。それに背丈がある。周りを囲まれながら四人とも頭ひとつ分抜き出ていた。見れば、そこに滝沢宗右衛門の顔があった。

「なあ、阿蘭陀人と話しているのは通詞か、笑っているぞ。すごいな」

と、路地から甲走った声でなにか叫びつつ、その一行に向かって走り寄る者がいた。

「痴《し》れ者！」

滝沢と他の役人たちが阿蘭陀人を守るように囲み、すばやく柄に手を掛ける。

「道之助さんだ、智さん」

駿平が声を張り上げたときには、ぼうろの袋が宙に浮いていた。ぱらぱらとぼうろが地面に落ちたときには智次郎の背はもう五間先にあった。駿平も慌てて地を蹴った。

日見峠でもそうだったが、どうも道之助は飛び出して来るのが好きらしい。

道之助が一行の前に平伏した。

「お願いでございます。商館長さまにお目通りを」

「馬鹿を申すな。貴様、何者だ」

滝沢が眼を剝き、怒鳴った。

「しばし。しばしお待ちくだされ。滝沢さま。矢萩智次郎にございます。その者はそれがしの知人でござる」

滝沢は厳しい顔のまま智次郎へ眼を向けた。

道之助が身を起こして振り返る。相変わらずの美童っぷりだ。ひそめた眉が美しい。

「その者はいささか蘭癖気味で、阿蘭陀の方々のお姿を見て、興奮してしまったようです。どうかお許しを」

智次郎も地面に片膝をつき、頭を下げた。道之助は眼を真ん丸くしたままでいた。

「この詫びを方々へお伝えくだされ。阿蘭陀国への憧憬《しょうけい》ゆえの振る舞いだったと」

智次郎は道之助を睨みつけ、頭を摑んで地面に額をこすりつけるようにすると、追いついた駿平に鋭くいった。

「そうだな、駿平」

「は、はい。その通りです、滝沢さま。ご無礼の段、平にご容赦くだされたく」

駿平は智次郎の後ろにかしこまり、上目遣いに様子を窺った。背にじわっと汗が滲む。

通詞らしき男が阿蘭陀人たちに話しかけると、や、と口々にいい、道之助をにやにやしながら見つめ、首肯している。「や」というのは、「はい」という意なのだろう。

今度は滝沢に通詞が耳打ちした。滝沢が長い顔で小さく頷き、口を開いた。

「矢萩どの。皆さまにご納得いただいたゆえ、ご安心召され。ささ、野次馬がおります。もうどうか」

かたじけのうございますと、一礼して智次郎が立ち上がった。

「きれいな男《お》の子だと皆さまが」

通詞が道之助へ少しだけ卑しい笑みを向け、阿蘭陀人と会話をしながら、何事もなかったかのように横を通り過ぎて行く。

道之助は悔しげに拳を握りしめていた。

一行が去ると、智次郎が、おい小姓と、道之助に向き直り睨みつけた。

「これでおまえを助けたのは二度目だぞ」

「私はどうかしていた。阿蘭陀人を見てつい」

道之助は赤い唇を嚙み締めた。

「だからってな、いきなり飛び出すなど正気の沙汰《さた》じゃない」

「まあ智さん、事なきを得たんですから。袴の土でも払いますか」

智次郎は、成り行きとはいえ、なにゆえおれが詫びなければならんのだなどとぶつぶつ文句を垂らしながら、袴を叩いた。

「でも丁度よかった。道之助さんを訪ねて柳川藩の蔵屋敷へ向かっていたんです。おふたりを襲った男がわかったので」

道之助が眼を見開くや、いきなり駿平の襟を摑んで揺さぶった。

「まことか。今すぐ案内をしろ」

駿平の鼻先をなぜか甘い香りがくすぐった。

「落ち着いてください。高瀬屋権兵衛という男に世話になっている金治という男です」

「高瀬屋。いま高瀬屋といったのか」

道之助の黒い瞳の中に激しい憤りが見える。

「よければ話を伺わせてください。ほら、そこの茶屋にひとまず座りましょうか」

襟を摑まれながら駿平は前方を指差した。道之助は血の上った顔を伏せ、手を離した。

茶屋の縁台に座り、気を落ち着けた道之助は、やはり藩名はご容赦をといいながら、ぽつりぽつり話し始めた。

以前、藩命で長崎の地を訪れた家老の息子が柳川藩から唐物を扱う高瀬屋と引き合わされたという。金子も預け、あとは荷を待つばかりとなっていたが、約束の日になっても国許に到着しない。不審に思っていると、高瀬屋から書状が届いた。注文した品の値が上がり、預かった金子ではとても足りないというものだ。

要は高瀬屋にまんまと騙されたという話だった。

道之助は白い肌に再び血を上らせ、

「しかも預けた金子の倍を要求してきました。じつは我が藩には、代々伝わる茶器がござる。そのことをどこぞで知り得たのか、高瀬屋はそれで足りない金子の埋め合わせをしろと」

悔しげに長い睫毛《まつげ》を震わせた。茶碗を持つ手にも心なしか力がこもっている。細くしなやかな指をしていた。

品が予定通り揃わなかった上に金子が足りないとはと、藩主の勘気を被り、家老は閉門。

「私は家老の家に繋がる者でして」

道之助は、高瀬屋と阿蘭陀商人に談判に来たのだといった。

「じゃあ奪われたのは」

駿平が訊ねた。

「高瀬屋からの書状と金子の預かり証文」

ああ、と駿平は嘆息した。

「やはり黒幕はいたぞ、高瀬屋だ」

智次郎が呟き、眉を寄せた。

日見峠で柳川藩から頼まれ迎えに来たと三人の男に声を掛けられ、緊張を解いてしまったのは迂闊《うかつ》だったと、道之助は肩を落とした。

「なら、さっさと長崎奉行所へ行けばよかったんだ。届けがあれば金治を詮議《せんぎ》できたはずだ」

智次郎が手にした茶碗を乱暴に置いた。

「無理ですよ。高瀬屋と繋がる物を盗られてしまったのですから。訴えたところで高瀬屋は知らん振りをきめ込むに決まっています」

駿平が智次郎をたしなめると、いきなり立ち上がった。

「ああ、苛々する。ならば高瀬屋から買わねばよい。それでことは済む」

「そうはいきません。預けた金子を取り戻さねば。それにあの荷は——」

いいよどんだ道之助が眉を吊り上げ、智次郎を見据えた。

「なんだなんだ、ふたりして。おれはもう知らんぞ、面倒な」

智次郎は茶代を乱暴に置き、せっかくの長崎だというのにと、文句を垂れて茶屋を離れた。

智さん、と呼び掛けつつ駿平は軽く腰を上げたが、ずんずん去って行く智次郎の姿に首を横に振り、再び座りなおした。

道之助は身を縮ませ頭を下げた。

「いやいや、智さんは鯉のぼりですから気にしないでください」

道之助が大きな眼で見つめてきた。

「腹の中は空っぽってことですよ」

駿平は、またも吸い込まれそうな瞳にどぎまぎしながら茶を啜った。

江戸の商人を同道しているので、なにかよい方策がないか訊ねてみると慰め、ともかく短慮は控えることを道之助に約束させた。柳川藩蔵屋敷の近くの宿にいることと、供の弥七の傷も快方に向かっているのを聞き、駿平は、ほっとしながら道之助と別れた。

宿へ戻ると智次郎の姿はなかったが、茂平次はすでに湯を浴び終え、さっぱりとしていた。買い付けは上々だったと顔をほころばせている。

駿平は早速、道之助と高瀬屋のことをざっと話して聞かせた。

「なるほど。これはなから、その茶器狙いとも考えられますな」

駿平ははっと眼を見開いた。やはり、へるへとわんは、へるへと茶碗に違いない。

「しかし、預かり証文を盗られたのは困りましたな。高瀬屋が金子を得た証がない」

茂平次が煙管《キセル》を取り出した。

「それでも倉本さまの藩の出納帳《すいとうちょう》には記されておるはずですし、両替商を使っていれば、そこにも証拠は残ります」

直接支払っていればお手上げですが、あとは高瀬屋の帳簿ですなぁと、茂平次はいった。

しかしと、茂平次が煙を吐き、駿平をちらりと見やる。

「どこまでお節介なさるので」

「そうだよなぁ。ただ、どこか放っておけないというか、乗りかかった船というか。会ったのも船中であったしなぁ。どうも智さんもそんな感じだ」

「駿平さまも矢萩さまもお人がよろしい。そうそう、金治という流れ者のことでございますが」

おまちが知っている男ではないかといったらしい。

「おまちさんは、元は唐物を扱っていたお店の娘さんでございまして」

ところが婿が唐人屋敷に潜り込み、抜け荷商いに手を出したおかげで死罪となり、店が潰れてしまったという。

「抜け荷は死罪なのか」

「場合にもよりますが、亭主は穴を掘り侵入したらしいのでございます」

穴とはまた執念を感じる仕業だ。

「おまちさんがそれに気づいて、一度は穴を塞《ふさ》いだそうなのですが、亭主は抜け荷商いより穴を掘ることが癖になってしまったそうで」

「うーん。妙なこともあるもんだな」

穴が唐人屋敷まで通じると、仕事をやり終えた気分で満足した亭主が、その穴のことを居酒屋で得意げに話してしまった。悪い奴らが亭主を脅し唆《そそのか》し、抜け荷仲間を集め始めた。

「それが発覚いたしまして亭主は死罪、他の者たちも捕らえられたのではございますが」

一番悪い奴が逃げたという。

「江戸からの流れ者に儲け話を持ち掛けられたと亭主がおまちさんに話したことがあったそうです」

その名が金治だったと、おまちは眼を潤ませた。店が潰れた後は、頼りの父母を相次いで亡くし、おまちは子を抱え、この宿屋で働いていると茂平次に語ったらしい。もしやすると、その一件でも高瀬屋が裏で糸を引いていたのかもしれない。茂平次もそう感じたのだろう。

「明日、高瀬屋へあたしが赴きましょう。叩けばほこりが出そうです」

あたしにもお節介がうつったようでと、茂平次が笑みを浮かべて駿平へ頷きかけた。

すると、廊下を鳴らすような足音がして、障子がいきおいよく開け放たれた。

「高瀬屋は油屋町《あぶらやまち》にある。結構な店構えだ」

智次郎はそういい放つと、どかりと座り込み、鼻を鳴らした。

二日間晴天が続いていたが、今日は朝から雨が降っていた。鈍色《にびいろ》の雲が周囲の山々に鎮座しているせいか、町全体が覆われているかのように、薄暗い。

どこに行くともいわず、毎日、智次郎はふらりと半刻ほど出て行っては戻って来る。今日も雨の中、外出をして戻ったばかりだ。

駿平と智次郎は、夕餉前に買い付けから戻った茂平次の話に耳を傾けていた。

高瀬屋は、やはり商人仲間からもあまりいい評判を聞かないと茂平次がいった。丸山の遊女を通じて阿蘭陀商人に近づき、結構な利を得ているという。長崎を取り仕切る町年寄の地位を狙っているのではないかといわれている。

「町年寄は世襲なので入り込む隙はないのですが、どうも自分の息子を養子に送り込もうとしているようで」

そこへおまちが茶を持って入って来た。茂平次がぴくんと背を正す。

「茂平次さん、今日もご苦労さま」

「いえ。そうそう、おまちさん、これをお子さんに」

茂平次がカステイラを差し出した。

「まあ、ありがとぉ。土地にいてもなかなか口にはできんから、嬉しか」

おまちは胸に抱えて座敷を出て行った。

茂平次が照れている。いつも生真面目な茂平次のこんな顔を初めて見たような気がした。

「茂平次。おれたちの分はないのか」

智次郎がすかさず文句をいうと、ありますよと、がらりと渋面《じゆうめん》に変わった。

「なあ茂平次。道之助さんの藩の方は高瀬屋を柳川藩から引き合わせられているのだが、そちらからなんとか出来ないかな」

「柳川藩の蔵屋敷の帳簿を調べるというのですか。それはいくらなんでも無理でしょうな」

即座に返され、駿平は肩を落とした。

夕餉を済ませると、宿に智次郎を訪ねてきた者があった。長崎でもう知人を作ったのかと感心していると、厳しく眉を寄せ、宿を出て行った。が、一刻半（約三時間）ほどして慌ただしく戻って来ると、袴が泥だらけだった。

「あの馬鹿。高瀬屋が柳川藩の者と丸山へ出向いて行ったことを知って、自分も出掛けたそうだぞ。前髪立ちのくせに生意気だ」

智次郎は怒鳴り声を上げた。

道之助を訪ねに行っていたのかと、駿平も茂平次も顔を見合わせた。

しかし、袴が泥だらけなのはどうしたことだろう。宿を訪ねて来たのは、道之助の供の弥七だったのかと駿平が思いを巡らす間もなく、智次郎が動いた。

「どうせ、高瀬屋がらみで探りに行ったのだろう。連れ戻す」

「帰りを待てばいい。そのほうが賢明です」

駿平はきっぱりいい放った。智次郎の顔が急に険しくなる。

「阿蘭陀人の前にいきなり出て行くような奴だぞ。高瀬屋と直に談判する気だ」

それに、道之助の姿が見当たらなければそれはそれで廓《くるわ》見物でもすればいいのだと、智次郎は顎をくいと上げた。いいようにいいくるめられた気がしたが、まことに道之助が丸山へ出向き、騒ぎでも起こしたら大変だ。

駿平は座敷を飛び出し、智次郎の後に続いた。

五

思案する間も、思い切る間もなくふたつの橋を駆け抜けた。雨に濡れた石畳にときどき足をとられそうになる。

雨の丸山は美しかった。見世の軒にずらりと下がる提灯が煙る雨の中で滲んだ光を放ち、通り行く人々が差す色とりどりの傘がさらに華やかに駿平の眼に映った。二階屋の窓から聞こえてくる音曲も喧騒も風情があるように思えた。

「高瀬屋は引田屋が贔屓だ」

ちょいちょい智次郎が外出していたのは、高瀬屋を調べていたんだろうか。

智次郎がにっと笑った。

「安心しろ。引田屋に揚がるような銭はない」

と、その引田屋の前にひときわ傘の花が咲いていた。そこから言い争うような、なだめるような声がする。あの甲高い声は道之助だ。

智次郎は舌打ちして傘の花を押し分けた。懸念していたことが、まさに起きていた。

道之助と初老の男が対峙していた。あれが高瀬屋か。恰幅《かっぷく》がよく、見事な二重顎をしていた。高瀬屋の周りには引田屋の若い衆が控えている。

「倉本道之助に覚えがないと申すか」

「ありませんなぁ」

「抜け荷を売りつけ、それをたてに我が藩をゆすりにかかるとは言語道断」

「馬鹿をいっちゃいけません。抜け荷などこの高瀬屋がするはずがない。だいたいそのような証がどこにあります」

「ちょっと待ったぁ」

智次郎がずんと前へ進み出た。

「金治が吐いた」

高瀬屋の眼が見開かれた。

「芸妓連れで逃げようとしていたのをおれがさっき日見峠でとっ捕まえた」

はあと、駿平が眼をしばたたくと、道之助がくるんと白目を剝いて、くずおれた。

まるで張り詰めた糸が切れたかのようだった。

「道之助」と、智次郎がとっさに抱きかかえた。道之助の首を腕で支えた智次郎が険しい顔をした。どこか困惑している。駆け寄る駿平へ智次郎が呟くようにいった。

「喉仏がない」

駿平は、口をぽかんと開けた。

「なにとぞ家名はお許しください」

道之助、もとい徳姫《とくひめ》は宿の座敷で指を突き、深々と頭を下げた。

徳姫は家老の娘で、道之助というのは兄の名を騙《かた》っていたのだといった。

「家名は訊くなとおっしゃいましたが、姫さまの身でなにゆえこのような無茶を」

駿平の問いに、はいと、徳姫は小さな声を出した。

「父はいま国許で閉門の身。兄の道之助は此度のしくじりの責めを感じ、臥せっております ゆえ、わたくしが独断で家を出ました」

駿平は眼を丸くした。それで供も老爺ひとりであったのだ。

徳姫の藩は、公儀から京都火消役を命じられたのだという。もともと京都周辺の譜代藩が任ぜられているが、ときどき代行もあった。

恥ずかしながらと、徳姫は俯いた。

「殿が大の火消し好きなのでございます」

駿平は智次郎と顔を見合わせた。

「ひとたび火が出れば、自ら火事装束を着込み、指揮に当たるのでございます」

「領民を自ら守っておられるのですからご立派ではないですか、ねえ、智さん」

感心した面持ちでいったが智次郎は黙っていた。

ただと、徳姫は困惑気味に首を傾げた。長い睫毛が揺れ、憂えた顔がまた美しい。

智次郎はぼうっと男装の徳姫を見ている。駿平が、ごほんと咳払いをすると、うん、まったく気概のある殿様だと智次郎は慌てていった。

「ただ、これを機に家中の者すべてに揃いの装束を作ると仰せられたのです。家紋を入れた水色の羽織と腹当てです」

半鐘《はんしょう》が鳴ったら、揃いの装束を着込み藩士総出で火事場へ向かう。勇壮さと美麗さを兼ね備えた大名火消しとして、京中の噂になろうと、殿様はうっとり眼を細めて話したのだという。

褒めたことが、少々悔やまれた。徳姫のいう、大の火消し好きの意味が知れた。

「その装束一式の調達を家老である我が父が任され、兄が長崎へとやって来たわけですが」

買い付けに来た本物の道之助は、柳川藩から高瀬屋に引き合わされた。高瀬屋は唐物商いでは長崎でも五本の指に入る大店で、地役人。それをすっかり信用し、丸山で阿蘭陀商人が贔屓にしている遊女から安く品物が入手できると聞かされ、それが抜荷とは知らずに飛びついてしまったのだ。あとはお話しした通りですと、徳姫は悔しげに声も身も震わせた。

あのう、と駿平は口を開いた。

「ひとつお伺いしてもよろしいですか」

「なんでございましょう」

「へるへとわん、とは。日見峠で呟いたあの呪文のような言葉が気になってしかたがないのです。高瀬屋が欲していた茶器の銘でしょうか。つまり、へるへと茶碗」

まあと、徳姫はころころ笑い、

「獣の毛を織った布地でございます。羽織や腹当てなどに使われる温かくて丈夫な布です。残念ながらまだ我が国では織ることが出来ないのだそうです」

柔らかな眼差しを駿平に向けた。

父と兄のために男装をし、長い旅に出て、その緊張がすべて解けたのだろう。男になりきろうとして、どこか怖い美しさであったが、本来はこんなにも穏やかな顔をした方だったのだ。それにしても、へるへとわんが布地であったとは驚きだ。阿蘭陀の言葉は難しいものだと駿平は唸った。

矢萩さまと、徳姫が智次郎を真っ直ぐに見つめた。

「一度ならず二度三度とお助けいただき、まことにかたじけのうございました。どう感謝いたしてもしきれませぬ」

智次郎は背筋を伸ばし、きりりと顔を引き締めた。

「なんの。礼には及びませぬ。高瀬屋の悪事が明るみに出て、お父上と兄上が許されることが大事でございますゆえ。しかし、姫さまの懸命さと勇気に感服仕りました。いまどき直参にもこのような者はおりませぬ」

恐ろしく生真面目な智次郎の返答だ。十年あまりつき合って来たが、こんな智次郎は初めて見たと、駿平は徳姫へと視線を向けた。

徳姫がわずかに頬を赤らめていた。

翌朝、滝沢が荷車を引いてやって来た。駿平と茂平次に高瀬屋の帳簿調べを頼みたいというのだ。地役人や長崎奉行所、長崎会所とまったくかかわりのない者に吟味をしてほしいらしい。智次郎が手を回したのだ。おかげで三日費やしたが、阿蘭陀商人と通じ、高瀬屋がかなりの抜け荷商いに加担していたことが発覚した。

高瀬屋と遊女は奉行所で厳しい吟味を受けているという。阿蘭陀商人を奉行所が裁くことは出来ないが、阿蘭陀国の法度《はっと》で処罰が下される。たしかなのは二度と長崎の地は踏めないということだ。

金治は、やはりおまちの亭主を唆した男だった。高瀬屋の手足となり働きながら、別の悪事も重ねていたようだと、滝沢が伝えていった。智次郎は滝沢の小者を借りて金治を見張らせていた。あの日、宿を訪ねて来たのは小者だったのだ。おまちはようやく心の底から涙を流せると、茂平次にすがりいつまでも泣いていた。

滝沢が手配をしてくれ、長崎奉行所や唐人屋敷、出島の阿蘭陀商館の物見をし、長崎を満喫した。駿平はさらに数日かけて、此度の旅での最大の課題である土産探しに奔走した。

徳姫は無事に他の商人からへるへとわんを購入し、国許の迎えを待つ間、智次郎とあちらこちらへ出掛けていた。

むろん男装のままである。

あとは、もよの土産を残すのみとなり、疲れきった駿平が宿へ戻り、すっかり馴染んだ座敷の障子に手をかけた瞬間、身を硬くした。中から荒い息遣いと呻き声が聞こえてくる。

「おい、どうした、大丈夫か」

駿平が飛び込んだと同時に女の悲鳴が上がった。

「こ、これはすまぬ」

慌てて踵を返し、障子を閉じた。心の臓が騒いでいる。座敷を違えたか。いや、男はたしかに茂平次だった。女は、仲居のおまちだ。同衾《どうきん》していた。おまちはその手の、いわゆる飯盛女であったのだろうか。

駿平さま、と座敷の中から茂平次の気まずそうな声がした。

「あたしはおまちさんと所帯を持ち、この長崎の地に骨を埋める覚悟でございます」

げっと駿平は仰け反りそうになった。

「つきましては」

駿平は再び障子を開けた。半裸の茂平次がかしこまっていた。

「待て待て待て待て。落ち着け落ち着け」

「あたしは落ち着いておりますよ」

「あ、そうかそうだな。落ち着くのは私のほうか、そうか、うん」

茂平次の前に腰を下ろし、ちらとおまちへ眼を移した。おまちは夜具の上で身支度を整えていた。男女の生々しい吐息がいまだに座敷の中に充満しているようで、居心地が悪かった。おまちは襦袢《じゅばん》一枚で背を向けている。崩れた襟元、うなじから肩の線、さらに尻の形がむっちりとして、妙に艶かしい。乱れた髪を撫でつけた拍子に八つ口からわずかに胸乳《むなち》のふくらみが見えた。

駿平はぐびりと喉を鳴らした。

痩せぎすだと思っていたが、なかなかどうして、おまちは着痩せするほうだったのだ。

「駿平さま、おまちさんをじろじろ見ないでくださいまし」

茂平次の口から咎めるような声が飛んできた。

や、これはすまんと俯いた。しかし、なにゆえこっちがおどおどせねばならぬのかと、いささか腹が立ち、声を荒らげた。

「短慮は止せ、茂平次」

「おまちさんほどの女子は江戸中捜してもおりません。辛いことがあったにもかかわらず、明るくほがらかで、一緒にいると安らぎました。あたしはおまちさんに会うためにこの長崎へ参ったのだと思いました。これは神仏のお導きでございましょう」

茂平次はきっぱり言い切った。

「つる屋はどうなる。お父っつぁんも兄さんも、おまえを頼りにしているんだ。だいそろそろ番頭離れの頃合いかと存じますと、茂平次は頭を下げた。親離れ子離れはたいあのふたりに店をまかせたら」

耳にしたことがあるが、番頭離れというのもあるのかと、駿平は押し黙った。

「あたしがこちらから江戸へ唐物をお送りいたします。暖簾分けといいますか、つる屋の長崎店を持ったと思っていただきたいと、すでに飛脚にてお報せいたしました」

駿平はぎょっと眼を見開いた。

「あたしはもう江戸へは戻りません」

駿平は唖然《あぜん》とした。たぶん、ものすごく間抜けな顔をしているのは己でも感じていた。

　おまちが背を震わせていた。

　その日の夕刻、風頭山を登りながら、智次郎は大笑いしていた。平地が少ないため、中腹あたりまで民家が建ち並んでいる。

「茂平次も男だったってわけだ」

　智次郎がふと立ち止まる。後ろを振り返り、柔らかな笑みを浮かべた。つられて身を返した駿平は眼を瞠った。

「わあ、これは絶景だ」

　色づき始めた空の下、町と海と山が一望できた。遠くに異国船が見える。

「兄から聞いていたのだが、露西亜《ロシア》や仏蘭西《フランス》、英吉利《イギリス》、亜米利加《アメリカ》などの列強各国が我が国の沖合いに頻繁に姿を現しているそうだ」

　へえと駿平は眼を丸くした。

「だが我が国には大船がない。大海原を越え他の国々へ行けるあのような船がない。ああした奴らが攻めてきたらどうなる」

　まさかと、駿平は思わず智次郎の顔を見つめた。いたって真面目な顔をしている。

「真っ向から戦う武士などいるのか、はなはだ疑わしい。矢萩家の鎧櫃《よろいびつ》は空だ」

先々代が甲冑一式を借金の返済にあてたのだという。ああ、と駿平も考えた。孫右衛門の座敷に鎧櫃があったが、中をたしかめたことはない。

「阿蘭陀人と会話をする通詞を見、帳簿を繰るおまえと茂平次を見て、おれはつくづく思った。いや悟った」

智次郎は気味が悪いほど瞳を輝かせた。

「異人と対等に話ができる奴、銭金の勘定が得意な奴、そして世界を知る奴。これからはそういう奴らがのしてくるに違いないさ」

生まれつきの武士など毛ほども役に立たぬと、智次郎は自嘲気味にいった。

儀礼、慣例、慣習にとらわれ、付届けだの、新任いびりだのにうつつを抜かし、どこぞの見栄っ張りの殿様は家臣を翻弄する。そんな者どもなど、まとめて糞溜《くそだ》めに落ちてしまえばよいのだと言い放った。

「溝端宗十郎ばかりではなく、釣りだの俳諧だのに興じることはできるが、出仕となると、腹痛やら頭痛を起こす気鬱の病の者がまことに増えているらしいぞ」

と、智次郎が首を振る。

「まことに情けない。だからこそ、駿平のような地力のある町人、商人からの養子がこれからの世を動かしていくと思うのだ。二本差しであるなし問わずになるかもな」

智次郎の心のうちになにが起きたのか、さっぱりわからなかった。けれど、いっていることはよくわかる。安穏で太平楽な世が悪いというわけではない。戦のない世を作ってきたのは幕府だ。だが、代わりに武家はなにかを見失いつつある。武門の誉れはとうになく、武功を得てのし上がることもない。それでも、武士とは武家とはこうあるべきだという閉塞感の中で右往左往している。

上様への忠義も、いまさらあるのか怪しいものだ。もっとも瀬戸物屋の五男坊出身の駿平には、昔々の御恩と奉公のありがたみなぞとんとわからない。

だいたい、上様が政《まつりごと》をしているというよりは、その周りのお偉方が動かしているらしい。上様は居ればいいのであって、名君では困るというくらいだ。

かつて家の存続は、お上への忠義のためだった。けれどいまは、個がどうやって生きて行くか、ただただどう家禄を守っていくか、そのことばかり考えているのだとしたら、武家とはなんと悲しいものか。一部の大身旗本ならいざ知らず、下級の我々は、お役を求め奔走するしか、やることがないのかもしれない。

「だから立身しろよ、駿平。御勘定御入人吟味に必ず及第しろ。おまえの道はきっと開かれる。この長崎の港のようにな。おれも負けてはおれん。懸命な思いを持つ者は男でも女でも美しい」

智次郎は両手を広げた。

頷いてはみたものの、智次郎の暑苦しさにはやはり尋常でないものを感じた。智次郎の眼は穏やかながらもなにか先を見据えるような輝きがあった。この風頭山のせいか、徳姫のせいだろう。

駿平の頬を温かな風がかすめる。

長崎でのこの十数日間は有意義だったと思う。思うというのは、これからこの旅をどう活かすかにかかっているからだ。

国許から迎えの一行が到着し、徳姫は明日、長崎を発つ。

「そうだ。弥七が、国許に戻ったら礼の品を送るといっていたのでな、おまえとおれの屋敷を教えておいた」

智次郎は徳姫の見送りには行かないのだろうか。再び会うことは叶わぬかも知れないのだ。

「智さん、いいんですか。部屋住みならどこぞの姫君の婿養子にだってなれるといっていたじゃないですか」

「だからおまえは五男坊だというのだ。真に受けたか。徳姫は家老の娘御だぞ」

おれとて分をわきまえておる、十分楽しかったと、智次郎は笑みを浮かべた。寂しげだが爽《さわ》やかな笑顔だった。

江戸に戻ったのは、如月もすでに末近くになっていた。夕暮れ間近の空は、青と赤とが混ざり合った色をしている。

智次郎とは矢萩家の前で別れた。たかが三月半、されど三月半だ。武家屋敷の続く殺風景な景色までもが懐かしく思えた。

やはりこちらのほうが西国に比べてめっきり寒い。駿平はぶるっと身を震わせた。

門前で政吉が枯葉を掃いている。少し丸まったその背ですら懐かしくて、胸が詰まった。

「政吉、今帰った」

振り向いた政吉は、年寄りとは思えないほどの俊敏さで屋敷へと取って返し、大声で叫んだ。

「旦那さまが、お戻りになられました」

その声に、養母の吉江ともよが、足音を立てながら急ぎ出てきた。

「駿平さん、ご無事で」

「兄さま、お帰りなさいませ」

吉江も、もよも涙ぐんでいる。駿平は二人の姿に胸が一杯になった。

眼が潤みそうになるのを堪えてうむと頷き、もよに刀を預けた。もよが軽く目蓋《まぶた》を閉じ、刀を抱きしめる。この数ヵ月の間で妙に大人びたような気がした。

「養父上は、お変わりございませんか」

草鞋を解く駿平へ政吉がすすぎを手にして来た。

「少し前にお休みになられたばかりですので、お帰りのご報告は駿平さんが落ち着いてからにいたしましょう」

すでに船便で土産物が届いているという。

居間に入った途端、あっと、駿平の背に汗が滲み出た。

もよの土産を忘れた。迂闊、いや粗忽《そこつ》か。

帳簿の調べで大童《おおわらわ》であったし、あとでゆっくり決めようとしたのが、失敗だった。

吉江ともよが嬉しそうに品物を並べ始めた。

小普請支配、組頭、野依家親戚一同、孫右衛門の友人、知人などなどへのものだ。

次々取り出される品々を前に、駿平は己の頬のあたりが強張っているのを感じていた。

珍しいびいどろ細工の品々や阿蘭陀人の被り物や合羽《かっぱ》などに吉江ともよが、ため息を吐く。

「それにしても、これだけ選ぶのは大変でございましたでしょうねぇ」

「荷の中に養父上の人参があります」

それはなによりと吉江が頷く。

「養母上には、この鼈甲の櫛を」

智次郎が見立てた物だ。

「まあ、これは立派なものでございますね」

吉江は櫛をもよにも見せる。

かしこまったもよが駿平に笑顔を向け、期待に満ちた眼を向けてきた。

いかん。どうしよう。実兄の子に購った有平糖でごまかすか。無理だ。もよの期待が高すぎる。

「兄さま……？」

もよが小首を傾げた。握った手の中に汗が滲む。やはり素直に告げるしかないと観念して、呼吸を整えてから顔を上げた。

「あ、あのな、もよ。じつはな」

「旦那さま、お荷物が届きましてござえます」

包みを抱えた政吉が、廊下にかしこまった。

荷物。土産物は一荷だったはずだ。駿平は訝しげに首を回す。

「倉本さまというお方からの御使いでござえました」

徳姫だ。そうだ。礼だ。この際、長崎の品でなくても、なんとかいいくるめようと腹を括《くく》った。

「駿平さん、倉本さまとは？」

吉江の問い掛けに、駿平はいきなり胸を張る。

「じつは長崎にて知り合いました」

もよ、と駿平は声音を落として呼びかけた。

「はい」と、さらにもよの瞳が輝く。

「倉本さまはさる藩のご家老のご息、いや御嫡男。長崎で出来した御家の大事を私と矢萩どのとでご助勢いたしたのだ」

「なんと、御大名家をお救い遊ばしたのですか。聞きましたか、もよ」

駿平を見るもよの眼差しが尊敬に変わる。

「その方とともに選んだ品だ」と、駿平は重々しく頷いた。ここは息女といわずにいるのが一番だ。さ、開けてみなさいと、駿平は政吉から包みを受け取り、もよの前に差し出した。

「もよは楽しみでございます」

包みを開いた瞬間、もよの動きが止まった。

えっと、駿平も覗き込む。

茶色の布だった。なんの意匠《いしょう》も施されていない、ただの反物《たんもの》だ。しかもそれは、まぎれもなく、へるへとわん、だ。駿平は、ちょっとだけ徳姫を恨んだ。

もよの顔が激変する。驚きと落胆が入り交じった表情だ。駿平は、ごほんと咳払いをした。

「それは、獣の毛を織ったとても高価な阿蘭陀渡りの布だ。手に入れるのも大変なのだ」

火事装束の羽織や腹当てに使われ、丈夫で温かく、且《か》つまたといいかけたところで、

「よくわかりました。それで、もよはこの布でなにを作ればよいのでしょう」

きつい眼を向けてきた。

「えっと、まだ寒いからな。そうだ。腹掛けがいいんじゃないか」

駿平は、ぎごちない笑みを浮かべた。

もよはもよは、と身体を震わせ、

「父上のようなくだり腹ではありません」

すっくと立ち上がり、激しく音を立てながら廊下を走り去って行った。

そうか養父上はまた腹を下しているのか。

「あらあら」

吉江は、のんびりした声を上げ、満足そうに鼈甲の櫛を髪に挿《さ》した。

勘定所吟味

一

薄暗い座敷に、ぱちぱち算盤珠を弾く音が響いていた。そろそろ子《ね》の刻（午前零時）になろうという頃で、当然の事ながら屋敷の中はすっかり寝静まっている。ときおり、風が木々の葉を揺らす音に混じって、天井裏から賑やかな物音が降ってくる。おそらく鼠が我が物顔で行き来をしているのだろう。

駿平は懸命に指を動かしていたが、文机の上に置いた蠟燭の火が揺らいだ瞬間、

「しまった」

小さく声を洩らした。うっかり桁《けた》を見間違えてしまった。桁が多くなるほど、緊張を強《し》いられる。

六月に行なわれる勘定所の御入人吟味まであと十日しか残されていなかった。

それというのも、駿平の実家から降って湧いた三月《みつき》半にも亘る長崎の旅を終え帰還

してから眼が回るほど忙しく、梅が咲き、桃が咲き、桜が咲いて、瞬く間に月日が過ぎた。

まずは無事に旅を終えた祝いだと、実家のつる屋で宴会が催された。

此度の長崎行は、つる屋の番頭茂平次が異国の器を買い付けるというのが目的だったが、駿平と、幼馴染みの矢萩智次郎は見聞を広めるという名分を高らかに打ちたてての物見遊山。

しかし人生とはわからぬもので、肝心要《かなめ》の茂平次は逗留した旅籠の仲居と恋仲になり、所帯を持つといって長崎に残ってしまった。

つる屋の長崎店を持ったと思ってくれればいいという言葉通り茂平次は、早速異国の品を幾度か送ってきていた。律儀で生真面目な茂平次らしい。まずは元気でなによりだ。

つる屋での宴は、智次郎の独壇場《どくだんじょう》だった。

さる大名家の危急を救った話は、大立ち回りあり、大名家重臣の息女と若侍の悲恋もあるという、芝居小屋にもかけられそうな一編になっていた。捏造《ねつぞう》もはなはだしい。

それにもまして呆れたのは、それを聞いていた駿平の実母や兄嫁がさめざめ涙を流したことだ。

だいたい活躍したのは智次郎ばかりで、駿平も茂平次も常に慌てふためく道化役だ。

長崎商人と阿蘭陀商人とが謀った抜け荷の金の流れを暴いたのは茂平次と駿平の算盤なのだが。そんなことは、最後におまけのように付け加えられていただけだ。

「戯作《げさく》の才がおれにはあるのかもしれん」

智次郎が得意げに鼻をうごめかしたのもなにやら腹立たしかった。

それでも、長崎の様子に皆興味津々《しんしん》で聞き入り、駿平が買い求めた土産物に大喜びしてくれたのは嬉しかった。

それからすぐに野依家でも宴席が張られた。

智次郎は相変わらず饒舌《じょうぜつ》だったが、うって変わって駿平の算勘が見事であったことをことさら強調した。

「これは駿平どのが、商家の生まれだからではございませぬ。算術は資質がなにより重要。それがしなど、数字が並んでいるのを見ただけで頭痛がいたします。人には得手不得手がございますが、算盤を手にした駿平どのの眼の鋭さは、免許皆伝の武芸者のごとく」

長崎奉行所の勘定役も舌を巻くほどの珠捌き、末は勘定奉行さまよと、長崎奉行所中が大絶賛だったと、智次郎は締めくくった。

おおと、野依家の親戚がどよめいた。

持ち上げすぎだと、駿平は鼻白《はなじろ》む。

けれど、徒を望んでいる野依家の養父母へ智次郎なりの牽制《けんせい》を放ってくれたのではないかと思うと友のありがたさが身に沁《し》みた。

それにつけても長崎の土産を届けに行く先々で、茶菓子だの酒食だのの歓待を受けた。

駿平が話を始めると、近所の者まで呼ぶ始末だ。箔《はく》がついたかどうかは己ではわからぬが、皆が、ひと回り人物が大きくなったと評するので、その気にもなってきた。旅は人を成長させるというが、まことなのかもしれない。どう面白く聞かせるか、喜んでもらえるか、以前より話術が巧みになった気がする。

わざわざ野依家を訪ねて来る者もあり、駿平と智次郎を招く家もあり、いやはや宴会だらけだった。皆、旅に憧れている。土産話を聞きながら、見知らぬ土地に思いを馳《は》せる。

逢対にも赴いた。長崎行は小普請支配と小普請組頭への土産が最重要だった。結局、支配には飾りのついたびいどろの蠟燭立て、組頭には蒲鉾《かまぼこ》形をした異国の小物入れにしたが、ふたりとも大いに喜んだ。小普請支配など、まだ昼間だというのに用人へ蠟燭を点《とも》させたほどだ。

数ヵ月かかって、長崎土産を配り、宴会もようやく終えたら、もう六月だった。

もよも、やっといつものもよに戻り、胸を撫で下ろしている。

そもそも、もよへの長崎土産をうっかり買い忘れ、苦し紛《まぎ》れに異国の毛織物でごまかしたのがよくなかった。期待に胸を躍らせていた少女への土産として、やはりふさわしくなかったようだ。案の定、もよはひと月以上も、機嫌が悪かった。養母の吉江が土産に貰った鼈甲の櫛を挿すたび、それへ恨めしげな眼を向けているのを見るにつけ、駿平の肝《きも》が縮み上がった。

女子は歳にかかわりなく執念深いものだと知った。

再び火が揺れ、障子に映った自分の影にまで脅かされた。弱気はいかんと、駿平は、丁を繰り、初めからやり直すことにした。

御勘定御入人吟味は、勘定所勤務を望む者の試験だ。勘定所は幕府の財政を掌り、天領の訴訟の処理などを行なう役所だけに、書と算術の技能が要求され、文書を書き写す「筆」と算術の技能をはかる「算」のふたつを吟味される。

六月の一次吟味に通ると、さらに難問が出題される二次吟味が行なわれ、来年早々に採用者が決まる。此度は、どれほどの人数が受けるのか。無役の小普請のみならず、すでに役付きの者、あるいは親が勘定役として働いている者も受けにくる。勘定所の御入人吟味はたかだか五十名弱の募集に、その五倍の二百五十名が受けにくる。年によっては九倍近くまで倍率が跳ね上がったこともある。

とはいっても、三十倍もの倍率を誇る西丸小納戸入吟味に比べれば、まだましというべきではあるが、じつはこの勘定所の吟味も、お目見以上の旗本とお目見以下の御家人、あるいは親の職でかなり差別がある。旗本で親が勘定所勤めならば、有利であるのは事実だ。散々な成績であった者が落とされたという話もあるにはあるが、鼻薬がかなり効くらしい。それに旗本は採用されるとすぐに御勘定に就くことができるが、御家人はその下僚《かりよう》である支配勘定になる。

さらにいえば、旗本の子息のほうが多く採用される。そのため、受験者総数での倍率はじつは正しくない。御家人の受験者と採用者の割合はなんと二十人にひとりか、それ以下という具合になるのだ。

ふうと、駿平が暗い天井を見上げたとき、ことりと廊下に何かが置かれる音がするや、滑るように去って行く足音がした。駿平は這って障子まで行き、そろりと開けた。見ると、廊下に湯気の立つ茶と握り飯の載った盆が置いてあった。

もよ、か。

小腹どころか、かなり腹が空いていた。駿平は盆を持ち、真っ暗な廊下の奥へ向けて頭を下げる。曲がり角のあたりでなにかが動いた気がしたが、駿平はそのまま自室に戻り、障子を静かに閉めた。

握り飯は大きくて不恰好だった。

すぐさまかぶりつくと、唇の端が痛むほど、塩がところどころ濃い。そのうえ小さな手で懸命に握ったのだろう、指の跡がくっきりりついていた。駿平はその細い指の跡に己の指を重ねて持った。

指先から、もよの気持ちが流れ込んでくるような気がして嬉しかった。

頑張らねばと、漠然とした思いが涌き上がる。自分の周りにいる者たちだけでも笑顔にしたいという気持ちが強くある。

まずは身近な者たちの心を安くできずになにが立身だと思うのだ。

御側衆だの御留守居《おるすい》だの寺社、勘定、町奉行だの、出世双六ならば、いくらでもなれる。幾度賽を振ったとて、現《うつつ》の世では百五十俵の御家人が奉行職に就くなど、西からお天道《てんと》さまが上がるくらいにあり得ない。

町奉行として名高い大岡忠相《おおおかただすけ》や老中の田沼意次《たぬまおきつぐ》のように、旗本から大名へ上り詰めた者もなくはないが、じつは結構しんどかったのではないかと駿平は感じている。

大岡は、上様の御前で拝謁《はいえつ》する大名らの名を読み上げる奏者番《そうじゃばん》に就いたときには、すでに七十二歳。駿平とて、大名家をすべて覚えるのはしんどい。それを顔と姓名とを一致させ、なおかつ大音声で呼ばわる。老体には辛いことだっただろう。

小姓から老中にまで成り上がり、権勢を誇った田沼意次は、息子が城中で暗殺されたうえに、減封され、居城まで壊されるという悲惨な末路だった。

必要以上に望まなければ、それはそれで幸せじゃないかと考えるのも悪くない。その都度、そのときの位置を維持していけばいい。立身すれば、それを守る。それ以上になれば、今度はそこを維持する。それだって決して楽じゃない。

駿平は夢中で握り飯を食べ終え、指についた飯粒を舐めると、再び文机に向かって、算盤珠を勢いよく弾いた。

翌日。朝から庭の雑草取りに駆り出され、ついでに艾《もぐさ》の葉を大量に採取した。これらをよく乾燥させて揉み、灸《きゅう》に用いる。

隣家の主人が譲ってくれといっていた。神経痛があるらしい。

昼に作業が終わり、駿平は幾度もあくびを噛み殺しながら、昼餉の飯を口中に押し込んだ。昨夜というか今朝方、いつ眠りに落ちたのか己にもまったくわからない。朝目覚めたら文机の上に突っ伏していた。

斜め前に座る養母の吉江が茶を淹れながら、ちらと駿平を見やる。駿平は目尻に浮いた涙を拭うとひとつ咳払いして、味噌汁をひと口すすった。

本日も養父、孫右衛門の姿はない。

「養父上の御加減はいかがですか」

このところ梅雨《つゆ》時のひどい湿気に加え、肌寒い日が続いていたせいか、孫右衛門は腰と膝の痛みを訴えていた。もともと身体が丈夫でないこともあるが、近頃、めっきり気弱になり、三日前には、自分が生きているうちに番入りを叶えてほしい、野依家再興をこの眼で見るまでは死に切れぬなどといい出した。

「今日は鍼《はり》医者の角市《かくいち》を呼びました。午後には参るでしょう」

「ああ、それはよかったですね」

角市はこの界隈《かいわい》を流して歩いている腕のいい鍼灸師《しんきゅうし》だが、それ以上に買われているのが、その耳の早さだった。武家屋敷を主に廻《まわ》っているため、なにかと風聞を得ているらしい。

どこそこの娘が婿を捜している、あるいは嫁を捜している、はたまた誰が立身しただの、お役御免になっただの、どこかの隠居は長くないだの、逆に米寿《べいじゅ》の祝いがあるだの、そういう類《たぐい》の話だ。それが真実であろうと偽りであろうと、商家に劣らず武家も噂や風聞を常に得ていなければならないのだと知った。

武家は縦横の社会だ。慶弔《けいちょう》を知らなかったでは済まされないときもある。それをそつなくこなすことが、己の立身につながるのだと、養父母は眼を吊り上げて力説する。

吉江が、あらと首を傾げて身を乗り出し、

「右頬になにやら奇妙な赤い跡がいくつもございますよ」

まるで獣の爪痕《つめあと》のようなと、駿平の顔を恐々《こわごわ》覗き込みながら眼をすがめた。

えっと、箸を手にしたまま駿平は指先で頬を撫ぜた。なにやら凹凸《おうとつ》がある。しかもへこんでいる間隔が均等だった。

参ったなぁと駿平は心のうちでぼやいた。

算盤珠だ。目覚めたとき算盤の上に顔が載っていたせいで、頬にくっきり跡が残ってしまったのだろう。駿平は無理やり笑みを浮かべ、

「ご安心ください。すぐに治ります」

小松菜と油揚げの煮浸しを口に入れた。

まだ養母にも養父にも、勘定所の御入人吟味を受けると告げていない。

勘定方は役方（文官）である。

野依家は昔々徒目付組頭まで務めた先祖がいることから、文官ではなく番方（武官）を望んでいる。また、そうした家柄だというのが、親戚一同、近所知人にも不文律のように刷り込まれていた。

それを養子に入ったばかりの駿平があっさり覆《くつがえ》すわけにはいかない。そこも重々承知の上だ。

小普請支配との初逢対から、早いものですでに一年が経つ。

そういえば支配の屋敷で自称御番入り指南役黒田半兵衛という怪しげな人物に会ったのも初逢対の日だった。大名小路案内と御番入りの心得などで一両を請求してきた眉唾ものの指南役ではあったが、あれから幾度となく支配、組頭の屋敷で遭遇した。

先日など、どこから聞き及んだのか、

「勘定所の吟味を受けるそうだな。吟味の際は気をつけろ。わざと咳き込んだり、洟をかんだりして、他人の集中力を乱す輩がいる」

逆に、このような問題は容易いと大声を出し周囲を焦らせるのも手だと、無精髭を撫ぜながら、もっともらしくいった。

「さて、この続きは拙者と駿平どのの交誼《こうぎ》に免じて一分でどうかな」

分厚い掌を臆面もなく差し出してきたので、さっさと逃げた。

ところで、別れた妻女との間に儲けた子に黒田は対面できただろうか。駿平と歳も変わらないらしいが、妻女が再婚して、その相手が小普請の家ならば、逢対にも来るであろうと、黒田は一縷《いちる》の望みを抱いていた。とはいえ、別れて十五年。子の顔も覚えていないと話した黒田の寂しげな表情は駿平の中にいまも残っている。

「それにしても気味が悪い跡ですこと。なんでしょうね。あら、口の端に飯粒が」

吉江が指を伸ばしてきた。

身を引くべきか、断るべきか戸惑う駿平の頬に吉江の指先が触れようとしたとき、

「兄さま、お味噌汁のお代わりはいかがですか」

もよが座敷に入ってくるなり大声を出した。

吉江が、驚いて指を引っ込める。

「なんです、もよ。はしたのうございますよ」

「母上こそ、兄さまのお世話はわたくしがいたしますから」

もよが、ちょっと間隔のあいた吉江似の眼を吊り上げ、駿平の前に膝をつくと、汁椀を手にした。

あらあら、まあまあと、吉江は意味ありげに微笑んで、座敷を去るもよの背を見送った。

はいと、駿平は素直に応えて、唇の端に指をあてた。

「飯粒くらいご自分でお取りください」

もよの姿がすっかり見えなくなるのを確かめるように背を伸ばしてから、

「近頃、もよがわたくしの夜具で一緒に眠ることが少なくなりましてね」

吉江が声を落とした。

「いつまでも、傍らにいてくれるとばかり思うておりましたが、子はいつの間にか育っているものなのですね」

嬉しさと寂しさが入り交じったような物言いだ。

なんと返答するべきか駿平が悩んでいるうちに吉江は別の話をし始めた。

「そういえば、お向かいでは、とうとう逢対をお休みするそうですよ」

はあと、駿平はさほど興味なく応えた。

向かいは勝谷《かつや》という百俵取りのやはり小普請の家だ。

父親はすでに亡く、顔が長く陰気な目付きをした三十路男が当主だ。

たしか半之助《はんのすけ》という名で、往来で会釈をしても、返されたためしがない。どこか人を見下すふうな表情を向けてから視線を逸らす。すれ違いざまに、商家の五男坊がと、ぼそり呟いたのを一度だけ耳にしたことがある。

その勝谷半之助が逢対を休もうが駿平にはどうでもいいことだった。むしろ、人が減れば、それだけお役に就ける確率がわずかに上がる。同じ小普請の者たちからすれば歓迎こそすれ、心配などする者はひとりもいない。

「その間に内職をなさるそうです。あちらは逢対を始めて早十五年。剣術や砲術などのお稽古代もかさみ家計は火の車。まずはその立て直しをはかる、とか。なかなか腕の立つ方と聞き及んでおりますので、そちらを活かすのでしょうが」

でもねと、吉江は周りを窺うようにしてから、声を落とした。

「百俵の無役で三十路では、嫁の来手もないとか。このままでは家の存続も難しいと、あちらの母さまが嘆いていらっしゃるようです。その点、野依は駿平さんともよがおりますから、まずは安心です」

吉江は満足そうに頷き、駿平の膳からたくあんを一切れつまんで口に入れた。

「うん、おいしく漬かっておりますね」

吉江が駿平へ向けて微笑んだ。

駿平は苦笑しつつ、ぼんやり考えた。

もよとの祝言か。そんな日がいつかは来るのだろうが、まだまだ先のことだと思っている。もう少し「兄さま」と呼ばれていたい気がするのは、なぜだろう。

「あちらに比べれば駿平さんは逢対に出てまだ一年。焦ってはいけないとは思うのですが」

でもやはり、御徒ならば鉄砲か砲術のお稽古も必要ですねと、少々思案げに小首を傾げた。たぶん費《つい》えの心配だろう。

もよが熱い味噌汁を持ち、座敷に戻って来た。吉江ともよを前にして、駿平は、支配勘定を目指したいと、告げる好機はここだと思った。

顔を引き締め、箸を置くと居住まいを正した。駿平のただならぬ様子に吉江ともよが何事かという顔をする。しまった。軽い調子でいうべきだったかと思ったがもう遅い。

駿平は、大きく息を吸い、「おっ母……ではなく、養母上」と、身を乗り出した。

そのとき、竹箒を握りしめた政吉が真っ青な顔で庭先へ転がるように走って来た。

「だ、旦那さま」

首を回した駿平に、智次郎さまがと、政吉がこれ以上は開かぬほどに眼を剝いて、

「暴漢に襲われました」

絞るような声を出し、歯を食いしばった。

二

駿平の心の臓が、とくんと跳ねたと同時に身に震えが走った。

政吉が広縁に手をついた。

「昨夜遅く、往来で三人の武家にいきなり背後から」

「斬られたのか、死んだのか」

駿平は身をひねり、政吉を睨むようにして見た。

「駿平さん」

「兄さま」

吉江ともよが不安げに駿平へ視線を向ける。

もよなど、智次郎を快く思っていなかったはずだが、鼻先を赤くして瞳を潤ませている。

「智さんは、殺しても死なぬ。図太く、図々しい男だぞ」

駿平はさらに声を荒らげ、

「いや、そういう男だからこそ敵を作るんだ、くそっ。まったく」

悔しさに唇を嚙み締め、握りしめた拳を畳の上へ振り下ろした。もよは俯き、吉江は沈痛な面持ちで首を横に振る。

「ええと、あの、旦那さま」

政吉が遠慮がちな声を出した。

「なんだ」

駿平が声を張り上げると、政吉がおずおず横を指差した。

えっと、駿平は示された方向へ視線を移す。

むっつり顔で庭に現れたのは智次郎だ。

「人を勝手に殺すな」

低い声を出した。

智次郎の足が地についていることを確かめると、脱兎《だっと》のごとく座敷から庭へとおりて、智次郎をがばと抱きしめた。

「ととと、智さん、無事か。よかったぁ」

「痛いっ。駿平、痛い、放せ」

智次郎が苦痛の声を上げ、身をよじった。

ああ、と駿平はすぐさま智次郎から離れて驚いた。左腕を肩から布で吊り、額には白布が巻かれている。

「べつにたいした傷ではないが」

智次郎は怒った顔で、腕をさすりながら、痛いものは痛いときっぱりいった。

これなら大丈夫だと、駿平は安堵しつつ、

「ですが、なにゆえ智さんがこのような目に。恨みですか、嫉《ねた》みですか、なにかの仕返しですか、それとも」

矢継ぎ早に問うた。

「おれをなんだと思っているのだ。人から恨みを買うようなことなどしてはおらん」

「じゃあ、なぜ襲われたのですか。辻斬り強盗の類ではないでしょう。一体、なにをしたのですか」

駿平は智次郎に食って掛かるようにまくしたてた。

「だから、なぜおれがなにか仕出かしたことになるのだ。それは違うぞ。だいたい怪我人をいつまで立たせておくつもりだ。早く座敷に上げろ。話はそれからだ」

面倒だ、庭から上がるぞと智次郎はさっさと履き物を脱ぎ飛ばし、眼を丸くしている吉江ともよへ向かって、にっと笑った。

昼餉の最中に失敬したなどと頭を下げた。

勝手知ったるとばかりに、智次郎は座敷を通り抜け、駿平の自室へと歩いて行く。

「もよ、茶を頼む」

その背を駿平は慌てて追いかけた。

智次郎は駿平の自室に入るや腰を下ろし、文机の上に綴《と》じ帳をほうり投げるように置いた。

「これを貸してやろうと持ってきた」

智次郎の親戚にかつて勘定所の吟味を受けた者がいて、五年前の算術問題をいくつか覚え書きのように雑記帳に記していたのだという。

「それはありがたいです」

「そうか。役立ててくれれば、再従兄弟も草葉の陰で喜んでくれるだろうさ」

駿平はぎょっとした。

「お亡くなりになったのですか」

その再従兄弟はそれ以前にも数回受けたが通らなかったと、智次郎はあっさりいった。

「それが最後の吟味試験だったんだなぁ」

「まさか吟味に通らなかったことをはかなんで、なんてことはないでしょうね」

駿平が恐る恐る訊ねると、智次郎は真顔で違うと応えた。

「再従兄弟は、その後、火之番《ひのばん》役に就き、病で亡くなったのだ」

駿平はほうと胸を撫で下ろした。

そこへ、もよが茶と煎餅《せんべい》を載せた盆を持って来た。智次郎が頭を垂れると、もよはつんと横を向き、すぐさま去った。まるで心配して損をしたといわんばかりの態度だ。まあでも、智次郎のためにうっすら涙ぐんだもよの心根が嬉しく思えた。

座敷を出たもよへ会釈しつつ、

「なんだろうな、もよどのはこの数ヵ月の間にすっかり大人になったな」

智次郎は感心しながら、すぐさま煎餅に手を伸ばした。

たしかに長崎から帰ったとき、もよの顔がずいぶん大人びたと思ったものだった。

年が明けたので、もよは十二になった。

「昔々の姫さまなら、嫁に行ってもおかしくない歳だ」

智次郎はにたりと笑い、食え食えうまいぞと、煎餅を投げて寄越した。

「いつの昔ですか。戦国の世でもあるまいし」

駿平は呆れながら煎餅を受け取った。

「いまはいまの戦《いくさ》がある。命のやり取りはせぬが、おまえにとって御勘定御入人吟味がいわば、戦ぞ」

いささか大仰に智次郎がいい放った。

もよの話から、こじつけるにはあまりに強引だと、駿平は首を振る。だいたい口の端に煎餅のかけらを張りつけているような男にいわれても説得力がない。

「もよどのはおまえの妻になるんだぞ。幸せにしてやりたいだろう」

「まだピンときませんよ」

鬢を掻く駿平に智次郎が舌打ちしながら、まあ、その日はいずれくるんだからなと、もう一枚煎餅を齧《かじ》った。

「しかし駿平。勘定所の吟味に通ったとしても、命じられる支配勘定は、百俵あたりの家柄のお役だぞ。それでいいのか」

「なにをいまさら。己を活かすなら、やはり算盤以外あり得ないと背を押してくれたのは智さんですよ」

駿平はぐいと胸を張る。

小普請支配や組頭に頭を下げ、お役に就きたいと願ったところで、五年十年、十五年、空くか空かないかしれないものを待っているだけだ。もちろん、支配や組頭に気に入られなければ、空席が出来ても推してもらえない。

己の努力で摑むことが出来る吟味は好機なのだ。

ならばいいことを教えてやろうと、智次郎が偉そうに鼻を膨らませた。たぶんまた親父さんからなにか仕入れてきたのだろうと、駿平はちょっと期待の眼を向ける。

「おまえが本気のようだから、希望を持たせてやろうと思ってな」

そう前置きすると、まずは吟味を突破して勘定所に入り、支配勘定に就く。そこから勘定、勘定組頭へと昇り、勘定吟味役を経て、

「上がりは、なんと勘定奉行」

役高三千石だと、智次郎は、指を三本立てて駿平の眼前に突き出した。

「ま、まことですか」

駿平は両手で思わず智次郎の手を握りしめた。驚いた。百五十俵の御家人が、三千石の旗本に登り詰めることが出来る。武者震いがした。

智次郎は、あからさまに嫌な顔をして駿平の手を払う。

「ま、うまく立身出来たらの話だがな。勘定所はそうしたとんでもない立身が可能な場所だということだ。それだけに人気も高いのだ」

智次郎は帳面を手に取り、ちらと眼を通してすぐに閉じた。

「しかし、掛け算の六桁だの七桁だの、答えの想像もつかぬ。おれにはさっぱりだ」

よく解けるなぁと感心するように呟いた。

「たとえば、お代官吟味では」

駿平は気を良くしつつ、少し考えてから問題を口にした。

「四十八万石の米を四斗入りの俵に詰めると何俵になるか、このように問われます」

智次郎が眉間に皺を寄せ、

「そんなもの、わかるか」

口をへの字に曲げて、盛大に鼻息を洩らした。

駿平は算盤の珠を頭の中で弾きながら、

「一石は十斗ですから、四十八万石の米はすなわち四百八十万斗。それを四斗入りの俵に分けて入れていくので」

すらすら流れる水のように説くと、答えは、百二十万俵ですと、微笑みかけた。

「それがどうした。おれは俵に米など詰めんぞ」

「詰める詰めないではありませんよ。幾つ必要かということですから」

さすがは、未来の勘定奉行さまだなと、智次郎がへらへら笑う。

「なんですか。教えてくれたのは、智さんでしょう。ま、勘定奉行など夢のまた夢でしょうが、私のことより、智さんですよ。なにゆえ襲われたのですか」

智次郎は湯呑み茶碗を取り、天井を見上げて唇を曲げた。

「背後からですよ。だいたい物盗りの類なら、貧乏御家人の次男坊など襲ったところで骨折り損です」

まったくもって卑怯な奴らだと、智次郎はのんきな声を上げた。

「つまりは智さんを狙ったということになりませんか」

だとしたらそんな恰好で外出するなど不用心過ぎると、駿平は口先を尖らせ強い口調でいった。

「片腕を吊っていたら防ぎようがないですよ。襲ってくれといわんばかりです」

すると、智次郎が白い歯を見せ、左腕を高々と差し上げて見せると、掌をひらひらさせた。

駿平は眼を丸くして、その手を見上げた。

「打ち身はあるが骨は無事だ。相手を油断させるための嘘だ」

智次郎が楽しそうに笑う。

身をよじって笑い続ける智次郎へにわかに怒りが込み上げ、

「いい加減にしてください。こっちは本気で心配しているというのに」

腰を浮かせて怒鳴っていた。

笑みを引いた智次郎が、

「おまえだって、おれを図太いだの図々しいだの言いたい放題だったじゃないか」

恨みがましい眼を向けた。

それは政吉が深刻な顔をしていたからでと慌てていおうとしたとき、駿平はふと気づいた。

「やはり、身に覚えがあるんだ。そうでしょう」

半分呆れ顔で詰め寄ると、おそらくあれだろうなと、智次郎はため息まじりに呟いた。

三

智次郎は眉を引き絞り、珍しく真顔で話し始めた。

「じつは、おれの通っている道場で師範代の空席を巡る争奪戦が繰り広げられている」

これまで務めていた兄弟子がさる大名家の剣術指南役に取り立てられ、道場を退くことになったのだという。

「師範代になれば、師匠の代稽古にも赴き顔も広くなる。その兄弟子もそうした伝手《つて》で取り立てられた」

浪人だから就けたわけで、お目見以下でも幕臣である以上はそう簡単に他家に仕えることはできない。そこまで望んではいないが、「銭は入る」と智次郎は、深く頷いた。

「智さんはその師範代の候補だということですか」

「まあ、そういうことだな」

智次郎が偉そうに胸を張る。やはり強かったのだとあらためて駿平は思った。

「多少なりとも銭が得られれば、肩身の狭い思いをしながら飯を食わずに済む」

なるほどと、駿平は呟いた。智次郎は次男坊の部屋住みのため、膳のおかずも出仕している兄より一品少ないと嘆いていた。

それにしても何処《いずこ》も空席争いは変わらないのだ。

しかし、剣術がらみは直に攻撃されるのが恐ろしいと、駿平は身を震わせる。

「師匠と師範代が選んだのは、おれを含めて四名。十日後の十八日に仕合をし、師匠と師範代、すでに道場を退いているかつての高弟らが検分して決めることになった」

十八日と、駿平は呟いた。勘定所の吟味と同じ日だ。

「四名のうち、同じ歳がひとりと年長がふたり。皆無役だ。貧乏でも矢萩は役付きだからな、遠慮しろという雰囲気が三名から立ち上っているのがひしひし伝わってきた」

智次郎が眉を寄せた。

智次郎の性質《たち》からして、自ら辞退するとは到底思えないとは知りつつ耳を傾けた。

おもむろに煎餅に手を伸ばした智次郎は、

「ならば力でおれをねじ伏せればいい話だ。仕合が楽しみだと、三人へはっきりいうてやった」

当然だろうと、勢いよく齧り始めた。

ああ、やっぱりと駿平は心のうちで呟いた。だいたい、道場の方々も智次郎の性質ぐらいわきまえているだろうにと思った。

「それと、もうひとつある」

「まだ、なにかあるのですか」

駿平は思わず身を乗り出した。

「おまえにはすでに話したが、おれは長崎へ行ってあらためて悟った。あいつらが万が一攻めてきたらまともな戦にはならんとな」

智次郎のいうあいつらとは、たぶん異国人のことだろう。

「あれからずっと、これからの武家はどうあるべきか考えたのだ。強くなければならんと思うたが、二尺ほどの刃を振り回したところでなにが出来る？　大筒《おおづつ》の玉は撥《は》ね返せぬ」

それを道場仲間へとうとうと説いたという。

昨年は浦賀《うらが》沖に亜米利加船が現れ大騒ぎになった。国交を求めてきたが、老中の阿《あ》部《べ》正弘《まさひろ》はこれを拒否している。だが、早急に異国との対応の必要に迫られ、海防掛《がかり》に就いていた面々は、下田取締掛、軍制改正掛などあらたに設けられた諸掛を兼ねた。

「そもそも幕府のお偉方は、英吉利国と清国の戦を聞き、我が国も危ういと思っているのだ」

駿平は頷いた。阿片《アヘン》を巡る戦だ。結局、二年かかって五年前に終結したが、降伏した清国は莫大な銭を支払い、英吉利国のいいなりになっているという話は耳にしたことがある。

「おれたちが思っているより、幕府は外圧の脅威を感じている。なにより異国はすぐそこまで押し迫って来ているのだからな」

琉球《りゅうきゅう》など、英吉利、仏蘭西の船がわんさかやって来ているのだと、智次郎は真剣な面持ちだ。

「薪水《しんすい》の要求が、やがては開港を強要するようになる。だいたいな、我が日本は四方を海に囲まれている。沿岸に塀を立てるわけにもいかんのだぞ」

うかうかしていたら、異国人が大手を振って江戸の町を歩くようになるやもしれんのだと、智次郎は声を荒らげることもなく冷静に語った。

なるほどと、駿平は首肯しつつ、口を開いた。

「でも智さん、それはすべて悪いことでしょうかね」

えっと智次郎が眼を見開いた。

「どこかで智さんも感じているのではないかと思うんですよ。長い時をかけて、異国を受け入れながら出来上がった長崎の町を見て」

むうと、智次郎が唸った。

「私も怖いですよ。これまでは、細く小さな水路に少しずつ水を流していたのに、大量の水が急激に押し寄せてくるようなものです」

溢れる水路におたおたしているうちにあたりが水浸しになってしまう、いまはそんな不安があるのだと、駿平は智次郎の顔を真っすぐに見た。

「ただ溢れてくる水を眺めているわけにはいかない。どうすればいいかですよ」

智次郎は、にやりと笑った。

「おまえならそういうと思った。そうだ。おまえ、えげれす語を学べ」

「なんです藪《やぶ》から棒に」

智次郎の話はあっちこっちへ飛び火する。

「あのなあ、清国に勝った英利吉国で使われている言葉はえげれす語だ。亜米利加国もそうだぞ。阿蘭陀語だけではぬるい」

智次郎は煎餅を食い、茶を飲み干した。

「英利吉国や亜米利加国の者と話せるようになるのだ。銭勘定が出来るえげれす語の通詞なら、千本の刀より頼りになる」

そういうことかと駿平は、頭を抱えた。

「いま話していたことを、道場の方々の前で話したというわけですね」

「悪いか」

智次郎がさも心外だといわんばかりの顔をする。駿平は息を吐いて、首を横に振った。

「要は剣術など役に立たないと堂々といったわけでしょう。次の師範代になるかもしれない人が。そりゃ反感も買いますよ」

それならそれで構わんさ、と智次郎はうそぶく。

「襲って来た者の目星も付いているのですか」

それはわからんと、智次郎は首を傾げた。

「暗がりの上、相手は頭巾を被っていた。木刀の太刀筋までは見極められなかった」

木刀だったということは、怪我を負わせて仕合に出られなくするのが目的だったのだろう。

「先ほど、この形《なり》で道場へ赴き、十日後、御手合わせよろしく頼みますと、三人へ挨拶してきた」

「で、そのうちの誰か、顔色など変えていませんでしたか」

「そんな奴らじゃないさ。怪我の様子も訊ねてこなかった」

智次郎はうんと唸る。

「なんのための二本差しか考える時機が来たのだ。これは民の上に立つために与えられたものだ。その刀でさえ、重いと嘆く者がいる。そうじゃないだろう、駿平。おれは間違っているか」

太い眉をひそめる智次郎へ向け、駿平はぶるぶると首を振る。

剣術はむろん武士として修めねばならぬものではあるが、それはいつしか、番入りを果たすための資格のひとつであり、あるいは嫁入り道具ならぬ婿入り道具のように扱われている。

「そのうち刀や家禄もなくなるようなことになりますかね」

「さすがは町家の五男坊だな。考えたこともなかったが、あり得ぬことじゃない。世の中がこれからどうなろうとも、おたおたせぬよう精神を鍛えておかねばと思うのだ。が、正直、なにをしたらいいのかさっぱりわからん」

智次郎は開き直るようにいうや、いきなり愁眉《しゅうび》を開き、

「ま、そのときが来れば、なんとかなるさ」

豪快に笑い飛ばした。

これまで真剣に耳を傾けていたその結論がこれかと、いささか拍子抜けしたが、智次郎らしいと駿平は思った。

近頃は、異国を排除する攘夷《じょうい》思想を声高に叫ぶ者がいるという。そうした波は、やがて高波となり、いまの自分たちをも飲み込んでいくのだろうかと駿平は、ぼんやりと考えた。

ならば、武士はどうなるのか。まことに世の中ががらりと変わるのかもしれない。

そうなれば、武士に求められることも大きく変化する。それはさほど先ではないのだろう、そんな気がする。

さて用事は済んだと、智次郎はにわかに立ち上がった。

「おまえは勘定所の吟味に向けて踏ん張れ。おれはおれでなんとかするから気にするな」

智次郎は、肩から下げた布に腕を通す。

「気にならないわけがないでしょう。兄弟子に襲われて、大事に至らなかったからいいようなものの、大怪我や、下手をすれば」

死んでいたかもしれないのだ。

「それで気にするなというほうがおかしいですよ」

駿平も腰を上げ、智次郎の顔を正面から見据えた。

智次郎はふんと鼻から息を抜き、顔をそらした。

「おまえに心配されるほど、やわじゃない」

それにな、と智次郎は眼を細め、にやりと笑った。

「本気で殺る気があったら、おれもそのつもりで相手をするまでだ」

一瞬、駿平の背筋が寒くなった。

「邪魔したな、ともかく力を尽くせよ。好機を逃すな」

「いわれなくてもわかっていますよ」

駿平は顔を引き締めた。

「おお、いい顔だ。で、吟味はいつだ？」

「十日後です。六月十八日」

おれと同じ日かと、智次郎が眼を丸くした。

「お互い頑張らねばな。それまでは会わぬほうがいい」

はっはっはと、智次郎はいつもの表情に戻って、障子を開けた。

門外まで智次郎を見送ると、ちょうど鍼灸師の角市がやって来た。角市は、智次郎の腕へ眼をとめ、お大事になされませと声をかけた。

駿平の中に不安が頭をもたげてきた。智次郎が再従兄弟の雑記帳を持参して来るなら矢萩家の中間を使いに出せばいい。怪我を押してまで、来る必要はない。あるいは、こちらから出向いて行ってもいいくらいだ。

やはり智次郎は、怪我をした己をわざとさらし、相手を誘い出そうとしているのだろう。

自室へと廊下を歩きながら、不意に肌が粟立《あわだ》った。

智次郎を除いた師範代候補は三人。

智次郎を襲ったのは三人。

駿平の背にぷつっと汗が滲んだ。まさか。少なくとも相手は智次郎の兄弟子だ。前髪立ちではあるまいに、そんなくだらぬ真似はしないだろう。

いや、待てよと、駿平は足を止めた。

皆で手を組んで、生意気な若造を潰そうと考えてもおかしくはない。実際、智次郎は十分に生意気だからだ。うむむと唸った駿平は身を返した。

「政吉。政吉はいるか」

声を張り上げた。

四

孫右衛門の具合は思いの外芳《かんば》しくなく、いずれ歩行が困難になるかもしれないという角市の診立《みた》てに、吉江がよよと泣き崩れた。

そのため、角市がしばらくの間、続けて治療に訪れることになった。

養父がこんなときに勘定所の吟味を受けるなどますます言い辛くなってしまったと

駿平はため息を吐く。

吟味はもう五日後に迫っていた。

その後、智次郎は言葉通り、姿を見せずにいる。智次郎が襲われた一件もどうなったのか、怪我はよくなったのか、それもわからない。しかし、いまは互いにやるべきことと向き合わねばならない。

駿平は寝る間も惜しんで懸命に算盤珠を弾き、筆を振るっていたが、ここ二、三日、腹の具合が滅法悪い。

飯を食うと腹がごろごろ鳴り始める。これはまずいと厠へ飛んで行くが、出ない。しかし、腹は鳴り続けるし、痛みもある。我慢すると脂汗《あぶらあせ》が出て来る。

じつは今日も朝からこんな腹具合だった。

朝餉を残すと、もよと吉江があからさまにがっかりした顔をするので、無理に押し込んだのがいけなかったのかもしれない。

今朝は食べている最中にも鳴り始めていた。

おそらく吟味が近いせいだろう。自分でも気付かぬうちに気が張りつめているに違いない。でもあと五日。算術にはやはり自信がある。

筆のほうは、用意された文言を間違えず写し取ればよいだけだが、吟味の雰囲気や緊張で、うっかりしくじる者も少なくないのだという。

自室に籠り最後の仕上げに入る。

きゅる、きゅるきゅる。

腸を絞られるような痛みが走った。

うっと思わず駿平は尻を浮かして、左手で押さえた。まずい。この痛みでは厠まで間に合わないかもしれない。物心つくまではいざ知らず、十九で粗相はしたくない。顔が強張り、血の気が引いていくのを感じる。腹の弱い孫右衛門の辛さがよくわかった。ともかく、いざ厠へと、駿平が腹に力を入れないよう、息を吐きながら立ち上がったとき、

「ごめんくださりませ」

聞き覚えのあるしわがれ声がした。障子の向こうに誰かがかしこまっている。

「鍼灸師の角市でございます。ご隠居さまの施療が終わりましたのでご挨拶をと」

のんきな声だった。

いつもならば、吉江と話をして帰るはずが、どうしたことだろう。だいたいこの火急の際に何事かと怒りさえ涌き上がる。ぎゅるりと、腹の中でまた嫌な音がした。

「済んだのなら帰っていいぞ」

駿平はやっとの思いで声を出した。力を入れなければ声にならないが、入れすぎてもいけない。ともかく腹に手をあてたまま、負担をかけないよう慎重を期した。このような緊迫した事態は初めてだ。

角市はじっと座ったままでいるようだ。

あ、銭か。

もよ、と心のうちで呼びかけたが聞こえるはずもない。

腹中の音が幾分収まっている。厠へ向かうなら、いまが好機と駿平が思ったとき、

「少々よろしゅうございますか」

障子が開けられ、剃髪に羽織姿の初老の男が平身した。

「お声の調子からあまりお腹の具合がよくないのではございませんか」

ああ、そうだその通りだ。だが頼む。話している暇はない。駿平は尻を押さえ、角市を突き飛ばすように自室から飛び出して、厠へ向かった。

粗相だけは免れた。だが、しぶり腹のせいか、やはりすっきりしない。また厠通いかといささかげんなりしながら、手水《ちょうず》で手を洗い、自室へ戻って、ぎょっとした。

角市が文机の綴じ帳に視線を向けていた。

「人の部屋へ無断で入るな」

「これは、あいすみません。おや、お顔の色からして、やはりお通じの具合がよろしくないようでございますなぁ」

角市は糸のように細い眼を曲げ、薄い唇に笑みを浮かべた。

駿平は口先を尖らせた。

「銭なら、養母からもらってくれ」

「いえもう、いただいております」

駿平は訝しく思いつつ、角市を見下ろした。

「その腹痛によく効く薬を存じておりますれば、すぐにでも服《の》んでいただこうと」

むっと顔を歪めて、腰を下ろした。だいたいよく効く薬など大抵は眉唾ものだ。法外な銭で売ろうとしているのだろうか。それには引っかかるまいと、駿平は手を腿に載せ胸を張った。その途端、腹が鳴ったが堪えた。

「角市さんが調剤したものなのか」

角市は首を横に振ると、

「なにも気にするな、当主はおまえだ、と」

ひと言いって、微笑んだ。

駿平は眼をしばたたきつつ、角市を見た。

「ご隠居さまからのご伝言でございますよ」

腹の中を爽やかな風が吹き抜けていったような気がしたと同時に、鼻の奥がつんとした。

養父上は、知っていたのだ。もよが伝えてくれたのだろうか。首を捻る駿平の様子を見て取った角市が口を開いた。

「皆さま、とっくにご存じですよ」

冷や飯が減っている、蠟燭の減りが早い、いつも寝不足の顔をしている。なにより算盤を弾く音は夜中だと屋敷中に響くのだそうですよと、角市はふくよかな頰をかすかに揺らした。

「心に屈託があると、腹にくるのですよ。どうですか、よく効く薬でございましたでしょ」

「たしかによく効く薬でした」

駿平は深々と頭を下げた。

角市の含み笑いに駿平もつられて笑った。

「ああ、ところで、先日、このお屋敷で見かけたお方ですが、たしか矢萩智次郎さまでございましたな。仲がおよろしいようで」

もう十年あまりの腐れ縁だがと、駿平は口角を上げた。

「やはり、そうでしたか。あちらのお屋敷へも伺ったことがございますので。では少々お耳障りのことで恐縮ではございますが……」

角市が唇を歪めた。

五

大変だと、角市より先に駿平は屋敷を飛び出した。

智次郎が怪我人姿で、屋敷を訪れた理由がようやく知れた。

向かいの勝谷半之助だ。まさか、智次郎と勝谷が同じ道場に通っているとは思ってもみなかった。おそらくそれは智次郎も同じだろう。勝谷も師範代候補のひとりだった。

それと伊賀勘助《いがかんすけ》、橋田治一郎《はしだちいちろう》という二名を合わせた三名だ。最年長の勝谷をまず師範代にし、以後は橋田、伊賀と続くようにしようと密約をかわし、結託していたのだ。

角市の得意先の武家が、たまたま伊賀勘助の屋敷の隣で、三人が連れ立って出て来るところを目撃していたのだ。しかも、その密約に続き、矢萩智次郎は目障りだの、次は許さぬだの洩らしていたのを耳にしてしまったらしい。

角市が三人と遭遇したのが、昨日。次に智次郎を襲うのがいつであるかはわからないが、仕合の前であることは確実だ。

勝谷の屋敷を訪れると、老母が出てきた。

道場の者と会うために出かけたというのだ。駿平に向かって、師範代になれるでしょうかと訊ねてきた。あの子は十五年真面目に過ごしてきたが、一度も陽の目を見たことが無いといった。きっとこれが最後の好機だと、老母は幾度も繰り返した。焦点の合わないうつろな眼をしていた。光が感じられなかった。どこか患《わずら》っているのだろう。

伊賀の屋敷だろうと老母は思い出したように呟いた。

勝谷に同情するつもりはないが、誰にでも好機はあるのだと思った。

その好機を活かすも殺すも、気づくか気づかないかも自分次第ではある。

走る駿平の頬を生温い湿った風が叩く。

どんよりした灰色の雲から、いまにも雨粒が落ちてきそうだった。

梅雨はまだ明けないのか。

駿平が吾妻橋を渡り終えたとき、「お武家の喧嘩だ」と騒いでいる声が聞こえた。

見れば、智次郎と三人が対峙していた。町人の野次馬が四人を取り囲んでいる。やはり勝谷半之助の姿がある。

と、野次馬の中になぜか黒田半兵衛の顔があった。

番入り指南を受けていた奴がこの中にいるのだろうか。

智次郎ではない。勝谷か伊賀か橋田のいずれかだ。たぶん一番若そうな伊賀勘助だろう。

黒田さん、と呼びかけたが黒田の耳には届かなかった。

「ほんとにくだらない連中だ。それほど師範代になりたきゃ、くれてやる」

頭にさらしを巻き、腕を吊っている智次郎が吐き捨てたとき、勝谷が木刀を手に動いた。

「あわわわ、駄目です」

四人の中に思わず飛び込んでいた。

「うわあ」

腕に衝撃が走り、駿平は地面に転がった。腕を押さえたが、痛みよりも熱いものを押し当てられたような感じだった。

「駿平、起き上がるな。そのまま寝ていろ!」

智次郎は布を取り去ると同時に、あっという間もなく三人を打ち据えた。

強いのだ、やはり。

駿平は寝転がりながら、昏倒している伊賀を青い顔をした黒田が抱えたのを見た。

「おい、無事か、駿平。傷は浅いぞ」

飛んできた智次郎にしかと身体を抱きかかえられた。腕に感覚がなかった。

「智さん、駄目だ。腕をやられた。もう算盤が弾けない」

駿平が呟くと同時に遠雷が聞こえた。

ああ、梅雨明けだ。

智次郎が何か叫んでいる。そういえば大川で溺れたときもこうだった。口の動きを追うと、

「左腕だ、馬鹿野郎」

いきなり怒鳴り声が耳に突き刺さった。

駿平は力なく笑って、眼を閉じた。

弟子同士のいざこざは師匠の知るところとなり、師範代はしばらく置かぬと言明され、智次郎を含めた四人は連日道場の掃除をさせられている。

「なぜおれまで。おれは被害者だ」

智次郎は不忍池のほとりの茶店でぶつぶつ文句を垂れた。

それと伊賀勘助は、黒田半兵衛が別れた妻との間に儲けたひとり息子だった。

智次郎は息を洩らした。

「じつはな、黒田さんがいきなり屋敷を訪ねて来た。息子に師範代を譲ってくれまいかとな」

えっと駿平は眼を瞠った。

結局、貧乏御家人の処へ後妻に入ってしまった元妻に同情しつつ、息子にはなんとか職を得させてやりたいとよくよく思い詰めた末のことらしい。顔も覚えていないといっていたが、小普請支配の屋敷での逢対で出会い、すぐに気づいたという。さすがは父親だ。

「あの名だぞ。気づかぬはずはない。やはり信用ならん男だな」

智次郎が憮然とするのも当然だ。昔々の戦国の世で、甲斐《かい》の虎と恐れられた武将武《たけ》田《だ》信玄《しんげん》に仕えた軍師の名が山本《やまもと》勘助。その名を息子に拝借したというわけだ。

「だいたい黒田さんが少々残念な軍師の名ですからね」

でも伊賀は違うと、智次郎はいった。

「師範代の席が欲しかっただけじゃない。あいつはあくまでも異国は敵だ、外国船を打ち払うべき、という口だった。おれとは若干考え方が違う」

　いわゆる攘夷論者だなと、智次郎は顎を撫ぜた。

「父親の黒田さんが思うほど、あいつは腑抜けではないし、腰巾着の橋田とも違う。勝谷のような拗《す》ねた人間でもないさ」

　ふんと、智次郎は茶を飲み干し、両腕を高く差し上げ伸びをして、いった。

「おまえが飛び出してくれたときは、嬉しかったぞ。さて、次はおまえの番だな」

　深く頷いて、空を仰いだ。夏の陽射しがまぶしいほど輝いていた。


　六月十八日、御入人吟味の日がやってきた。

　野依家の人々と智次郎に見送られ、政吉を供に大手御門横の下勘定所へ駿平は胸を張って出かけた。

　吟味は二刻（四時間）にわたった。屋敷に戻ったとき、期待に眼を輝かせるもよや吉江に向かって、

「次の機会に、また挑もうと思います」

　駿平は鬢を掻きつつ、笑った。

奥右筆

一

奥右筆《おくゆうひつ》の石部《いしべ》金五郎《きんごろう》は、本日も不機嫌な顔で仕事に精を出していた。

さりとて、心の中までが不快なわけではなく、昨夜《ゆうべ》は根津《ねづ》の抱え屋敷に赴き、灘《なだ》の下り酒で、到来物の干し鮑《あわび》を肴にゆるりと楽しみ床についた。

もともと顔が四角く、いかつい仏頂面《ぶっちょうづら》であるのも影響しているのだろう。いつも薄い唇をへの字に結び、眉を引き絞った厳《いか》めしい顔で登城し、厳めしい顔のまま奥右筆詰所に入り、厳めしい顔を保ちながら筆を走らせている。

にこりともせず、無駄話もせず、登城太鼓の四半刻前には城に上がり、下城の太鼓を聞き終えて四半刻経ってから、城を下がる。

几帳面で生真面目な男だった。

右筆というのは、江戸城中での膨大な文書の作成、管理をしている書記役だ。将軍の私信や判物《はんもつ》、老中奉書、また法令の清書などを行なうのが表右筆、諸大名や諸役人から、老中や若年寄に出される文書を整理し、それらの内容を精査し、採否するのが奥右筆。

石部はその奥右筆をかれこれ二十年務めている。奥右筆は組頭のもと二、三十名いるが、組頭で役高四百俵、石部のような平《ひら》で二百俵だった。

役高だけで見れば、たいしたお役ではなく、地位も身分も下のほうだ。

表右筆が百五十俵なのに比べるとわずかに五十俵多いが、その差がどういうものなのか石部にはわかりかねる。

まあそれでも奥右筆は、ただ書き写すだけの仕事ではなく、慣例慣習に則《のっと》った判断を仰がれ、ときには具申することもある。それが老中の採否となり、将軍の言葉となる。

平たくいえば、奥右筆らが提案したことが、この日の本の決定になり得るという大変なお役なのだ。

大目付のように大名家を監視し、糾弾《きゅうだん》する派手さもなく、さまざまな案件を捌く数あるなんたら奉行のように、およそ目立つこともない。日々文書整理をし、慣例や前例を集めるたった二、三十名の奥右筆が、じつは政を左右しているなどと誰が思っているだろう。

だが、老中の御用部屋の隣に奥右筆の詰所があるのを見ても、そのお役がいかに重要か、わかりそうなものだと、石部はいつも心の中でぶつぶつ呟いている。

ことによっては胃の腑が痛むこともある。

そうしたことを踏まえれば、じつは二百俵の役高は少なすぎると石部は声高にいいたい。

しかし、誰の差し金か、それとも周囲が鈍いのか、奥右筆は天和《てんな》元年（一六八一）に設置されてから、まったく変わっていない。

まあしかし、それならそれでよかろうと石部は思っている。奥右筆はじつに奥深いお役目だ。就いた者でなければわからない。おそらくこのお役から退きたいと考える者は、まずいないはずだった。

石部は先日提出された嘆願書に眼を通し、ふんと鼻を鳴らした。常陸《ひたち》の小藩からの嘆願だった。漁場が荒れ、思うような漁が出来なかったため、将軍献上品を今年だけ別のものに差し替えたいという旨《むね》が記されていた。

はてさてどうしたものかと、石部は唸る。

なるほど、ここは塩辛が献上品らしい。

将軍家への献上は、各藩月次《つきなみ》で決められており、その献上品もさまざまだ。その国ごとの特産品や、加賀《かが》藩前田《まえだ》家のように氷などというものもある。お氷さまと呼ばれ、毎年本郷の上屋敷の氷室《ひむろ》に運ばれて来たものが六月朔日《ついたち》に献上されるのが、一種の夏の風物になっていた。今年もついひと月半ほど前にお氷さまの献上があったばかりだ。

そうして決められている献上品を今年だけ変更することが可能かどうか、石部は考えた。

これまでにもそうした例があればよし、なければ難しい。

しかし、この藩……。

もしやすると、と石部が細い眼をカッと見開いたとき、下城の太鼓が鳴り響いた。詰所内がざわつき始める。

軽く舌打ちした石部は嘆願書から眼を離し、文机の上に広げて置いた。

すると、

「石部どの。帰りにどうだ。久しぶりに寄って行かんか」

斜め前に座っていた同僚の浅沼甚兵衛《あさぬまじんべえ》が振り向き、声を掛けてきた。指先を丸め、くいと傾ける。

浅沼は石部と同じ四十三で、これまた奥右筆だけを石部と同じく二十年務めてきた。同僚の中で一番付き合いも長く、仲がいいといえば、まあいいほうだ。

さっさと荷をまとめて近づいて来た浅沼は、石部の横に勢いよく腰を下ろした。その拍子に石部の文机の上から、筆が一本転がり落ちた。石部の袴に墨《すみ》が付着する。

慌てて懐紙を取り出し拭ったが、わずかに染みが残った。

しかし、浅沼は悪びれるどころか豪快に笑った。

「いや、すまぬすまぬ」

開け放した口の前歯が一本欠けている。幼い頃、木から転落して折ったものだ。

細面で、眼が狐のように吊り上がった、いささかきつい顔立ちの浅沼ではあったが、欠けた前歯のおかげで、ずいぶん人相が和らぐ。

悪くいえば間抜け面だ。

たぶん本人もそれを自覚しているのであろう。わざわざ前歯を見せるように笑顔を作る。

すると周囲が笑うので、面識のない者になら、「それがし幼き頃、飼い猫を追って木に登り、尻尾《しっぽ》を摑んだものですから、爪を立てられ顔から転げ落ちましてな」と、失笑を買うように話す。

まったく見え透いている。そうしたいじましい努力など糞《くそ》の役にも立たぬと、石部はむっとした顔のまま筆を拾い上げると元に戻し、浅沼に背を向けたままで口を開いた。

「それがし、こちらを終えてから下城をと思っているのでな。今日は遠慮しておく」

浅沼が文机の上へ無遠慮な視線を投げた。

またかと、浅沼が苦い顔をする。

「受理したもの、一応眼は通さねば」

石部は生真面目な顔で浅沼に応える。

「なにを気取っているのだ」

浅沼が顔を石部に近づけてきた。

「これはすでに二十日前の嘆願書ではないか。まったく悪い癖だな。『あれ』に一旦入ったものは蒸し返すな、取り上げるな、無視しろと、組頭さまもおっしゃっているぞ」

そうであるがと、石部は、肩を揺すった。

「誰もこの藩のことは知らぬ。知らぬ藩のものは奥右筆では扱わないのではないのか」

「しかしもへちまもない。お主が苦労するだけだぞ」

「しかし」

うむと石部は考えた。たしかに浅沼がいうのも正しい。

これ以上、世話をする大名家が増えたらお役目に支障をきたすことにもなり兼ねない。

「ここの殿さまを城中でお見かけしたことがある。まだ家督を継いだばかりの若い殿さまだからな、悪いのは側近だ。留守居でも家老でも、我らと繫がろうとしないのはよくない」

浅沼は口先を尖らせた。きちんと挨拶があれば、このようなことは容易く処理できると、うそぶく。

「だが、藩の誰も動かんのだからしかたがない。だいたいなんのために我らがいるのか、考えたこともないらしいな」

「それがしは、これに記されている文言から判断し、これまでの例と照らし合わせ、採否するだけのこと」

私情は差し挟まぬと、石部は抑揚のない声でいった。

「よせよせ。石高を見ろ。お主の食指が動くとも思えんがな」

浅沼は皮肉っぽく唇を曲げた。

わずか一万と三千石の小藩。豊富な魚貝にめぐまれているという噂を耳にしたことがある。だとすれば、多少の便宜をはかってやってもよいのではないかと石部は考えていた。奥右筆にはそれだけの力があるのだ。

「いい加減、よせというのに」

浅沼が大声を出した。詰所にまだ残っていた者が一斉にふたりを見る。組頭も訝しげな顔つきをしていた。

「いや、なんでもござらん。石部どのが酒につきおうてくれないものですから」

前歯を見せつつ、笑った。

「なんだ。そんなことか。石部、根《こん》を詰めるな」

組頭が浅沼の顔を見て苦笑する。

「浅沼どの。それがしは奥右筆のお役目は重いものだと思うておる。しかし我らにはこれ以上の立身はない」

「いや、ここを出ればよい」

浅沼がいうや、

「なにをくだらぬことをいうのだ。どれだけ重き役目かわかっておれば、出ることを考えるほうがおかしいぞ。場所替願など、それがし、一遍たりとも頭をよぎったことはない」

石部はふんとせせら笑った。

なにゆえ、奥右筆から皆動こうとせんのか考えたことはあるかなと、浅沼はいつになく真剣な面持ちだ。

「まことに、重き仕事と捉えているのかどうか、怪しいものだ」

浅沼の呟きを石部は無視した。

「……おや、この藩は」

「なんだ、浅沼どの、貴殿も気づいたのか。この藩は石高で見たら間違いだぞ」

やはり同じ穴の狢《むじな》ではないかと、石部は声を殺して笑った。

「漁場が荒れているというが、どういう意味だろうな。常陸、陸奥《むつ》あたりの海岸沿いの藩からの報告や建白が近頃増えているはずだぞ。異国船がらみの話だ」

そんなことはどちらでもよい、と石部がいおうとすると、浅沼が、

「重き仕事と申すならば、やはりつきおうてもらおうか」

石部の腕を引いた。

二

「駿平くん」

智次郎がにやにや笑いを浮かべ暑苦しいほど顔を寄せてくる。それでなくとも、蟬の鳴き声が頭上から容赦なく降ってくるわ、すでに夕刻だというのに、ぴたりと風は止むわで、木陰にいても一向に涼しくないのに、だ。

近頃、下谷広小路の、この茶店に呼び出されることがやけに多い。智次郎が通う道場の帰り道にあたっているからだと思っていたが、目当てはここの茶汲み娘のようだった。

「まず声がでかいのがいい。ぼそぼそ小さなのは陰気でいかん。茶がまずくなる。そこいくと」

あの娘の声は抜群にいいと、鼻の下を伸ばし、そのうえ尻もでかいと満面の笑みだ。駿平はくるくる立ち働く娘へ何気なく眼を向けた。客を迎える声も尻もたしかに大きい。少し広めの額に浮かぶ汗を手の甲で拭う仕草もなかなか、可憐だ。袖からちらと覗く二の腕の白さに、ふと眼が奪われた。

智次郎が怪訝な顔で駿平を見る。

「もの欲しそうな顔でじろじろ見るな、みっともない」

「なんです、そのいい方。智さんだって同じでしょ。目当てはあの娘なんですから」

「下品だな。あこがれだ。女子はな、声と尻だ。大きければ大きいほどいい」

なにがあこがれだと、勝手な講釈を垂れている智次郎にちょっと苛立ち、

「それで、何用ですか智さん。私もこれでなかなか忙しい身なのですよ」

口をへの字に曲げた。これから湯島《ゆしま》まで、養父孫右衛門の亡くなった母親の兄嫁の弟の屋敷を訪ねねばならない。

野依家の庭で採れた枸杞《くこ》を届けに行く所だ。母親の兄嫁の弟というのが、御火之番役に就いており、近々空席が出来るやもしれぬと教えてくれたのだ。その礼に赴くわけだが、お役を得るためには、こうして顔も知らない遠い親戚の伝手も頼らなければならない。

相変わらず月に四度の逢対日は欠かさず通っているし、小普請支配、組頭の屋敷前の行列にもずいぶん慣れた。

近頃は顔見知りも増え、対客登城前にも誘われるようになった。いまのような季節ならばよいが、冬場などまだ夜も明けぬころから屋敷前に並ぶ。髷に霜が降りている

強者もいる。

番入りを望む無役の小普請者たちはそうするしか道はない。

けれど、逢対日も対客登城前も、本来は番入りを願うためのものであるのに、次第にそれが義務になり、仕事になり、やがては、それらをしないと落ち着かなくなるという。

一種の中毒だ。

そこまでいかないうちに、番入りしたいものだと駿平は身震いしながら考える。

いまさらながら、武家とは不思議だと感じる。格差はあるが、幕臣ならば先祖代々の家禄が得られる。銭金は本来働きの対価として得るものだ。百姓は田畑を耕し、商人は品物を売り、職人は物を作る。お役がなくとも禄を与える上様は太っ腹だ。もっともそれが幕府の財政を圧迫していると耳にしたことがあるが、武士は武士であることがすでに仕事なのだといえなくもない。

武士が刀を差しているのは、民の上に立つために与えられたものだと、智次郎はいった。

やっきになって番入りを願うのは、もちろん役料を得て、いまより暮らしを楽にするということもあるだろうが、きっと武士としての意地や名誉に衝き動かされているからだろう。

そんな武士の意地や名誉は、火之番とか茶汲み係とか、そういうものでも満たされるとしたら、それはそれで切ない。

やはり武士は、武士という生き物なのだろうと横に座る智次郎をぼうっと眺めた。

「なんだよ、その眼付きは。おれにはそういう気がないことは知っているはずだろうが。だいたい忙しいなどとは生意気な。これを聞いたら、おれにそんな口は利けなくなるぞ」

智次郎は偉そうに顎を上げ、

「親父どのから、こんなものをもらった」

胸元から、切手のようなものを取り出した。

智次郎の父親は普請方に勤めている。なんでも普請方に無理をいったということで、浅沼甚兵衛という奥右筆勤めの者から「貰い物だが」と譲られたらしい。智次郎の父が少々便宜をはかったその礼らしい。

智次郎はまるで童が悪ふざけでもするかのように、紙切れを駿平の眼前でひらひら見せびらかした。駿平が手を伸ばすと、さっと引く。幾度か繰り返した後に、

「ああもう、ちゃんと見せてください。なんですかいったい」

駿平は口許を曲げ、唸り声を上げた。

「料理切手だ」

智次郎は鼻を膨らました。

「しかも、八百善《やおぜん》だぞ」

まるで差し紙のように、智次郎はぴんと両手で伸ばして駿平の眼前にさらした。

おおと、眼を剝き、一瞬平伏しそうになった。なんとか堪えてみたものの、代わりに餌を食《は》む鯉のように口をぱくぱくさせていた。

八百善は、山谷《さんや》にある料理茶屋だ。かつて将軍までが食しに訪れたという。一両二分もするお茶漬けだとか、味醂《みりん》で洗った大根で作るハリハリ漬けが三分もするとか、そんな逸話というか伝説もある。

江戸でその名を知らぬ者はいない料理茶屋だったが、やはりこうした贅沢がお気に召さないお方がいた。

天保《てんぽう》のお改革というやつで、奢侈《しゃし》禁止を声高に叫んだ老中のために八百善他三十五店が北町奉行所に呼び出され、休業に追い込まれたのだ。

そのため、それまで仕出しのみで営んできたが、ようやく店を再開した。ようは改革を打ち立てた老中が失脚したからだ。

連日、盛況だという話だが、庶民と貧乏御家人には縁もゆかりもまったくなければ、店が再開したところで、暮らしになんの影響もない。

しかし、それはそれ。もしも八百善の料理が食せるのならば、食してみたいと思うのが人情だろう。

駿平はごくりと喉を鳴らした。

その様子に気を良くした智次郎の鼻の穴がさらに広がった。鼻毛までが偉ぶったようにそよいでいる。

「ふふん。どうだ食べたいだろう」

「そりゃあもう……」

身を乗り出す駿平に智次郎は満足そうに頷いた。智次郎の眼は優越感に浸りまくっている。

食べたい、なにがなんでも食べたいと、喉から出かかった瞬間、もよの顔が浮かんだ。

なにゆえこのようなときに、と恨んでみたがもう引っ込まない。

一昨日、中間の政吉とともに小川町《おがわまち》の医師の許へ駿平は急行した。

普段から病がちの養父孫右衛門のためではない。

もよのためだ。

少し前から、頭が重い、腹が痛いと、涙目で不調を訴えていたが、わずかに熱もあるようで、心配した養母の吉江から、すぐに医者を呼ぶよう命じられたのだ。

「ご心配には及びません、兄さま……もよはすぐ元気になりまする」

床の中でもよは弱々しい声でいいながら、うすく笑った。胸がきゅうと締め付けられた。

そんなもよがいるのに八百善の料理をたらふく食べたいなどと、どうしていえよう。

「やっぱりやめておきます」

駿平は断腸の思いで吐き出すと、悔しげに歯を食いしばってみせた。

「な」

頓狂な声を上げたのは智次郎だ。それまですっかり優位に立っていたつもりが、あっさり覆されたことに驚いたのだろう。

「ど、どうした駿平。八百善だぞ。これを逃せばもう一生このような料理切手に出会うことはないかもしれん」

もよがと、駿平は呟き、次第を告げた。

「なんだと、もよどのが臥せっているのか。微熱があって、気分がすぐれぬ、と」

智次郎は駿平の言葉を繰り返し、たしかめるようにすると、やにわに立ち上がった。

「か、懐妊ではあるまいな」

「えっ」

駿平はあやうく腰掛けから転げ落ちそうになった。

「見損なったぞ、駿平。恥を知れ、恥を。いずれ妻に迎えるとしてもだ、いまはまだ立場は妹であろうが」

店にいた客たちが、ぎょっとして一斉に身を強張らせた。向かいに座る若い行商人は、耳をそばだてているのがありありわかるし、その隣に座る商家の隠居はあからさまに眉をひそめている。

「ちょっと智さん。違う違う。声が高すぎます」

智次郎の袖を慌てて引く。

「ええい、うっとうしい。なぜもう少し辛抱できなかったのだ。たしかにおれは昔々の姫さまならもう嫁に行ってもおかしくない歳だといった。いったが、せめてあと二年、でも足りぬ」

智次郎は眼を吊り上げ、駿平の頭上から怒鳴り声を降らす。

「だから違いますって。勝手に話を作らないでくださいよ。お医者の診立てでは、食あたりではないかということです」

むっと智次郎が首を傾げた。

「これだけ暑いと汲み置きの水も腐りますからね」

駿平はわざとらしく首筋の汗を拭った。暑さで吹き出した汗か、冷や汗かどちらかはわからなかったが、顎を上げると夕暮れの色づいた木漏《こも》れ日がやけに眼にまぶしかった。

「おいおいおい、まことだろうな」

「神仏に誓っても構いませんよ」

駿平は唇を尖らせた。

「ですからね、もよが臥せっているのに、私だけ八百善だなどと浮かれているのもどうかと思いますのでね」

せっかく誘ってもらったが、此度はいさぎよく諦めると、駿平は眉をひきしめた生真面目な顔を智次郎へ向けた。

「なんだよ、早くそういえばよいのだ」

智次郎は、うむと鷹揚《おうよう》に頷くと、

「ではもよどのが快復するまでおれも行かぬ」

再び腰を下ろし、腕を組んだ。周囲の者たちがあきらかに期待はずれだという顔をして、各々茶を啜り、団子を食い始めた。

駿平は幾分ほっとしたものの、智次郎まで行かぬといい出したのには慌てた。

智次郎は、妙に義理堅い。

ときには感激するほど嬉しいが、こういうときはむしろ困ってしまう。

「それでは智さんに悪い。たらふく食べてきてくださいよ」

「いいのだ。おまえの御勘定御入人吟味のねぎらいを兼ねてと思うていたのでな。おれひとりならば行かぬし、他の者を誘う気もない」

この六月中旬に行なわれた勘定所勤務を望む者の試験のことだ。勘定所は幕府の財政を掌り、天領の訴訟の処理なども扱う役所だけに、書と算術の技能が要求される。文書を書き写す「筆」と算術の技能をはかる「算」のふたつを試されるのだ。

いやはや気に呑まれるというのはああいうことかと、大いに学んだ。皆、お役にありつこうという必死さがあった。これに通れば勘定所に入れるのだという殺気があった。ちょっと算勘が強いくらいでいい気になっていた自分が恥ずかしい。

結局、最後の最後は学問の神様である菅原道真《すがわらのみちざね》を祀《まつ》った湯島天神へ詣《もう》で、菅公の梅好きにあやかって梅干しまで食べて挑んだのだが、ぴりぴりした会場の雰囲気にすっかり呑まれてしまった。指が震え、幾度も弾く珠を間違えた。まったく散々だった。

及第者の発表など待つまでもない。結果は己が一番感じている。

屋敷に戻ったとき、期待に満ちた顔で出迎えてくれた、もよと吉江を笑顔にさせてやれなかったことが、悔しかった。養父孫右衛門には、五度六度と受ける者はざらにいるから安心しろと、慰めにもならない言葉を贈られた。

はあああ……と、思わずため息が口を衝《つ》いて出た。

もうひと月も経ったというのに、いまだに吟味のことを思い出し、駿平はがくりと肩を落とした。

しょげかえる駿平を見かねたのか智次郎が、「もうこりごりか」と、問うてきた。

駿平は顔を伏せたまま、首を横に振った。

「それなら、答えは出ているじゃないか」

智次郎が笑みを洩らし、ぽんぽん肩を叩いてきた。

「ではもよどのが床上げしたら教えてくれ。すぐに八百善だ」

立ち上がる智次郎を、駿平は見上げた。

「なんだそんな面するな。楽しみが先になっただけのことだ。ただ」

おまえが心の底から申し訳ないと思うのならば、あの娘の名を訊ねてきてくれといった。

三

下谷広小路は相変わらずの人出だ。智次郎はその人波を縫《ぬ》うように足早に歩く。智次郎は剣術使いだからだと思うのだが、往々にして武家はなぜか歩行が速い。同じ速さとはいかないまでも、ずいぶんと駿平も馴れてきた。

あやうく、金魚売りとぶつかりそうになり、駕籠《かご》屋に体当たりされそうになりつつ智次郎の後を懸命に追う。

茶汲み娘の名は、おさいと知れた。

智次郎は茶代を置いた立ち去り際、

「じゃあな、おさいちゃん」

調子良く声を掛けた。

おさいが大きな声で「いつもありがとうございます」とにっこり笑ったものだから、すこぶる機嫌がよくなった。

汗水垂らし、帰り支度をしていたおさいにひどく不審な眼で見られつつも、名を訊いた甲斐があったというものだ。

「でも、智さん。この八百善の料理切手はどれくらいのものなんでしょうかね」

うーんと、抜き残しの髭を探るように智次郎が顎を撫でた。

「ま、こんなもんだろうなぁ」

片手を広げた。

「五両、ですか。そんな高価な物を人にあっさりと譲ってしまう奥右筆というのは、どんなお役なんです？」

ほとんど小走りの駿平に、役得だらけだなと、智次郎は腕を組み、唇を曲げた。

役高も低く、地位も高くはないが、

「一目も二目も置かれるお役であることには間違いない」

深く首肯した。

「老中や若年寄には、日々さまざまな文書が届く」

やれ金がないとか、城が壊れたから普請をしたいとかだ。

「なかでも切実なのが、幕府から命じられる手伝《てつだい》普請だな」

「はあ、手伝普請」

智次郎は、なんだ知らんのかという顔をした。

「あれだ、大権現様を祀る日光東照宮《にっこうとうしょうぐう》をはじめとして、寛永寺《かんえいじ》、増上寺《ぞうじょうじ》などといったお上の菩提寺だの霊廟《れいびょう》がらみの修繕や修復を諸大名に順番で命じるやつだ」

ああ、と駿平は頷いた。

その昔は、築城や河川の改修、堤防などの工事に大名がかりだされたという話だ。いまは大名家が人を出すのではなく、商家に請け負わせ、その代金を大名が支払う。

「とはいえ莫大な金子が掛かるのは変わらん」

そのため、大名家としてはなんとかして手伝普請を免れたい、あるいは費用のあまり掛からない普請に回してもらえないかとなるわけだな、と智次郎はもっともらしくいった。

「そこで登場するのが」

智次郎はいきなり立ち止まった。担ぎ屋台の天ぷらをひと串購い、食い始めた。

仕方なく駿平もつき合う。

「奥右筆だ」

「はあ？」

「老中や若年寄は交替するが、奥右筆の者はあまり交替しない」

嘆願や請願の文書を老中あてに出すが、それを確認するのは奥右筆だと、智次郎は眉をきりりと引き絞った。恰好をつけたつもりだろうが、てんぷらを食った唇が妙にぬらぬら光っていて気持ちが悪い。

「なるほど、交替してしまう老中や若年寄ではあてにならないし、ようは同じ大名家。ならば奥右筆の者たちと昵懇《じっこん》になっておけば」

「その通り。便宜をはかってもらえる可能性が高いというわけだ。だいたい奥右筆ではな」

提出された文書の内容を確認すると、借金などの金がらみなら勘定所。普請がらみならば作事奉行か普請奉行に回す。そこで評議されたものが再び奥右筆に戻り、その評議の内容を踏まえ、老中に答申する。

駿平は眼を見開いた。

「じゃあ、奥右筆のいうことが」

「大きく政を左右するし、大名家の命運も握ることになるってわけだ」

なんだなんだ、どういうことだと駿平は慄然《りつぜん》とした。もちろん最終的な判断をするのは老中であり、お上なのだろうが、その一歩手前には、奥右筆がいるのだ。

「旗本の諸役人も諸大名も奥右筆をないがしろになんぞできない」

だからこそ、この料理切手だと、智次郎は胸元をぽんと軽く叩いた。

「金銀宝飾、料理切手など当たり前だ。各藩から賄賂《わいろ》や季節ごとの付届けがわんさかあるらしいぞ。これはあくまで噂だが」

ふた串目を頬張った智次郎は、声を一段落とした。

「ある奥右筆組頭には、かなり高直《こうじき》な織物が三百反も届けられたというし、べつの組頭は土地を贈られたそうだ」

「ほう、そりゃまたすごい」

「役高は平なら我らの家禄より五十俵ほど多いくらいのものだ。地位も低い。けれど奥右筆を務めれば、ひと財産どころか、ふた財産は軽いな。だからやめる者などありはせぬ」

うむと、駿平は唸った。

「あくまでも老中や若年寄の補佐という役割だからな。しかしてその実態は、だ」

役得まみれの陰の権力者だと、智次郎はいいきった。

「上様の膳の食材の余りを持ち帰る御膳所御台所役なぞかわいいものといえる」

そういうお役だからこそ、わざと地位も役高も低くしているのだろう。だが、奥右筆を務める者たちのお役に対する自負というか、自尊心は半端でなく高いと想像がつく。

「そうした気位の高さを表すものが、奥右筆の詰所には存在するんだ」

智次郎は三串目の天ぷらをひと息に串から引き抜くと、再び歩き始めた。

駿平はふた串目の天ぷらを手に歩き出す。

腹の虫が鳴った。それもそのはずだ。もうすっかり空が赤く色づいていた。町にも灯が少しずつともり始め、一膳飯屋へ入って行く職人たちの姿も多くなっていた。駿平は湯島へ行くのは明日にしようと決めた。それより、智次郎の話の続きが気になってしかたがない。

「智さん、それはなんですか」

智次郎は、油で光った唇を曲げた。

「地獄箱、だ」

駿平は、眼を剝いた。

「安永《あんえい》か天明《てんめい》のころまでの話だというが、違う。いまもしっかりあるらしい」

速く歩くと腹が減るなと、智次郎は呟いて、足を緩めた。駿平は幾分ほっとして、智次郎の隣に並ぶ。

「ずいぶん恐ろしげな名ですけど、それはどのように使うものなんです？」

智次郎の顔を覗き込むようにして訊いた。

「奥右筆の立場と役割を認識しているかどうかは別にして、願い事が提出されたとき、賄賂や付届けをしない旗本や大名家からのものだと、処理を後回しにするってことだ」

地獄箱に放り込んで、そのままだと、智次郎は眼を細め、にまあと笑った。

「ちょっと、奇妙な顔をせんでください。薄気味悪い」

駿平はぶるりと身を震わせた。

「処理されない願い事が溜まる箱だよ。ああ、怖い怖い」

ひひひと、奇妙な声を出して智次郎は肩を震わせた。

「そういえば、英吉利言葉で地獄は『へる』というらしいな。極楽は『へぶん』だ」

唐突すぎて、駿平は面食らったものの、あっと若干ひらめいた。

「じゃあ、長崎で聞いたへるへとわんは、地獄織りとかそんな意味なんでしょうかね」

智次郎はとたんに呆れ顔をした。

「へるへとわんは阿蘭陀語だろう。それに布地の名だ。『へる』は違う。おまえ、えげれす語を学べといったじゃないか」

そんなことをいっても無理だ。江戸の私塾でも教える言語はまだまだ阿蘭陀語だ。

「ははあ、しかし地獄が『へる』というのは面白い。なにが減るんでしょうねぇ。罪人が堕ちる所ですから、犯した罪が減るのでしょうか」

「減るわけはない。悪い奴はそのままだ。うーん、なるほど『へる箱』か」

なにがおかしいのか智次郎はひとりにやつき始めた。

奥右筆の詰所にあるのは、『へる箱』だが、中身はなかなか減らない、『へらない箱』だ。皮肉なものだと、智次郎が笑った。

そうか、『減る箱』なのに減らないのかと、駿平は暮れ行く空を眺めた。雁の群れが列を組んで飛んで行く。

と、智次郎がいきなり駆け出し、片付け始めている床店へ突進して行った。

「智さん、どうしたんです」

智次郎はなにかを手にしてすぐさま戻って来た。

「これをもよどのに。横になっているばかりでは退屈だろうからな」

駿平が渡されたのは、かわり屛風だ。絵が描かれた六枚の小さな板が、端についた棒を動かすことで、ぱたぱたと動いて、変化する子どもの玩具だ。

「智さん。すまない」

駿平の胸の奥がじんとした。

「もよどのはいつも茶菓を運んでくれるからなぁ」

はははと、智次郎が笑い声を上げた瞬間、夕闇を女の悲鳴が切り裂いた。

「なんだ」

振り向いた智次郎の胸に、走り寄って来た若い娘がしがみつく。

おおお、と智次郎がまんざらでもなさそうに娘の肩を抱き、鼻の下を二寸伸ばす。

「助けて、お武家さま」

よくよく見れば、たったいま行ったばかりの下谷広小路の茶汲み娘のおさいだ。

「おじいちゃんが、おじいちゃんが」

「どうしたのだ」

おさいが智次郎の胸に顔を埋めたまま身を強張らせ指差したのは、一膳飯屋だ。すでに野次馬が集まり始め、入り口を塞いでいる。店の中から怒号やらなにやら激しい音がする。

「中で、若いお武家さまが、いきなり暴れ出したの。それをあたしのおじいちゃんが止めに入ったのだけど、捕まって」

刀を当てられていますと、身を震わせた。

「駆けつけた別のお武家さまのいうこともまったく聞かなくて」

「わかった。おい、駿平、おさいちゃんを頼むぞ」

おさいははっと顔を上げた。

「ああ、さきほど、茶店にいらした、お武家さま」

「おお、そうだ。矢萩智次郎だ。おれに任せておけ」

「お願いします。早くおじいちゃんを」

よしよしと、智次郎はおさいの身体を図々しくももう一度強く抱きしめてから、店の前に立ち、野次馬をかき分けた。

こういうときは、まことに頼りになる男だといつもながら感心する。

「きっかけはなんだったのですか」

駿平が訊ねると、おさいは不安げな顔をしながら応えた。

「若いお武家さまひとりでお酒を召し上がっていたのですが、急にわめきだしたらしいんです。それでなだめようとしたおじいちゃんを捕まえて。そこへ、中年のお武家さまが数人入っていらしたんですが」

さらに若い武士が怒鳴り、後から来た武家もそれを迎え撃つように口論となったのだという。

「あたし、茶店からここにおじいちゃんを迎えに来たらいきなりこんなことになっちゃって、怖くて怖くて」

おさいが胸の前で手を組んで、祈るような仕草をした。

「刀をお納めくだされ」

店の中に入った智次郎の大音声《だいおんじょう》が響いた。

「これ以上、町場の者に迷惑をかけるなど武士として恥。いい加減になされませ」

どうせ死ぬだの、腹を切るだの、道連れだの若い男の切羽詰まったわめき声がした。早まるなとか、話せばわかる、そこもとの藩を悪いようにはせんなどと中年男らしい声の必死な説得も聞こえてくる。

「じいさんを離せ。この馬鹿」

智次郎の鋭い声がしたと同時に、激しい物音がして、野次馬がどよめいた。

一拍置いて、湧き上がったのは、拍手喝采だった。

四

数日後。

下谷広小路の茶店の腰掛けに、智次郎と駿平は座り黙って茶を啜っていた。

おさいに礼がしたいといわれ、智次郎はうきうき足取り軽くやって来たが、許婚だという男に丁寧な挨拶をされた。

智次郎の横には、菓子折りが置かれていた。

「菓子屋の次男坊だそうですよ」

「どうりで、甘い面していやがると思ったんだ」

「いいじゃないですか。いいことをしたんですから。あ、そうだ。もよが、礼を申しておりました。とても退屈しのぎになったと」

それはよかったなぁと、智次郎は気のない返事をしたが、駿平が団子を頬張ると、皿から一本かすめ取っていった。

「ゆっくりしていってくださいね、矢萩さま、野依さま」

おさいはふたりの傍らに茶を置くと、「おいでなさいまし」と大きな声で別の客を迎えた。

手を後ろにつき、ぽかんと口を開けて智次郎は空を見上げている。

「あーあ。それにしても悲しいものだ」

「なにをいっているんですか。おさいちゃんにふられたぐらいで」

ふっと駿平が笑みを浮かべると、智次郎ががばと身を起こした。

「ふられてなぞいないぞ。なにも告げてはおらんのだからな」

駿平をじろりと睨むと、舌打ちして、「あの若侍のことだ」といった。

さる小藩の留守居役見習いだったらしい。

「例の地獄箱がまさかこんなことになるとは思わなかったなぁ」

「ですねぇ」

駿平は嘆息した。

若侍を止めに入ったのは、奥右筆の石部金五郎と浅沼甚兵衛のふたりだった。

「そうそう、浅沼甚兵衛さまは料理切手の方でしたよね」

「ああ、そうだ」

智次郎は頷いた。

石部と浅沼は、地獄箱行きだった常陸の小藩の嘆願を取り上げた。

嘆願そのものは、献上品の品物の変更であったが、漁場がなにゆえ荒れているのかその訳を浅沼は知りたいと、石部を伴い藩邸を訪れた。すると、出て来た答えは異国船の小舟が頻繁に姿を見せていたという、とんでもないものだった。なにゆえ素直にそう述べなかったのか、異国船であればゆゆしきことだと、浅沼は藩の家老を怒鳴りつけたが、

「沿岸警備をすれば、さらに漁場は荒れ、漁が出来なくなる上に、台場《だいば》などを作るための金子が捻出できない」

家老が吐き出すようにいった。

「嘆願は献上品の差し替えであったが、それを考えついたのが、見習いの留守居役。なかなか取り上げ評議していただけないのは、己のせいだと責を感じ」

と、家老がいっているそばから、その見習いが町場の飯屋でとぐろをまいているとの一報が入り、急ぎ浅沼と石部、そしてその藩の藩士が駆けつけたが、遅かった。暴れたうえにじいさんを人質に取って「奥右筆を呼べ」と息巻いた。

「町の飯屋で奥右筆を呼べもないもんだ」

「まあ、そうですけど。あの若い留守居役はどうなっちゃうんでしょうね」

「大丈夫だろう。命までは取られたりしないさ」

それにつけてもと、智次郎が呟いた。

異国船が来ていても、金がないからと黙って見て見ぬ振りをする藩もあるのだな、と顔を曇らせた。

「つまり、見過ごされているものがいかに多いかってことだ。自分たちの都合のいいものしか見ない、見せない、考えない」

それでいいのか、と智次郎は憤慨していた。

奥右筆の詰所にある地獄箱。

そうして、どんどん減らない箱に溜まった嘆願やら請願やら訴えやらはやがては大きな欲やら遺恨やら、おどろおどろしいものに変わり、溢れ出てくる。

そんな箱を誰が作ったのだろう。

結局、この一件で、石部金五郎は奥右筆に留まったが、浅沼甚兵衛は、二十年間務めた奥右筆を離れ、海防掛に異動した。

書状を見逃さず、さらに海防をことさら声高に老中へ主張した褒美も含めた大抜擢だった。近年、異国船が頻繁に出没するため、今後ますます注目されるだろうし、その働きによってはかなりの立身が期待できる。

「まったくなぁ、聞いたか駿平。石部どののほうは、てこでも動かないといったそうだぞ」

へええと、感心した。

「どちらかといえば、石部どのの方が生真面目で仕事に対して意欲的で出世欲がありそうに見えましたがね」

浅沼のちょっと間抜けなお調子者的な風貌を思い浮かべつついった。

うむうむと、智次郎も頷いた。

「じつはおれもそう思うていたのだがな」

人は見かけによらないなぁと、両腕を差し上げて伸びをした。浅沼が異動になったと智次郎の父へ報告に来てくれたのだそうだ。

「だいたい、石部どののほうは、屋敷に十数人の奉公人を置き、盆暮れ正月には山のような付届けがあり、春は花見、夏は涼み船、秋は八百善か平清《ひらせい》で飯を食い、冬は根津の抱え屋敷で雪見。このすべてに芸者がついてのどんちゃん騒ぎだそうだ」

駿平は眼を丸くした。

「……つまりそれが役得ですか。お役目のおいしいところ」

「ま、そういうことだ」

その暮らしぶりは万石の大名以上といわれている。

「じゃあ、石部さんが地獄箱から、此度の一件を取り上げたのは」

「ときどき、金になりそうな藩を物色しているのだそうだ。じつはな、あの藩は小藩ではあるが、漁獲量が豊富なのだそうだ。魚貝を藩の専売にして、石高の倍は儲かっているらしいぞ」

駿平は呆れ返った。石部は新しいお客を開拓したかっただけだったのだ。

「下手に手柄を立てて、異動になれば、そういう役得がすべてなくなるお役にだって就くことがあり得る。浅沼どののお役は、日の本にとっては重要だが、役得がありそうもないからな」

浅沼は石部にさんざん馬鹿にされたという話だった。

「浅沼どのは、武士として日の本を守ることがまず肝要だといっていた。損得でなし、仕事をするということは、誰かの役に立つことだと。それが眼に見えぬものであったとしてもだそうだ」

ただ、石部についても、否定はしないといっていたと、智次郎は口を曲げた。

「仕事の評価をどう求めるかは、個人の考え方ひとつだということだ」

おれは、浅沼どののほうが立派だと思うがなと、智次郎はひとり頷いていた。

「あ、それとな、八百善の料理切手のことだが」

あれは額面五十両だと浅沼から聞かされたといった。

「さすがに高額すぎて、父に返した。やはり奥右筆というのはとんでもないお役目だな」

楽しみにしていたなら、すまぬと、別れ際に智次郎が詫びてきた。

屋敷に戻ると養母の吉江が嬉しそうに頰を紅潮させて、大騒ぎしていた。

「駿平さん、お祝いですよ。ほら、政吉。ささげをすぐに買いに行ってくださいませ。お赤飯お赤飯」

今日は養父の孫右衛門も気分がよいらしく、庭の手入れをしている。

もよが快復したことが、お祝いというのも大げさだが、なんにせよ嬉しいことがあったに違いないと、駿平は自室に入り、ごろりと横になった。

仕事とはなんであろうと、あらためて考えた。世のため人のために働くこと。それは自身の満足とはべつのところにあるものだろうか。評価や対価を求めることもまた正しいとしたら、どこまで要求してもいいものか。天井の節穴をぼんやり見ているうちに、うとうとし始めた。

しずしず廊下を進む音がして、駿平の部屋の前で止まった。駿平は慌てて身を起こした。

「もよか。身体の具合はどうだ」

「はい。おかげさまにてすっかり」

落ち着いた声音で応えたもよが、障子を静かに開けた。

廊下にかしこまり、駿平をじっと見つめる。

下膨れていた少女の顔が、なにやら細くすっきりしている。臥せっていたせいで少しやつれたのかもしれない。母親似の少し間隔の離れた眼も、気のせいかちょっと色っぽく見えた。

「もよはもう、まことに子どもではありませぬ。駿平さま」

と、おもむろに三つ指をついた。

しゅ、しゅ、駿平さまだって。兄さまではないのか。どうした、もよ、まだ熱でもあるのかと問いかけたくなったが、頬を染めて顔を伏せるもよを見て、あっと叫んだ。

吉江が「赤飯」だと騒いでいたのはそのせいだ。つまりその、月の障りというやつか。

女子の印が訪れたのか。

たしかにもう子どもではないのかもしれない、けれど。

駿平は心のうちで首を振った。が、不意に金屏風の前で神妙な顔をして座る己の姿と、その隣で白無垢《しろむく》姿のもよが、恥じらいながら俯いている画《え》が、はっきりと浮かび上がってきた。

番入りは遥か遠く思えども、野依家での役割は徐々に、そして確実に近づいてきているのを駿平は強く感じた。

もよとの間に子を生し、百五十俵の家禄で細々と食べていく。

これもひとつの地獄箱か。

いいや、違う。

減らないことがいい箱だってきっとあるからだ。

旗奉行・槍奉行

一

養母の吉江が頓狂な声を上げながら、廊下を駆けて来る音がした。

駿平は、慌てて朋友の智次郎から借り受けた滑稽本《こっけいぼん》を文机の下に滑り込ませ、緩んだ襟元を直して、背を正した。

「駿平さん、よろしいですか」

いい終わるか終わらぬかのうちに障子が開けられ、吉江が楚々《そそ》とその場にかしこまり、丁寧に頭を垂れた。

そのようすに面食らった駿平が眼をしばたたいていると、

「おめでとうございます。及第ですよ、及第」

顔を上げた吉江は興奮の面持ちで小鼻を膨らませた。

なんのことやらと、駿平がぽかんと口を半開きにすると、焦れた吉江が身を乗り出した。

「御勘定御入人吟味ですよ。下勘定所に駿平さんのお名前が張り出されていたと、先ほどお城勤めのお方がわざわざお祝いに来てくださったのですよ」

まさか、と駿平の口がさらに開いた。今日、及第者の発表があることすら忘れていた。

「また次の機会だとおっしゃったのは、謙遜《けんそん》だったのですね。野依はもともと番方（武官）の家ですが、もう役方（文官）でもなんでも、お役に就けることが第一」

このご時世では、贅沢などいっていられませんと、吉江は嬉しさを滲ませながらも眉根をきりりと引き絞った。

「なんにせよ、一次の吟味に通ったのですから、次もこの調子で頑張ってくださいませね。二次の及第をいただけるのは、いつかしら」

「おそらく来年の正月過ぎには」

駿平は吉江の剣幕にいささか恐れをなしながら応えた。

まっと、吉江が眼を見開いた瞬間、両の膝頭も跳ねた。

「もう葉月《はづき》も半ば過ぎではありませんか。勘定所勤めが決まったならば、やはり身を固めなくてはなりませんね」

身を、固める……？

駿平の心の臓が一瞬止まった、ような気がした。

それに来年の初めであれば丁度よいと、吉江はひとり得心して頷いた。

「もよも十三になりますからね。まずは仮祝言を挙げましょう」

「は、養母上、それはちと早過ぎるのではありませんか」

つい先日、もよに月の障りが訪れたとはいえ、まだまだ少女だ。

なにをいまさらという顔を吉江がした。

「妻《めと》を娶ることは、野依家の当主としての責を負うだけでなく、殿方の信用にも繋がりますゆえ……あら、顔が青いですけど、大事ありませんか。半ば諦めていたのに及第ですから驚くのも無理はありませんが」

でもなんにせよ喜ばしいと、早口でまくしたてた。駿平が口を挟む隙などまるでない。

「駿平さんは野依家の立派な当主になられました。そういえば、おっ母さんもすっかりなくなりましたものね。歩き方も、刀の手入れも、きちんと身に付いて」

ずいぶんな持ち上げ方に、駿平は胸の内で眉に唾を付けた。吉江は駿平の当惑などまったく気にせず、さらに声を張る。

「さあ、のんびりしてはいられません。さほど時はございませんよ。仮祝言ですから
まずは親族だけには報せましょう。でもお仲人《なこうど》は立てるべきかしら。どなたにお頼み
致しましょう。やはり養父上にお訊ねしませんとね」
　養父の孫右衛門は、酷暑のせいか食欲がなく、自室でごろごろしている。それで
も、吉江の報告を受け、駿平の及第を喜んでいるらしく、また赤飯が食べたいといい
出したという。吉江はそれも嬉しかったと安堵の息を吐いた。
　それと衣装はどうしましょう、養父上のお下がりばかりではねぇ。それに駿平さん
のほうが背丈もありますから、やはり誂《あつら》えるほうがいいですねと、吉江はすでに勘定
所勤めが決定したような口ぶりだ。頭の中では、さまざま膨らんでいるのだろう。
「忙しくなりますよ。もよが針稽古から帰りましたら、早速伝えませんとね。それと
も駿平さんから告げますか？　やはり照れくさいかしら、おほほほ」
　吉江は勝手に喋るだけ喋り、ひとり得心して立ち上がった。
「それでは、駿平さん。二次吟味のためにお励みなさいませ。滑稽本など読む暇はあ
りませぬよ」
　文机の下を、ちらと見て、吉江は身を返した。駿平は肩をすぼませたが、すぐさま
はっとしてその背に声をかけた。

「あの、ところで、お出でになられたというのはどなたでしょうか」

　吉江が足を止め、振り返る。

「えっ。たしか池堀宏太郎さまとおっしゃったかしら。上がっていかれるようお勧めしたのですけど、これから稽古があるからと」

　池堀さまがと、駿平は眼を丸くした。

　今年の初め、水練指南役から徒組頭に返り咲いたと聞いていた。過日、吾妻橋を渡った際、見事な抜き手で大川を泳いでいる池堀を見かけた。慌てて川べりまで飛んで行き声を掛けると、川面から、赤銅《しゃくどう》色に陽焼けした顔に白い歯を覗かせ、いつでも稽古をつけてやるぞ、といわれたが遠慮した。

「あらあら、徒組頭さまだったなんて。わたくしとしたことが、駿平さんの及第を聞かされ、つい頭に血が上ってしまって」

「大丈夫ですよ。気さくなお方ですから」

　たしか、勘定所の吟味を受けると大声で告げたら、髷に挿していた扇子をぱっと広げてくれた。覚えていてくれたのだと、駿平は目頭が熱くなった。

「でも組頭さまがわざわざお出でくださるなんて、まことにありがたいことです。駿平さんには妙な人徳があるのかしら」

吉江は首を傾げながらも、ああ、こうしてはいられませんと、袖を振り振り、部屋を出て行った。

駿平は、ほうと息を吐いた。

落第は必至と思っていただけに、嬉しいというより意外過ぎて、にわかには信じがたかった。頬をつねってみるとたしかに痛い。

夢ではなく、二次に駒《こま》を進めることができたのだ。

二次の筆算はさらに難しくなると聞いている。筆算はもとより、一次より長い文書の筆写がある。決められた文書を用紙に写すという課題だが、一字一句間違いなく写し取るのと、文字の均一な大きさや細さなども要求される。特に公文書では御家流という行書体と仮名を交えた書法を用いる。駿平は算術よりも筆写のほうが苦手だ。達筆でなくてもいいとされているが、悪筆では困る。元は商家の五男坊であるから、読み書き算盤は幼い頃から学んできた。それなりに恥ずかしくない筆遣いではあるが、漢字が多いのはあまり得意ではない。

吉江の足音が遠ざかって行くにつれ、じわじわ喜びが湧き上がってきた。駿平は、よしっと小さくいって、拳を握りしめた。

二

その日の午後、駿平は不忍池の茶店へと出掛けた。

いくらか傾きかけた陽射しが照らす水面が金糸を織り込んだ布地のように輝いている。浮かぶ蓮の葉の間からは、すでに花を終えた実がびっしり見えていた。

蓮は早朝に花を咲かせ、昼には閉じてしまう。そのため、夏から初秋は、花開く蓮を見ようと不忍池には、朝早くから見物客が訪れる。

涼風の吹き始めたいまの時期は、池の中程にある弁天堂へ続く橋や池畔の水茶屋も閑散としている。

池を眺めつつ、智次郎が茶店でまんじゅうを頬張っていた。背中越しに気配を感じたのか、智次郎が振り向いた。

「待ちくたびれたぞ、駿平。まんじゅうを三つも食って胸が焼けた。おまえのせいだ」

駿平の顔を見た途端、理不尽な言葉を智次郎が投げつけてきた。いつも通りの調子なので、別段気にしない。

「じゃあ、茶でも飲んでください。それよりなんですか、あの文は」

智次郎の隣に駿平は腰を下ろした。今朝方、矢萩家から文が届けられたが、その中身がひどかった。不忍池の茶店に八ツ半（午後三時頃）、必ず来い、いい処に連れて行ってやるという。身勝手な文だったが、これも気にせずやって来た。例の件の報告で早く驚かせたくもあった。見ると、別の腰掛けに文を届けに来た矢萩家の中間がいた。駿平は軽く会釈する。

「そりゃ、承知の返答はしましたよ。しかし、なんのことやらさっぱりわからない上に、こちらの都合も考えてくれないと困りますよ」

「どうせ暇じゃないか。なんだ、偉そうに」

ふふんと片頬だけを上げて笑う智次郎に、駿平も同じ笑みを返した。

「忙しいんです。なんたって、次の吟味が控えていますからね」

智次郎が、ああっと頭のてっぺんから声を出した。

「おまえ、ふざけるのもたいがいにしろ。あれほど出来が悪かったといっていたじゃないか」

励まし損、慰め損だ、すべて返せと智次郎はまたも無茶をいったが承知の上だ。

「じゃあ、ここの茶代とまんじゅう代は私が持ちますから、それで……」

渋々応じた駿平が横を見ると、智次郎が俯き、眼を握り拳で拭っている。

「……智さん？」

顔を伏せたまま、ふっと智次郎が照れくさそうに笑みを浮かべた。

「よかったなぁ、はは、まことによかった。もう駄目だといっていたからなぁ、まことに心配していたのだ」

駿平は、智次郎の態度に戸惑いながら、驚かそうと悪戯心を持っていた自分を恥じた。

「頑張れよ。ただ武士だ武士だとふんぞり返っている奴らに商家の五男坊の底力を見せてやれ」

智次郎は顔を上げ、少し赤い眼を向けて力強く頷きかけてきた。心が締め付けられ、鼻の奥がつんとした。熱いものが込みあげ、智さん、と駿平がその手を取ろうとすると、智次郎は首の向きを変え、茶汲み娘へ声を張り上げた。

「まんじゅう六つ包んでくれ。銭はすべてこいつが払うからな」

「はーい。ありがとうございます」

茶を運んで来た娘があまりに明るく応えたのが、なんとなく駿平の癇《かん》に障った。

「それで、いい処とはどこですか」

盆から茶碗を取ると、ぶっきらぼうに訊ねた。

「おお、そうだそうだ。おまえがまだ行ったことのない処だ」

智次郎は傍らに置いていた荷を、叩いた。これを届けに行かねばならんのだがなと、小鼻を膨らませ、身をよじって腕を伸ばした。智次郎が指し示したのは、南西の方角だ。

鳥が一羽飛んでいるだけだ。

「おいこら、どこを見ている。城だ、城」

智次郎が呆れ声を出した。

駿平は眼を見開いた。いま、城といったのか。城といえば、上様のおわす処ではないか。

「どうだ。いい処の意味がわかったか。じつは親父どのがな、橋普請にかかわる書類を忘れていったのだ、ははは」

笑い事じゃない。智次郎の父親は普請方を務めている。江戸城下町の橋や道などの普請を武家や町人らに指示するお役目だ。だとしても、駿平は、にわかに呑み込めなかった。忘れ物なら供の中間が届ければ済むことだ。すると、駿平の頭の中を読んだかのように智次郎が口を開いた。

「中間に持たせればいいのだが、おれは、はたと考えた。我が家もお前の家もお目見以下だ」

お役に就かなければ生涯城に上がることなどないかもしれないと、智次郎が顔を向けてきた。だから、届けるついでに城に上がろうと思い立ったのだという。

「どうだ名案だろう。もたもたするな。早く茶を飲め。銭を置け。行くぞ」

智次郎がまんじゅうの包みを懐に入れ、荷は矢萩家の中間が抱え持った。

まったく智次郎は強引だ。強引だが、城へ入れるとなれば、話は別だ。堀に囲まれた千代田《ちよだ》の城は眺めるだけのものだと、ずっと思っていた。

瀬戸物屋の五男坊では、先行きなどたかがしれている。どうせ同じ人生ならばとばかりに飛び込んだ武家だったが、無役の小普請にも、やっぱり城は遠かった。

下谷広小路から御成街道を昌平橋に向かいながら、智次郎が軽く振り向いた。

「そういえば、少し前に知り合った萱野《かやの》なんとかとは、その後、よく会うのか」

ええ、と駿平は歩行の速い智次郎を追いかけながら応えた。

「先日も、小普請支配の屋敷で顔を合わせました」

「ふうん、皆、大真面目だな」

「当たり前ですよ。少禄で伝手もない、特別な才もないとなればまずは真面目にこつこつやるしか、お役に就けません」

へえっと、智次郎は意地悪く笑った。

「駿平さまは算勘の才がおありだから、安心だな」

「茶化さんでください」

萱野凡助《ぼんすけ》に初めて出会ったのは、勘定所の吟味を控えた六月の上旬だった。対客のために、馬場《ばば》先門《さきもん》内に屋敷を構える若年寄の本多《ほんだ》越中守忠徳《えっちゅうのかみただのり》の屋敷前に並んでいるとき、声を掛けられた。

萱野は北割下水に住む代々無役の小普請で十五石の紛れもない貧乏御家人だった。百俵とて泣き暮らしといわれているが、我が家ぐらいになると、泣く暇もないどころか、涙を出すのも惜しくなるといって笑った。

ともかく飯を食うため銭を稼がねばならない。

提灯張り、団子の串削りに楊枝《ようじ》作り。看板書きに用心棒など、色々やってきたらしい。

「ふうん。うちなどまだまし、か」

珍しく智次郎が神妙な顔をした。

「でもその萱野さんが元服したばかりの頃、父親に徒の話が舞い込んだらしいんです」

「ほうほう」

しかし話はすぐ反古《ほご》になった。

長患いで休職していた者がそのまま退くはずであったのが、本復したと復職願いを出したのだ。当然のことながら、そちらが優先され、萱野の父親の番入りは霧散した。

「番入りが立ち消えになった十日後、泥酔《でいすい》した父親は誤って横川《よこかわ》に落ち、溺死《できし》したそうです。さらに母親も父親の死から三年後に病で亡くなっています」

「それはまた哀れだな」

「母親の弔いの後で知ったそうですが、徒に復職したのが、古稀《こき》をとうに過ぎた老人だったらしく……しかもその方は、齢七十八で、徒ですが歩行もままならなくなり、小普請入りと老衰《ろうすい》御褒美を願い出たって話です」

智次郎が複雑な表情をした。

老衰御褒美は、古稀を越え、最近五年間に逼塞《ひっそく》や閉門などの罰を受けたこともなく、同じお役を十年以上勤め上げ、なおかつ長年にわたり奉公した者へ与えられる報賞だ。

「そのせいだと思いますが」

萱野は、七十歳を過ぎて、それでもなお、お役にへばりつく図々しさに呆れ返ると苦々しく語り、さらに、老体はさっさと隠居し、孫の面倒でも見ておればよい。しかし、なにゆえ働かぬ、いや働けぬ老人にお上は禄をくれてやり、報賞まで与えるのか。年寄りを敬うのは当然だ。けれど、敬われたいならば、年寄り側にも考えるべきことがあろう。若い者が仕事にも就けずに有り余っている現状があるというのにだ。己の才や力を発揮できず悶々《もんもん》と、あるいはすっかり諦めてしまう者さえいるこの有様を打破すべきだと握り拳を振り上げる。

七十、八十の者どもは、己が潔《いさぎよ》く退き、後進に譲る気などさらさらないのか。世には順番があると考えもしないのだろうか。奴らは、はびこる雑草だ。城中に溜まる膿《うみ》だ――。

「と、叫んでいましてね、この間は会合に誘われました」

「聞いてないぞ。その萱野ってヤツにか」

駿平はこくりと首肯した。

小普請組の若者ばかり集めて意見を募り、取りまとめたものを若年寄の本多公に建白書として対客時に差し出すらしい。

「おいおいおいおい。大丈夫なのか」

智次郎が太い眉を寄せ、難色を示した。

私は結局行きませんでしたが、と駿平は小鼻のわきを掻いた。

「本多さまは、お若くして若年寄になられたお方ゆえ、若い者の気持ちを汲み取ってくれるのではないかと」

智次郎が唸った。

「まあ、たしかに年寄りが多いとは聞いている。家士に両脇を支えられて、登城している九十二の強者もいるらしいぞ。そこまで歳を取ると逆になかなか退かぬそうだ。死ぬまでご奉公するのが我ら幕臣の務めだ。とはいうものの、死ぬまで無役の幕臣もいるそうだ」

「冗談になっていませんよ」

駿平はむすっと唇を曲げた。

「八十を越えて、なお、場所替願を提出するというぞ。老いてますます貪欲、だ」

齢八十にして、異動を考えるだけでも、すごい。それを厭《いと》わないのだから、あらたな役に就けば、あらたなことを覚えなければならないのだ。それを厭わないのだから、たいしたものだ。泳ぎが苦手な駿平は、水練が必須の徒など頭から無理だと決めてかかったのが恥ずかしくなる。

お堀に架かる神田橋の御門まで来たときには、涼やかな風が吹いていた。流れのない堀の水はとろんとしている。石垣の際に身を寄せている数羽の鴨がけたたましく鳴き声を上げていた。

神田橋御門を抜けると、重臣らの屋敷が建ち並ぶ大名小路となる。右手には御三卿《ごさんきょう》のひとつ一橋《ひとつばし》家屋敷の塀が見えた。

「御普請方の詰所は、常盤橋御門内の道三堀《どうさんぼり》沿いにあるのだが、親父どのは城の詰所に居るとのことだ。大手御門まで行くぞ」

そういえば、このあたりは眉唾ものの自称番入り指南役の黒田半兵衛に案内されたことがあった。もう一年以上も前だ。

ああ、そうだ。別れた妻との間にもうけたひとり息子の伊賀勘助とはどうなったのだろう。偶然にも智次郎と同じ道場に通っていたのが知れたが、その後、会ったのだろうか。

「そういや、勘助だがな」

いきなり智次郎が振り返った。大名小路を歩き、やはり黒田のことを思い出したのだろう。勘助はどこぞの藩の者と懇意になり、近頃は道場にも姿を見せていないという。その藩の下屋敷に入り浸っているらしい。

「三田《みた》に屋敷がある丸に十字の藩という噂だ」

もよと興じた大名かるたが浮かぶ。約八十万石の外様の大大名。薩摩藩だ。

「西国の雄藩だ。異国とも繋がりがあるから、長崎にあった蔵も相当でかかった。とはいえ外圧をどう考えているかはわからんが、勘助なりに国を憂えているのだろう」

智次郎は唇を曲げた。

父の黒田も心配しているようだという。

三

大手門を見上げ、駿平はため息を吐いた。

両側の石塁の上に櫓《やぐら》を渡した巨大な門だ。

門番に姓名と用件を告げて、中間から荷を受け取り、代わりに大刀を預けた。千代田の城に足を踏み入れる。大手御門内に入ったのは二度目だ。門を抜け、右の方向に行くと御勘定御入人吟味が行なわれた下勘定所がある。

本日は、その奥に進むのだ。下乗御門から、中之門、さらに中雀門を潜り……緊張のあまり心の臓の鼓動が激しくなっている。

すれ違う者たちが、皆偉そうに見えた。お役を持ち、ここで働いているのだ。何者でもない己に気恥ずかしさを覚える。いつかは、まことの出勤ができるようになるのだろうか。

中之口門で再び姓名を告げる。ここも威圧感たっぷりの櫓門だ。しかも、いろんな奉行がここを入って行くのだと、智次郎から聞かされ、ぶるりと震えた。

中之口から入ると、大廊下が右に延びていた。だだっ広い廊下に駿平は眼を丸くする。横にいた智次郎も同じ様子だ。長く延びた廊下を、ぎくしゃくしながら右へ折れる。

「妙な歩き方をするな。おれにも緊張が移る」

智次郎が小声で囁いた。

しばらく行くと普請方の詰所だ。しかし看板やら表札が出ているわけではないので、廊下を歩いていた者に念のため、たしかめた。手前は小十人頭の詰所らしい。訪ねると智次郎の父親はたまたま席をはずしていたが、朋輩へ、無事に書類を渡し終えた。

「父が戻るまで、待っていたらどうかとお声をかけていただいた。城中を案内してくれるかもしれん」

駿平はぐるりと周囲を眺め、ふらふら歩き出した。

「こら駿平、勝手に行くな。下手によその座敷へ入ると大変なことになるぞ」

智次郎の声に振り返った。

それぞれのお役に詰所がある。万が一、お偉い人の部屋に入れば大騒ぎになる。役付きの者なら処分されるそうだ。

「あ、座敷は覗きません、ただ」

駿平は、どこか違和感を覚えていた。行き過ぎる者たちがおたおたしているふうに見える。眼の前を法体のお坊主衆が慌てて通り過ぎて行った。

「なにやら落ち着きがないというか」

「うん、たしかにそうだな。どこか騒がしい」

智次郎も訝しげに首を捻った。

と、廊下を小走りに急ぐふたりが、

「あっちはもう大行列だ」

「早うなんとかならんのか」

「このままでは、外へ行くしかなかろう」

「いやいや、さすがに外で用を足すわけにも参らん。お咎めを受ける。だが、此度は

「もう一刻半もねばっているぞ」

声高にいい合っている。

別の者たちもそうだ。困ったとか、なんとかしてほしいとか、もう間に合わんだの口々にこぼしている。

ただ不思議なことに、そこには怒りよりも少々諦めというか、お手上げといった感が漂う。

智次郎が、急ぎ通りかかった若いお坊主の腕をいきなり取った。

「あれえ、なにをなさいます」

妙な声を出し、お坊主が身をくねらせた。

「なにか起きたのか。皆、少々おかしいぞ」

「おや、見慣れないお顔ですが」

若いお坊主が警戒の表情になる。お坊主と呼ばれる同朋衆は、いざとなれば城を守る役目も担っていた。見た目の穏やかさと違って皆、武芸達者だ。

智次郎はすぐに名乗り、再度同じことを訊ねた。

お坊主は、ふうとため息を吐き、

「占拠されたのでございますよ、厠を」

首を横に振った。

駿平と智次郎が互いに相手の顔を見つつ、

「厠の占拠？」

同時に叫んだ。

「まったくもって困ったことです。春からこれで三度目ですから」

聞けば、ふたりの者が数十名を煽動《せんどう》し、厠の改善を要求しているのだという。

「ああ、申し訳ございません。私、尿筒《しとづつ》を取りに参りませんと」

「お、それは申し訳なかった」

智次郎が頭を下げると、お坊主はほっとした顔で足早に去って行った。

かつて、駿平と智次郎と同じ手跡指南所に通っていた友坂雄也も、この同朋衆を務めていた。ある事件がきっかけでお役を退いたが、同朋頭に引き取られ、その屋敷でいまは幸せに暮らしている。

雄也は女子のようにきれいな男だったが、いまのお坊主も整った顔立ちをしていた。そのあたりがなんとなく謎だが、大名も見目良い者に給仕されるほうがいいのだろう。

それにしても、厠だ。

「聞きましたか。厠の改善を求めているそうですよ。そんなことがあってもいいんですかね」

「あってはならんだろ。しかし」

智次郎が顎を突き出した。

「あり得ない話ではない」

千代田のお城の厠は臭い汚い怖いの三拍子揃っているのだという。

「臭い汚いはわかりますがね、怖いというのはどういうことですか」

「知りたいか」

智次郎が眼を細め、にんまり笑った。

「あ、あ、怪談噺《ばなし》なら遠慮しておきます。私は幽霊物《もの》の怪《け》の類《たぐい》は苦手です」

駿平は智次郎の眼前に手をかざす。

「なんだ意気地のないヤツだ」

智次郎は不機嫌な顔で、駿平の手を払い除《の》けた。

「そうした話ではない。これは親父どのから聞いたのだがな」

千代田の城の厠は、むろん将軍の住む奥や大奥などは広く清潔だが、それ以外の城勤めの者たちが使う城内の厠は灯りもなく、湿気を帯びて、臭気もすさまじいらしい。掃除の者がいるのだが、とても追い付かないのが現状なのだ。

小用場では下駄を履くが、足下がすべりやすく、大用場の便壺は、まるで底なし沼のようで、間違って落ちれば、這い上がることなど不可能。叫んでもわめいても声は届かない。

「なるほど、それで怖い、ということですか」

駿平は、ほっと胸を撫で下ろし、首肯した。

「袴を解かねば用が足せぬからな。脇差しを落とす者もいるという話だ」

ま、おれの親父どののもそのひとりだと、口許をへの字に曲げた。祖父から譲り受けた脇差しが奈落の底に吸い込まれていったときは、男泣きしたそうだと、苦笑した。

「ははあ、便壺をさらったら、幾本の脇差しが見つかるでしょうかね」

駿平は自分でいいながら、胸が悪くなった。

「脇差しならまだいいが、人なら大事だ」

智次郎は顎を撫でると、

「まことの糞死《ふんし》だ」

生真面目な顔つきでいった。

智次郎の悪趣味な冗談につき合っている場合ではない。物見遊山の気分でやって来たが、どうもそういう状況ではなさそうだ。

　皆があたふたしている。

「おう、智次郎じゃないか、なんだ貴様」

　聞き覚えのある声に振り向くと、智次郎の父が歩いて来る。少々げんなりしつつ、汗を拭っていた。

「こんな所に突っ立ってなにをしておる。ああ、おまえが届けてくれたのか。それは済まなかったな。それにしても咎められもせず、よく入れたなぁ、ははは。まったく世は太平だ。おお、これはこれは駿平どの。いつも智次郎が世話になっておるな」

　いえと、駿平は深々と腰を折ったが、もしかしたら、城中に入るのは無謀だったのではないかと、肝が冷えた。しかし智次郎と顔も似ているが、畳み掛けるような話し方が相変わらずそっくりだった。

「なにがあったのですか、父上。まことに厠が占拠されているのですか？」

　うむと、智次郎の父が重々しく首肯した。

「一ヵ所だけ空いておったので、そこでようやく用が足せたと、智次郎の父はやれやれといった調子で息を吐いた。

「一里（約四キロメートル）ほど歩いた気分だ」

それは大げさだろうが、げんなりしていたのは、そのせいだったのだ。

厠改善を叫んでいるのは、旗奉行の牧野重三郎《まきのじゆうざぶろう》と槍奉行の大内寿太郎《おおうちじゆたろう》だという。

このふたり、ともに齢八十の老人で、竹馬の友ならぬ傘寿《さんじゆ》の友としてすこぶる仲がよい。

傘寿の前は喜寿《きじゆ》の友だったらしい。要は節目が好きなふたりなのだろう。

なにゆえ厠かといえば、臭気は我慢ができても、足下がおぼつかない老齢の身には灯りもなく、危険極まりない。転んで骨でも折ればご奉公が叶わなくなる。過日は袴の裾を踏み、あわや落下しそうになった卒寿の者もいた。おかげで老齢の者たちは厠へ行くのが恐怖であり、水も茶も飲まずに我慢したため、この夏には身が乾涸《ひから》びて倒れる者が続出した。

したがって、このような命の危険を感じる厠は即刻改善すべきであり、そもそもこれは老人を城中より排除するための策であろう、と妄執《もうしゆう》に囚《とら》われた持論まで展開しているのだという。他の高齢者をも煽動し、本丸城内の数ヵ所ある厠の入り口に立ち、使わせないようにしているというのだ。春からもう三度目になるというのは、さきほどのお坊主もいっていたが、こうして話している間にも、厠を求め、慌てて走って行く者がいる。

「どなたもお止めにならないのですか」

智次郎の父は唸り、相手が相手だけになぁと、なにやら歯切れの悪い物言いをした。

「まあ、ご老体どもは元気でよろしいと仰る方がいらしてな。これも城中の年中行事と思えば苦もないと、仰せになられたもので、誰も手出しができない」

この口振りからすると、おそらくだが、上様のお墨付きなんだろう。

腑に落ちるような落ちないような感じだ。

「なにが、年中行事だ。たいがいにしろというのだ。厠を押さえるなど卑劣で非道な行為だ」

智次郎が声を荒らげた。そこまで怒ることかと駿平がなだめようとすると、

「おまえ、厠を我慢する辛さを知っておるのか。あれほど辛く厳しいものはないぞ」

智次郎が叫んだ。すると智次郎の父がにやにや笑いを浮かべ、眼を意地悪く細めた。

「だよなぁ智次郎。十まで夜中の厠が怖かったんだものなぁ。物の怪がいると」

「父上、なにを申される、このような場所で」

「結局、夜明けまで我慢できず、よく大海に溺れていたものな」

父は豪快に笑った。夜尿、か。十歳のときだとしたら、もう手跡指南所で駿平は課題をやらされていた頃だ。あんなに幅をきかせていた智次郎がなぁ、厠が怖くて夜尿かと、含み笑いを洩らした。さっきの意気地のないヤツという言葉をそっくり返してやりたいと思った途端、禍々しい視線に背がぞくりとした。

智次郎が殺気立った眼を向けている。誰にもいうなと、語っていた。

「ま、子どもの頃の話ですから。誰しもあることです」

慰めにもならない言葉をいって、視線をあらぬ方へ向けた。

「だとしても十は遅すぎるがな、あははは、なあ駿平どの」

智次郎の父に肩を力一杯叩かれ、駿平は愛想笑いを返しつつ、頼むからこれ以上は話さないでくれと願った。

「おう、そうだ。急ぎお奉行さまに書類を確認してもらわねばならなかった。城中の案内を誰ぞにしてもらおうかの」

「帰りましょう、智さん。本日は厠も占拠されておりますし、私は城内に入ることが叶っただけで十分満足です」

駿平が、なにやら考え込み始めた智次郎を促したが、動かない。

「智さん、どうした」

「父上、その旗奉行と槍奉行はどこの厠にいるのですか」

「その廊下を曲がって、右の奥だ」

智次郎の父は面食らいながらも応えた。

「わかりました」

いきなり身を翻した智次郎がずかずか歩き出した。

「ちょっと、智さん。なにをする気です。相手は厠占拠のお墨付きまでいただいてい
る旗奉行と槍奉行ですよ、しかもここは城中――」

駿平は智次郎の父へ向き直り、声高にいった。

「いいんですか止めないで。あの勢いでは智さん、やっちゃいますよ」

父親は、あやつは止めても無駄だからなぁと、鬢を掻く。

親子揃って、ある意味たいしたものだと、駿平は呆れながら、急ぎ智次郎を追った。

駿平が横に並ぶと、智次郎が口を開いた。

「兄上がな、幼い頃のおれにいったのだ。丑三《うしみ》つ時に厠へ入ると、女の白い手が便壺から伸びてきて、中に引きずり込まれるとな」

どうだ、怖いだろう。でもな、おれは打ち払ったのだ。自分の作り上げた恐怖と戦

ったのだ。もうおれはなんともないぞ、まことだぞと、真っ直ぐ前を、いや厠の前に立ちはだかる旗奉行と槍奉行を遠く見据えながらいった。

「正面突破だ」

厠に近づくにつれ、臭いがきつくなる。風も通らぬので、よけいに臭気が籠ってしまうのだろう。

だが、それよりなにより駿平は、思わず腰を抜かしそうになった。

見れば、奉行ふたりは鎧兜《よろいかぶと》に身を固め、手には槍、背には『厭離穢土欣求浄土《おんりえどごんぐじょうど》』の幟《のぼり》を翻し、床几《しょうぎ》に腰掛けている。戦、か。

いいのか、まことにいいのか、これで。

駿平は武家の世も末だと思い極めた。

幟は、東照大権現様が戦場《いくさば》で馬印《うまじるし》に用いた言葉だ。穢《けが》れた世を厭い、清らかな浄土への往生を願う意だが、不浄な厠を清らかにと読めなくもないと、くだらぬことを考えた。

ひとりは細面でひとりは丸顔だった。老体に鎧は相当重いだろうが、ふたりの奉行は身じろぎもせずにいた。

智次郎が奉行ふたりの前に立った。

「なんじゃ、そこもとは。ここは使えぬ。去ね、去ね」

頰の肉が落ちた細面の方が眼を剝き、智次郎へ怒鳴った。

「おふた方がおどきくだされ」

「ほう。こいつはなかなか威勢がいい小僧だの、牧野どの」

丸顔が細面を見る。細面が旗奉行の牧野で、丸顔が槍奉行の大内だと知れた。

「いささか茶を飲み過ぎて、小用がしたい」

智次郎は構わずふたりの間を入って行く。

血の気が引き、駿平の頭がくらりとしたとき、両奉行が満足げな笑い声を上げた。

四

牧野と大内は智次郎が用を足して出てくるや、「本日はこれまで」と、目許を緩め、鎧をがしゃがしゃいわせながら嬉しそうに去って行った。

数日経ったが、智次郎にはなんのお咎めもなかった。それもそのはずだ。ただ厠を使っただけなのだ。

それでも、城中では智次郎のことが噂になっていたらしい。番方に取り立てられるとか、そういう類のものだ。

智次郎からはなにもいって来ないので、その後、どうなったかはわからない。

駿平は今朝も、馬場先門内にある若年寄の本多家に対客に赴いた。

すでに晩秋。朝はことに涼しく、過ごしやすくなっている。懸命に歩いて、軽く汗を掻くぐらいが気持ちいい。門前にすでに数十名が並んでいる……どころではなく、眼前の光景に駿平は愕然として眼をこすった。

本多家門前に、鎧兜に身を固め、背に幟を翻し、槍を携えた牧野と大内の姿があった。

厠から、今度はこちらへ出張ってきたのか。

「本多さまより匿名の建白書をお見せいただいた。ゆえに老いぼれふたり、城中の雑草と膿が罷《まか》り越した。さあさあ、どなたが書かれたのか、その面体《めんてい》をたしかめたい」

牧野が手をかざし、対客に訪れた五十人ほどの無役の者たちを見回した。

かちかちと背後で妙な音がした。駿平が振り向くと、萱野が身を縮ませ、俯いていた。唇が震えている。妙な音は歯の根が合わずに、口先から洩れ出していたのだ。

「萱野どの、ですよね」

「そ、それがしは、名指ししたわけではない。ただ役に立たぬ老人も、閑職もいらぬと評したまでのこと」

お主《ぬし》もそう思うだろうと、駿平に救いを求めるような眼を向けた。

「どうしたどうした。この老いぼれが怖いか。主らがなんといおうと、我らはこの命果てるまでお役にしがみついてやるぞ」

牧野が高らかに笑う。

あの、と駿平が進み出た。

「なにゆえ、そこまでなさるのですか。隠居して悠々自適《ゆうゆうじてき》の日々を」

「馬鹿か。禄をいただいておればこそ、奥も嫁も大切にしてくれるのだ。ただの爺《じじい》では邪険にされるだけだ。尽くせば尽くされるだ。簡単なことだ。それが悪いか」

大内が横に広がった鼻をふんと鳴らした。

「ならば、主らはなぜお役を求める」

そう問われ、門前の者たちが一斉に俯いた。

「末は我らのようになりたいのだろう。はっきり申せ。いまは爺が邪魔だといっても、歳を取れば誰もが同じよ。よいか。我らを膿というならば、その膿は勝手に溜まるわけではない。傷があるからだ。その傷を作り出す大本が変わらねば、膿は溜まり続けるのだ」

牧野の大音声が、早朝の大名小路に響き渡る。駿平は驚いた。お上を恐れぬ物言いだ。命には限りがある。我らには見ることができない将来《さき》を、主らは目のあたりにする。うらやましい限りだ。悔しがれ、僻め、もっと憎めと、牧野が怒鳴った。

「だが、我らは主らが考える以上に頑丈だ。先がない分、執着は主らに勝る」

せいぜい励めよと、ふたりは、わははと笑って門前を退いた。

本多家の門が開いたが、皆、毒気を抜かれたようにしばらく突っ立っていた。

五

三枚目のそばも智次郎の口に吸い込まれるように消えていった。

「それで、萱野なんたらはどうしたのだ」

結局、老奉行たちの前へは出なかった。

ふうんと、智次郎は唇を歪めた。

「旗奉行と槍奉行は、老衰場と呼ばれている」

様々なお役を歴任して、行き着く処なのだと、智次郎がいった。

ははあと、駿平は感心して頷く。

「在任のまま没する方が多いので、臨終場なんて裏でいう者もある。そりゃ詮方ない。歳だからな。つけ汁が濃過ぎるなぁ、おい親爺、もうちょっと薄くしろ、塩辛いぞ」

あいすいやせんと、のんびり声が板場の奥から聞こえてきた。

「お役に就いたまま終焉を迎えるわけじゃないですか。それは武士にとって誇りですよね」

たしかにな、と智次郎はそばを汁にさっと浸して啜り込む。

「もっとも本人はいい気分だろうが、若い者からしたら、やはり迷惑千万だ」

駿平ははたと考えた。七十、八十がお役に就いているということは、家督を譲っていないということになる。嫡男の立場はどうなっているのか、智次郎に訊ねた。

それには悲しい悲しい話があると、妙な情感を込めた。

十数年前、卒寿を越えてなお矍鑠《かくしゃく》としている父親と古希を迎えた嫡男がいた。城中で親子勤めをしていたが、なんと嫡男のほうが先に老衰辞職してしまった。歳のため、お役御免を願い出たのだ。

「つまり嫡男は、部屋住みのままでお役を退いたんだ。あり得ないだろう。前代未聞の出来事だったそうだ。その嫡男の息子だってすでに五十路近くになっていた。もう隠居の歳だ」

老人が元気なのはいいが、そういう悲喜こもごもの事態が起こり得ると、智次郎は唸った。

「だいたい旗奉行・槍奉行らには仕事らしい仕事がない」

旗奉行は、徳川家の軍旗や馬印を管理するお役だという。与力、同心が付属し、式日や将軍御成の際に登城するだけの閑職だった。

槍奉行も似たようなもので、物が旗から槍に替わるだけの話だ。八王子《はちおうじ》千人組同心と長柄槍組同心を管理し、戦時においては槍組の総大将という重要な役目を担っているが、平時では、やはりやることがない。

戦国の世であれば、旗印も槍組も、主家にとって重要なものだ。それを管理するということは誉れには違いない。

老中支配の二千石高。旗本の名誉職といったところだろう。

「仕事がなくて二千石だ。禄盗人といわれてもおかしくはない」

「閑職であるというのはわかりますが、なにゆえ、そのようなお役ができるんですかねぇ」

「幕府というのは、もとを糺《ただ》せば軍事組織だ。布切れを虫食いから守り、槍に錆《さび》を浮かせないくらいの仕事しかないとしても、番方のほうが勘定などの役方より上位だ」

とくに旗奉行などは序列だったら長崎奉行より格が高い。

「萱野の理屈もわからんではない。しかしだからといって」

恨みつらみだけで語っては、はなから勝ち目はないと、唇を曲げた。

旗奉行の牧野は、目付、先手鉄砲頭、槍奉行、旗奉行と務め、槍奉行の大内は、書院番、徒頭、先手弓頭を務めた。

「おふたりとも、奉公して六十三年だ。邪魔な爺どもでも、それだけの働きはしてきた」

お役を得るため奔走するのを出勤という言葉で誤魔化すのが、すでに甘えなのかもしれない。

「尽くせば尽くされる、と槍奉行の大内さまが仰っていました」

「なるほど、真実だな」

智次郎は、そばを啜り、ぼそりといった。

「目付をやらないかといわれたよ」

いきなり告げられ駿平は身を乗り出した。噂はまことだったのだ。

「それで、受けたのですか」

三枚目を食べ終えた智次郎は、くちくなった腹をぽんと叩いた。

「おれは城勤めなど、ご免だと断った」

潔いのは相変わらずだが、駿平はちょっとだけ怒りを覚えた。何十年もお役を得られないままの者が大勢いる。目の前の友も番入りに奔走しているのだ——。自分だったら飛びついている。それをあっさり蹴った智次郎に妬心すら感じた。

じつは考えていたことがあってな、と智次郎が飯台の上に両手をついた。

「世を見ろ。列強が迫っている現実があるのだ。厠を占拠されて、おたおたしているヤツらにおれは呆れた」

海防掛を拝命した浅沼甚兵衛の屋敷へよく訪れているともいった。

外圧に対抗する力を持つためになにをすべきか。まずは知識。そして人材だと、智次郎は唾を飛ばした。

穿《うが》った見方をすれば両奉行は、立ちはだかる列強諸国を示唆《しさ》していたのかもしれない。

理不尽な行為に屈せず、智次郎が堂々立ち向かってきたことに対し、満足げに笑ってみせたのが、その証ではあるまいか。

「それで長崎を思い出した。あれは良い旅だった。うちの道場には様々な藩の者が出入りをしている。そうした者たちと話をするうち、この国をもっと知るべきだと感じたのだ」

　智次郎が眼を輝かせる。

「だから、おれは旅に出る」

　駿平は思わずそばを吹き出した。

「汚いヤツだなぁ」

　智次郎が眉間に皺を寄せる。

「いつ、いつですか」

「寒くなる前には発《た》つつもりだ。なんだその面は。おれがいなくなったら寂しいのか」

　幾度もいうが、おれはあっちの気はないぞ、そろそろ互いに独り立ちせんとな、と爽やかに笑った。

　智次郎と別れ、駿平は家路を急ぎながら空を見上げた。穏やかな秋晴れだ。結局、智次郎へなにもいえなかった。商家から武家に入り、右も左もわからない自分の面倒を、ときにあつかましく、ときに乱暴に見てくれた感謝さえ伝えられなかった。ただ驚き、置いてけぼりをくらわされた気がした。旅に出ることも相談してくれなかった。繋いだ手をいきなり振り払われたような衝撃に陥っていた。お役を断ったのも思うことがあったからだ。怒りや嫉妬にかられた自分が情けなく、恥ずかしい。

不意に駿平は立ち止った。棒手振りや商人をいつの間にか追い越して歩いている自分がいた。やっと智次郎と並んで歩けるようになれたと思ったら、なんだか泣けてきた。

・

御勘定御入人吟味の二次に向け、駿平は算盤を弾いていた。勘定所勤めの親がいる惣領息子、お目見以上の子息らと比べ、お目見以下の者の及第は少ない。これは、出来不出来ではなく、根回しだったり、縁故であったりいわゆる不正がまかり通っていたからだ。人品《じんぴん》も大きな評価となっている。ならば、そうした不正を行なう者たちの人品を疑ってはどうかと思う。

そんなことで人が育つのか、駿平は思わずにいられなかった。ならば智次郎ではないが、正面突破あるのみだ。いまは逢対も対客も控え、二次の吟味に向け集中していた。

智次郎は旅の準備で忙しいのか、とんと姿を見せなくなっていた。

「駿平さま、よろしいでしょうか」

もよだ。駿平が手を止め、返事をすると、静かに障子が開いた。

「母上が浮かれておりますが」

もよが顔を伏せた。かしこまった膝の上の手をきゅっと握りしめる。

「どうした」

もよは、と意を決したように顔を上げた。

「もよは、駿平さまのお嫁さまになるのは嫌でございます」

えっと、駿平はもよをまじまじ見つめた。

母の吉江によく似た少し離れた眼に力が籠っている。

「なんといったらよいのかな。私が養子に入ったのは、野依家のためで……」

「だからでございます」

もよは唇を噛み締めた。

「もう決められたことだからでございましょう？　駿平さまはそれでよろしいのですか」

うっと言葉に詰まった。たしかに決められたことだと受け入れていたが、やはりもよはそうではなかったということか。

駿平はもよに向き直り、背を正した。

「うん、そうだな。もよの気持ちもあるものな。それは当然のことだ、うん」

しどろもどろに言葉を並べた。

もよが童のようにかぶりを振る。

「駿平さまのお心を問うているのです」

駿平は首を傾げた。

「野依家は元々番方の家柄。ですが智次郎さまと色々なお役を見ていらしたのでしょう」

「それはまあ、私が商家の出だから、世話をしてくれた」

「でも、駿平さまは役方の勘定所を選ばれた」

それは野依とかかわりなくご自身で決められたことだと、いった。

「ま、泳げない私に徒は無理だしな。算盤を弾くのが唯一できることだったからな」

武家になっても、商家の五男坊だなと、自嘲気味にいって、ぼんの窪に手をあてた。

「いえ。もよは武家も商家も変わりがないと思うております。人が働くということは、なにも銭金を得るためだけではないと、もよは感じております」

急にもよが大人になった。女子というのは、こうも変わるものかと、駿平はどぎまぎした。

「女子には家内を守るという仕事がございます。銭金などにはなりませぬが、毎日、飯を炊き、掃除をし、洗濯もいたします。家計のやりくりもいたします」

駿平はただ頷いていた。

「これはすべて自分のためでしょうか」

もよの不恰好な握り飯でも喜んで食べてくださる方がいるからですと、眼を伏せた。

「自分のしたことが、誰かのためになっている喜びを感じるのです。それがたったひとりでも」

「あのな、もよ」

「ですからそのためにも……わたくしをきちんと好いてくださいませ」

駿平の身が強張った。

「そうでなければ、お嫁さまにはなりませぬ」

もよはつんと横を向いた。

「す、す、好いてはいるぞ、もちろん。ただ好くという意味がどういうものか、そのな」

額に汗が浮いてくるのがわかるほど、駿平は動揺していた。もよがちらりと駿平を見る。

「それでは嫌でございます。この日の本のため、上様のため、家のため、殿方は風呂敷を広げるのがお得意ですが」

不満そうに口先を尖らせた。

「好いた女子ひとりのために働くことのできない殿方では、きっと家も国も守れませぬ」

あはっと、駿平の口角が緩んだ。

不意に、御膳所御台所役の溝端宗十郎の顔が浮かんだ。気鬱の病だったが、女子の一喝で立ち直った男だ。

「うん。そうだな、その通りだな。もよ」

智次郎が己の進む道を決めたことに萎縮《いしゆく》していたが、そんなところで引け目を感じることなどなかったのだ。

嬉しくて涙がこぼれそうになった。そんな駿平をもよが不思議そうに見つめる。

尽くせば尽くされる。

そこには武士も商人も、男も女もない。

あの老人たちとて懸命に働いてきたからこその今なのだ。老醜をさらすだの、往生《おうじよう》際《ぎわ》が悪いだのいわれることは、当の本人たちが百も承知している。

我々若者が苦々しく思う。それでいい。やがては我らも行く道だ。

世の中、そうして巡っていくのだ。

これから、日の本がどうなって行くのか、皆目わからない。けれど、眼の前の大切な者を守るためなら、なんでもできる気がする。

もよに尻を叩かれながらかもしれないが……。

立身するとは、なにも偉くなるだけじゃない。人として、立つ。一人前になることでもある。道は違えるかもしれないが、智次郎にも自分にもそうした時がやってきたのだ。

駿平の心は晴々としていた。まだ何者でもないからこそ、どこへなりとも漕《こ》ぎ出して行ける。

駿平は腕を伸ばして、もよの小さな手の甲に己の掌を重ね、包み込んだ。

もよがわずかに身を縮ませる。すき通るような白い頬に、ほんのり赤みが差した。

参考文献

『小石川御家人物語』氏家幹人　学陽書房
『旗本御家人』　氏家幹人　洋泉社
『江戸幕府大事典』　大石学編　吉川弘文館
『武家に嫁いだ女性の手紙』　妻鹿淳子　吉川弘文館
『江戸の旗本事典』　小川恭一　講談社
『幕末下級武士の記録』　山本政恒　時事通信社

とっておきの話

氏家幹人（古文書読み）

自己紹介から。私は古文書《こもんじょ》読みである。かれこれ四十年以上も江戸時代を中心に日の当たらない古書古文書（史料）をひもとき、気が向けば本も書いてきた。かといって歴史学の講義や講演をするでもなく、歴史解説書の筆をとったこともない。バブルも出版不況も関係なく、社会の片隅でひっそり史料に読み耽《ふけ》ってきた。だから古文書読み。

ならばさぞかし江戸の暮らしや制度に詳しいでしょうって？　とんでもない。なにしろ日常的に史料に埋もれているせいで、どうしても関心が江戸に向かわない。

こんな私に時代小説の「解説」を依頼するとは。おそらく著者の梶よう子さんが私の本を参考文献に挙げているからだろう（しかも二冊も）。となれば、ミスキャストであれなんであれ、期待に応えなければならない。さいわい梶さんも私が「解説」に不向きと察してか「小説の内容にとらわれず自由に書いていただきたい」とおっしゃったとか。遠慮は要らない。「解説」にかえて、幕臣の立身と左遷、幸運と不運にまつわる、とっておきの話を紹介して責めを塞《ふさ》ぎたい。

とっておきの話。要するにこれまで発表の場に恵まれなかった話なのだが、まるでこの機会を待っていたかと思えるほど、はまり役だ。史料名は『醇堂叢稿《じゅんどうそうこう》』。著者は旗本出身で、明治半ばに不遇のうちに没した大谷木《おおやぎ》醇堂という男である。参考文献に挙げられた『旗本御家人』にも登場するので、梶さんもご存じのはず。とはいえ原文は漢語まじりで難解なので、大意を意訳させていただく。

布衣《ほい》以上（家格上位）の旗本が、職階を飛び越して栄転したり芙蓉間《ふようのま》（寺社奉行・町奉行・勘定奉行などが登城したときに詰める所）に列するなど、幕臣として特段の立身を遂げるときは、前日、老中から明日五時《いつつどき》（午前八時ごろ）に登城せよという呼び出しの奉書が届く。四時《よつどき》（午前十時ごろ）に登城せよとある場合は、罷免《ひめん》ではないが、あまりかんばしくない異動だ。

指定された登城時刻によって、明暗が分かれるというわけ。

京都町奉行・大坂町奉行・長崎奉行など遠国《おんごく》奉行の場合は、江戸から届いた召状（異動のため江戸へ呼び返す状）の文言《もんごん》で、昇進か左遷か予測できた。「御用向早速取片付け取いそぎ発足《ほっそく》すべし」（残務を処理して直ちに出立するように）と書かれているときは、大坂町奉行から勘定奉行へなどの栄転。しかるに「ゆるゆる発足すべし」とあるときは、十中八九、左遷が待っていた。

面白い。登城時刻や出立の緩急によって栄転や左遷が暗黙のうちに伝えられたのだ。

もっともこれはあくまで原則で、例外もあった。醇堂は永井能登守《ながいのとのかみ》尚徳の聞くも哀れな話を記している。

弘化《こうか》五年（嘉永《かえい》元年　一八四八）、大坂町奉行の永井能登守は、「取いそぎ発足せよ」と記された召状を受け取った。これは栄転に違いない。大喜びで江戸へ向かう途中、幕府の人事情報を探ったところ、勘定奉行のポストに空きがあるとわかった。自分は勘定奉行に栄転すると予想した永井は、喜色満面。ところが東海道袋井《ふくろい》宿《じゅく》（現・静岡県袋井市）の本陣で人足が空席の勘定奉行は作事《さくじ》奉行が拝命したと言うのを耳にする。

ならば作事奉行に異動か。

しかし小田原宿まで来たとき、別の人が作事奉行を拝命したと知る。永井が落胆したのは言うまでもない。結局、永井は格下の先手頭《さきてがしら》に左遷された。なぜ？　大坂町奉行時代の悪い評判がわざわいしたらしい。

栄転の期待が大坂から江戸に近づくにつれて次々と綻《ほころ》び、江戸ではなんと左遷の宣告が待っていた。永井能登守東海道落胆道中記。梶さんなら、軽妙かつ哀愁に満ちたロードノベルに仕上げてくれそうだ。

残念なのは、永井能登守尚徳が先手頭に左遷されたのは、実際には嘉永二年（一八四九）十一月二十八日で、醇堂の記述が一年ずれていること。勘定奉行の牧野《まきの》駿河守《するがのかみ》成綱が町奉行に転じ、後任に作事奉行の池田《いけだ》播磨守《はりまのかみ》頼方が就任したのはたしかに嘉永元年十一月八日なのだが……。醇堂はどうやら両者を混同したようだ。面白過ぎる話にはウソがある。時代小説の読者ならとうにご存じだろう。

町奉行（江戸町奉行）や勘定奉行は、二十年在職すると五百石加増されるのが恒例だった。しかし寛政《かんせい》以降、町奉行で五百石加増されたのは、小田切《おたぎり》土佐守《とさのかみ》・根岸《ねぎし》肥《ひ》前守《ぜんのかみ》・筒井《つつい》伊賀守《いがのかみ》の三人だけだ。榊原主計頭《さかきばらかずえのかみ》も町奉行を長年務めたが、在職十九年目に大目付を拝命し、五百石の加増を得られなかった。榊原はこれを遺憾に思って病に倒れ、亡くなった。まったく「九仞《じん》の功を一簣《き》に欠く」（いま一息のところで失敗する意）というものだ。

榊原主計頭は、予（醇堂）の伯父の舅《しゅうと》だが、剛毅で木訥《ぼくとつ》な人で、媚《こ》びず阿《おもね》らず、老中に面と向かって正論を述べたという美談も多い（おそらくそんな性格がわざわいしたのだろう）。

榊原主計頭忠之《ただゆき》の不運。これまた小説ネタになる話だが、やはり修正を要する（古文書読みは小姑《こじゅうと》のように口うるさいのだ）。小田切土佐守直年と筒井伊賀守（和泉守《いずみのかみ》とも）政憲《まさのり》はそれぞれ二十年、二十一年在職したが、根岸肥前守鎮衛《やすもり》は十八年。それでも根岸は五百石加増された。

榊原の場合はどうか。文政《ぶんせい》二年（一八一九）から天保《てんぽう》七年（一八三六）まで十八年北町奉行に在職したのち、大目付に異動している。町奉行から大目付はよくある異動なので問題はない。しかし根岸と同じ在職年数でありながら、榊原が五百石加増されなかったとすれば、たしかに不運としか言いようがない。榊原は翌天保八年七月に没した。

榊原が老中たちと衝突を繰り返したためか、それとも別の理由があったのか、古文書読みに臆測は許されない。この先は幕府制度史の研究者の仕事であり、彼らがわからなければ、小説家諸氏に存分に想像をふくらませていただくしかない。

不運な者もいれば、裏技を用いて昇進した者もいた。

土屋《つちや》備前守《びぜんのかみ》組の小性、小花和《おばなわ》正助は評判の遊び人だった（原文は「有名ナル遊蕩《ゆうとう》漢《かん》」）。

そんな男が、安政《あんせい》五年（一八五八）の春、突然徒頭《かちがしら》に抜擢された。通常、小性組から昇進する場合は、隊長（番頭《ばんがしら》）が推薦状を書き上げ、老中の協議が必要だったが、小花和の場合はそのような手続きを経ていなかった。奥右筆《おくゆうひつ》の原弥十郎《はらやじゅうろう》が上層部に働きかけて徒頭に栄転させたのである。

あんな男が……。土屋備前守の前任者の徳永《とくなが》伊予守《いよのかみ》は、かつて配下だった小花和の行状を知っているだけに、憤慨して土屋を責めた。あいつは拙者が小性組番頭に就任したとき顔を見せず、最近（徳永は小性組番頭から書院番頭に異動していた）城内で出会ったときも、会釈《えしやく》もせずに通り過ぎた。失敬な無法者さ。貴殿はどうしてあんな奴を推薦したのだ。土屋曰《いわ》く。理由は知りませんが、上からの指示でやむなく。

小花和が原弥十郎に（それ相当の贈賄《ぞうわい》をして）働きかけた結果、徒頭のポストを得たという話である。

賄賂《わいろ》や大奥コネクションで栄転する例は珍しくない。小花和が槍玉に挙げられたのは、品行の悪さが評判になっていたからだろう。頭は悪くなかった。学問吟味《ぎんみ》で優秀な成績をおさめ、学問所に出向して教授方も務めていた。いわば教育者。それだけにいっそう顰蹙《ひんしゆく》を買ったに違いない。

小花和は、夏は駒下駄《こまげた》を履《は》いて「両天張ノ傘」（晴雨両用の傘）をさし、冬は「眼バカリ頭巾」（目出し帽）をかぶって忍び歩いていた。その人目を避けた姿は、かえって目立ったという。

こんな裏話も。林復斎《はやしふくさい》（大学頭《だいがくのかみ》）が婢《じよちゆう》に手をつけ孕《はら》ませた。すると小花和が媒酌《ばいしやく》人《にん》になってその女を中村敬輔《なかむらけいすけ》に押しつけ妻にさせたというのである。中村敬輔は、学問所教授を務め、維新後『西国立志編』などを翻訳・刊行。東大教授や貴族院議員にもなった中村正直先生にほかならない。

小花和正助（名は正度。兵部《ひょうぶ》、内膳正《ないぜんのかみ》とも）はその後、日光奉行や先手鉄炮頭を務め、維新後は長命寺桜餅《さくらもち》店に婿《むこ》に入り、八十歳を過ぎて亡くなったと醇堂は伝えている。

歌舞伎の役柄で言えば色悪《いろあく》。この男もまた悪漢小説の主人公に打って付けだ。

とっておきの話はまだまだあるが、書けば書くだけ『立身いたしたく候』のほんわかとした雰囲気から離れていきそうだ。ということで、まず本日はこれ切り。

本書は二〇一四年二月、小社より単行本として刊行されたものです。

|著者|梶 よう子　東京都生まれ。2005年「い草の花」で九州さが大衆文学賞大賞を受賞。'08年『一朝の夢』で松本清張賞を受賞し、同作で単行本デビューを果たす。'15年、幕末に浮世絵を守り抜こうとした絵師たちの姿を描いた『ヨイ豊《とよ》』で第154回直木賞候補になり、時代小説家として大いに注目される。その他の著書に『父子ゆえ　摺師安次郎人情暦』『墨の香』『花しぐれ　御薬園同心 水上草介』『北斎まんだら』『五弁の秋花　みとや・お瑛仕入帖』『葵の月』『連鶴』『ことり屋おけい探鳥双紙』などがある。

立身《りつしん》いたしたく候《そうろう》

梶《かじ》 よう子《こ》

講談社文庫
定価はカバーに
表示してあります

2018年2月15日第1刷発行
2019年3月20日第2刷発行

発行者――渡瀬昌彦
発行所――株式会社 講談社
東京都文京区音羽2-12-21 〒112-8001
電話 出版 (03) 5395-3510
販売 (03) 5395-5817
業務 (03) 5395-3615

Printed in Japan

デザイン―菊地信義
本文データ制作―講談社デジタル製作
印刷―――豊国印刷株式会社
製本―――株式会社国宝社

ISBN978-4-06-293856-3

講談社文庫刊行の辞

二十一世紀の到来を目睫に望みながら、われわれはいま、人類史上かつて例を見ない巨大な転換期をむかえようとしている。

世界も、日本も、激動の予兆に対する期待とおののきを内に蔵して、未知の時代に歩み入ろうとしている。このときにあたり、創業の人野間清治の「ナショナル・エデュケイター」への志を現代に甦らせようと意図して、われわれはここに古今の文芸作品はいうまでもなく、ひろく人文・社会・自然の諸科学から東西の名著を網羅する、新しい綜合文庫の発刊を決意した。

激動の転換期はまた断絶の時代である。われわれは戦後二十五年間の出版文化のありかたへの深い反省をこめて、この断絶の時代にあえて人間的な持続を求めようとする。いたずらに浮薄な商業主義のあだ花を追い求めることなく、長期にわたって良書に生命をあたえようとつとめるところにしか、今後の出版文化の真の繁栄はあり得ないと信じるからである。

同時にわれわれはこの綜合文庫の刊行を通じて、人文・社会・自然の諸科学が、結局人間の学にほかならないことを立証しようと願っている。かつて知識とは、「汝自身を知る」ことにつきていた。現代社会の瑣末な情報の氾濫のなかから、力強い知識の源泉を掘り起し、技術文明のただなかに、生きた人間の姿を復活させること。それこそわれわれの切なる希求である。

われわれは権威に盲従せず、俗流に媚びることなく、渾然一体となって日本の「草の根」をかたちづくる若く新しい世代の人々に、心をこめてこの新しい綜合文庫をおくり届けたい。それは知識の泉であるとともに感受性のふるさとであり、もっとも有機的に組織され、社会に開かれた万人のための大学をめざしている。大方の支援と協力を衷心より切望してやまない。

一九七一年七月

野間省一

講談社文庫　目録

講談社文庫　目録

樹林　伸　東京ゲンジ物語
貴志祐介　新世界より(上)(中)(下)
北川貴士　マグロはおもしろい〈美味のひみつ、生き様のなぞ〉
木下半太　暴走家族は回り続ける
木下半太　爆《は》ぜるゲームメイカー
木下半太　サ バ イ バ ー
北原みのり　毒　婦。〈木嶋佳苗100日裁判傍聴記〉
北原みのり　木嶋佳苗100日裁判傍聴記〈佐藤優対談収録完全版〉
北　夏輝　恋都の狐さん
北　夏輝　美都《みと》で恋めぐり
北　夏輝　狐さんの恋結び
岸本佐知子 編訳　変《ヘン》愛《アイ》小説集
岸本佐知子 編　変愛小説集 日本作家編
木原浩勝　文庫版 現世《うつしよ》怪談(一) 主人の帰り
木原浩勝　文庫版 現世怪談(二) 白刃の盾
木原浩勝　増補改訂版 もう一つの「バルス」〈—宮崎駿と「天空の城ラピュタ」の時代—〉
喜国雅彦／国樹由香　メフィストの漫画
金田一春彦／安西愛子 編　日本の唱歌 全三冊
黒岩重吾　新装版 古代史への旅

栗本　薫　木蓮荘綺譚〈伊集院大介の不思議な旅〉
栗本　薫　新装版 絃《いと》の聖域
栗本　薫　新装版 ぼくらの時代
栗本　薫　新装版 優しい密室
栗本　薫　新装版 鬼面の研究
黒井千次　カーテンコール
黒井千次　日 の 砦
倉橋由美子　よもつひらさか往還
黒柳徹子　窓ぎわのトットちゃん 新組版
工藤美代子　今朝の骨肉、夕べのみそ汁
倉知　淳　新装版 星降り山荘の殺人
倉知　淳　シュークリーム・パニック
鯨　統一郎　タイムスリップ森鷗外
鯨　統一郎　タイムスリップ戦国時代
鯨　統一郎　タイムスリップ忠臣蔵
鯨　統一郎　タイムスリップ紫式部
倉阪鬼一郎　大江戸秘脚便
倉阪鬼一郎　娘飛脚を救え〈大江戸秘脚便〉
倉阪鬼一郎　開運十社巡り〈大江戸秘脚便〉

倉阪鬼一郎　決戦、武甲山〈大江戸秘脚便〉
倉阪鬼一郎　八丁堀の忍
草野たき　ハチミツドロップス
黒田研二　ウェディング・ドレス
黒田研二　ペルソナ探偵
黒田研二　ナナフシの恋〈〜Mimetic Girl〜〉
黒木　亮　冬の喝采(上)(下)
黒野　耐《たえる》　「たられば」の日本戦争史〈もし真珠湾攻撃がなかったら〉
楠木誠一郎　火除け地蔵〈立ち退き長屋顚末記〉
楠木誠一郎　聞き耳地蔵〈立ち退き長屋顚末記〉
群像 編　12星座小説集
玖村まゆみ　完盗オンサイト
草凪　優　ささやきたい。ほんとうのわたし。
草凪　優　わたしの突然。あの日の出来事。
草凪　優　芯までとけて。最高の私。
黒岩比佐子　パンとペン〈社会主義者・堺利彦と「売文社」の闘い〉
桑原水菜　弥次喜多化かし道中
朽木　祥　風の靴
黒木　渚　壁の鹿

2018年12月15日現在